石家庄经济学院学术专著出版基金资助

# 群体智能算法及其应用

王培崇 著

电子工业出版社·
**Publishing House of Electronics Industry**
北京·BEIJING

## 内 容 简 介

本书以人工鱼群算法、烟花爆炸优化算法两个典型的群体智能算法为主，系统介绍了算法的原理，建立了基于协作、竞争机制的群体智能算法的数学模型。全书着重分析了人工鱼群算法和烟花爆炸优化算法的弱点，并提出了多种新颖的改进机制，给出了算法的详细实现步骤。本书还详细探讨了部分群体智能算法在 VRP 问题、图像边缘检测、SVM 反问题、网络态势预测、数据聚类、特征选择等领域内的应用，并介绍了近年来出现的两个比较新颖的群体智能算法，顾问引导搜索算法和教—学优化算法。

本书适合作为信息科学、控制科学与工程、管理科学、模式识别、人工智能等相关专业的高年级本科生或研究生教材，亦可作为从事相关领域研究的科研人员或工程人员的参考书和工具书。

**图书在版编目(CIP)数据**

群体智能算法及其应用 / 王培崇著. —北京：电子工业出版社，2015.6
ISBN 978-7-121-26048-3

Ⅰ. ①群…　Ⅱ. ①王…　Ⅲ. ①计算机算法－最优化算法　Ⅳ. ①TP301.6

中国版本图书馆 CIP 数据核字 (2015) 第 098708 号

策划编辑：袁　玺
责任编辑：索蓉霞
印　　刷：三河市鑫金马印装有限公司
装　　订：三河市鑫金马印装有限公司
出版发行：电子工业出版社
　　　　　北京市海淀区万寿路 173 信箱　　邮编：100036
开　　本：720×1000　1/16　印张：10.75　字数：275.2 千字
版　　次：2015 年 6 月第 1 版
印　　次：2015 年 6 月第 1 次印刷
定　　价：59.00 元

# 前　言

　　大自然的奇妙不仅在于提供了我们赖以生存的物质基础，更在于它所蕴含的协作、竞争的进化之道。在这个蓝色的星球上，多个物种、多个种群之间通过彼此协作和竞争，推动地球上生命的繁衍。经过千百万年的发展，人类逐渐成为了地球上的主宰。为了谋求更好的生存与发展，人类通过向大自然学习，探索自然界的特定现象或隐藏的规律。20 世纪 70 年代，John Holland 教授提出的遗传算法，就是向大自然学习的成功典范。

　　随着遗传算法的成功，群体智能算法的研究在学术界出现了一个高潮，粒子群算法、蚁群优化算法等相继被提出。粒子群算法通过模拟鸟群的觅食等行为、蚁群优化算法通过模拟蚂蚁群体的协作，完成对于问题的最终求解。两种算法均巧妙地处理了群体智能算法的协作、竞争机制，并表现出了优越的求解能力。经过近几十年的发展，群体智能算法的家族已经愈发壮大，先后出现了以遗传算法为基础演化而来的差异演化算法、模拟蜜蜂采蜜行为的人工蜂群算法、模拟群体动物觅食行为的群搜索优化算法、模拟教师与学生教学的教—学优化算法，以及以人类思考解决问题为基础演化而来的顾问引导搜索算法等。这些群体智能算法无一不是利用种群内个体间的协作、竞争进行算法演化，并融入人工智能机制来完成对问题的最终求解，算法设计巧妙，原理简单，鲁棒性较佳。它们的出现，为求解某些复杂问题提供了广阔的思路。

　　群体智能算法具有以下几个特点：

　　（1）系统中的单个个体能力简单，但是整个群体却具有非常优秀的求解能力。

　　（2）对问题的定义的连续性没有特殊要求。

　　（3）群体内的个体通过自学习机制，能够不断改变自身的状态以适应种群的内部环境。

　　（4）群体内的个体具有分布式特点，隐含并行性，适合用于设计分布式程序。

　　（5）一般采用概率性的搜索算法，而较少采用梯度或爬山法淘汰种群个体。

　　（6）个体之间具有互相感知性。

　　目前，群体智能算法已经成为优化领域内的重要研究方向。在该方向的论文数量、网络上的资源数目、算法的应用等方面均发展较快，从事该研究的团队规模也众多。群体智能算法在电气工程、网络通信、图形图像处理、数据挖掘、物流配送路线优化、调度任务优化等领域取得了广泛而成功的应用。

　　在群体智能算法的发展中，我国学者提出的人工鱼群算法，是众多优秀群体智能算法之一，该算法受到鱼群觅食、追尾、聚集等行为的启发，融入人工智能技术设计而得，具有快速、原理简单等优点，一经提出便受到国内外专家、学者的重视。经过十多年的发展，该算法取得了许多的研究成果，已经成为群体智能算法中一个重要的分支。近年来出现的烟花爆炸优化算法亦得到了相当多学者的关注。

本书是作者对自己多年来所从事相关研究工作的提炼和总结，在作者攻读博士期间和从事博士后研究工作的基础上撰写而成。全书通过大量的算法改进实例和应用实例向读者展现人工鱼群算法、烟花爆炸优化算法等群体智能算法的基本原理和研究进展；同时也介绍了国内外部分群体智能算法具有代表性的研究成果，有助于读者快速了解并掌握群体智能算法。本书提出了多种对于群体智能算法的改进机制，详细阐明了设计思想和改进原理，并与其他相关算法进行了全面比较，使读者易于了解算法的优、劣势。

全书内容详实、深入浅出，通过理论联系实际的方式，向读者展现了两种主要的群体智能算法的原理、思想和实现方式，有助于推动群体智能算法更加深入的研究和广泛的应用。

全书共 6 章。第 1 章为群体智能算法概述，介绍了群体智能算法的数学模型，详细讲解了遗传算法、粒子群算法、差异演化算法三个经典的群体智能算法，并介绍了近几年出现的"教—学优化算法"和"顾问引导搜索算法"。第 2 章主要介绍人工鱼群算法的基本原理、收敛性证明方法，详述了人工鱼群算法近年来具有代表性的研究成果。第 3 章首先分析了人工鱼群算法的弱点，在此基础上介绍了作者所提出的多种改进方案，并在部分测试函数进行实验，与其他相关算法进行对比。第 4 章主要介绍烟花爆炸优化算法的基本原理和作者所提出的改进机制。第 5 章主要探讨群体智能算法在多个相关领域内的应用研究，给出了相关的应用实例、算法设计步骤、求解结果等。第 6 章总结了全书所研究内容和所得出的结论，并对群体智能算法研究中存在的问题及进一步的研究方向进行了说明。

本书的出版获得了石家庄经济学院学术专著出版基金资助，在此谨表示衷心感谢。石家庄经济学院刘坤起教授在本书的出版过程中提供了大力支持和帮助，在此谨致以最崇高的谢意和敬意！

由于作者水平和可以获得的资料有限，书中难免存在疏漏及不妥之处，敬请同行和专家批评指正，不胜感激。

编　者

于石家庄

# 目　　录

第 1 章　群体智能算法概述 ································································· 1

1.1　群体智能算法的特点 ······························································ 1

1.1.1　智能性 ···································································· 1

1.1.2　隐含本质并行性 ·························································· 2

1.1.3　解的近似性 ······························································ 2

1.2　群体智能算法的计算模式 ························································ 2

1.2.1　社会协作机制 ···························································· 3

1.2.2　自我适应机制 ···························································· 3

1.2.3　竞争机制 ································································ 4

1.3　遗传算法 ······································································· 4

1.3.1　标准遗传算法原理 ························································ 5

1.3.2　编码机制与主要算子 ······················································ 7

1.4　差异演化算法 ···································································· 8

1.5　粒子群算法 ····································································· 10

1.5.1　粒子群算法的原理 ······················································· 10

1.5.2　PSO 算法的计算模型 ···················································· 11

1.6　教—学优化算法 ································································· 13

1.7　顾问引导搜索算法 ······························································ 13

1.8　本章小结 ······································································· 15

参考文献 ············································································· 16

第 2 章　人工鱼群算法 ································································· 18

2.1　人工鱼群算法的数学模型 ························································ 18

2.2　人工鱼群算法的收敛性分析 ······················································ 21

2.2.1　常用距离 ································································ 21

2.2.2　基于 Markfov 链技术的收敛性分析 ········································ 22

2.2.3　基于压缩映射定理的收敛性分析 ············································ 25

2.3　人工鱼群算法的相关研究 ························································ 26

2.3.1　参数的改进 ······························································ 27

　　　2.3.2　与其他智能算法的融合 ··················· 28

　　　2.3.3　其他的改进方法 ························· 29

　2.4　本章小结 ······································ 32

　参考文献 ········································· 32

第3章　人工鱼群算法的改进研究 ····················· 34

　3.1　小生境人工鱼群算法 ··························· 34

　　　3.1.1　小生境技术 ························· 34

　　　3.1.2　算法实现 ··························· 36

　　　3.1.3　算法的收敛性 ······················ 36

　　　3.1.4　仿真实验与分析 ···················· 38

　　　3.1.5　结论 ····························· 40

　3.2　自适应人工鱼群算法 ··························· 40

　　　3.2.1　参数自适应机制 ···················· 40

　　　3.2.2　算法实现 ··························· 42

　　　3.2.3　仿真实验与分析 ···················· 42

　　　3.2.4　结论 ····························· 44

　3.3　基于种群分类的人工鱼群算法 ···················· 44

　　　3.3.1　种群分类思想及设置 ·················· 45

　　　3.3.2　算法实现 ··························· 46

　　　3.3.3　仿真实验与分析 ···················· 47

　　　3.3.4　结论 ····························· 50

　3.4　混和反向学习人工鱼群算法 ····················· 50

　　　3.4.1　反向学习 ··························· 50

　　　3.4.2　佳点集 ···························· 51

　　　3.4.3　人工鱼群算法的改进机制 ··············· 51

　　　3.4.4　仿真实验与分析 ···················· 54

　　　3.4.5　结论 ····························· 59

　3.5　精英竞争人工鱼群算法 ························· 59

　　　3.5.1　基于动态随机搜索的精英训练 ············ 59

　　　3.5.2　算法实现 ··························· 60

　　　3.5.3　仿真实验与分析 ···················· 61

　　　3.5.4　结论 ····························· 67

　3.6　随机游走人工鱼群算法 ························· 67

　　　3.6.1　Lévy Flight机制 ···················· 67

　　　3.6.2　算法改进思想 ················································· 68

　　　3.6.3　算法实现 ····················································· 69

　　　3.6.4　仿真实验与分析 ··············································· 70

　　　3.6.5　结论 ························································· 72

　3.7　混合群搜索人工鱼群算法 ············································· 73

　　　3.7.1　标准群搜索优化算法 ··········································· 73

　　　3.7.2　群搜索优化算法的改进 ········································· 75

　　　3.7.3　混合群搜索人工鱼群算法 ······································· 77

　　　3.7.4　仿真实验与分析 ··············································· 78

　　　3.7.5　结论 ························································· 81

　3.8　本章小结 ··························································· 81

　参考文献 ······························································· 82

第4章　烟花爆炸优化算法及改进 ············································· 83

　4.1　烟花爆炸优化算法 ··················································· 83

　4.2　混沌烟花爆炸优化算法 ··············································· 86

　　　4.2.1　混沌搜索算法 ················································· 86

　　　4.2.2　算法实现 ····················································· 87

　　　4.2.3　仿真实验与分析 ··············································· 87

　　　4.2.4　结论 ························································· 91

　4.3　混合动态搜索烟花爆炸优化算法 ······································· 91

　　　4.3.1　算法实现 ····················································· 91

　　　4.3.2　仿真实验与分析 ··············································· 92

　　　4.3.3　结论 ························································· 96

　4.4　混合反向学习烟花爆炸优化算法 ······································· 96

　　　4.4.1　精英反向学习 ················································· 96

　　　4.4.2　基于模拟退火机制的种群选择 ··································· 97

　　　4.4.3　算法实现 ····················································· 97

　　　4.4.4　仿真实验与分析 ··············································· 98

　　　4.4.5　结论 ························································· 102

　4.5　随机游走烟花爆炸优化算法 ··········································· 102

　　　4.5.1　基于随机游走机制的变异算子 ··································· 103

　　　4.5.2　基于 Boltzmann 子个体选择 ····································· 103

　　　4.5.3　算法实现 ····················································· 104

　　　4.5.4　仿真实验与分析 ··············································· 105

4.5.5 结论 ·············································· 109

4.6 本章小结 ············································· 109

参考文献 ················································ 109

**第 5 章 群体智能算法的应用** ···························· 110

5.1 物流配送中的车辆调度问题 ···························· 110

　5.1.1 问题的提出 ······································ 110

　5.1.2 组合优化 ········································ 111

　5.1.3 车辆调度问题的数学模型 ·························· 111

　5.1.4 求解 VRP 的混合人工鱼群遗传算法 ················· 112

　5.1.5 仿真实验结果 ···································· 113

5.2 求解 SVM 反问题的差异演化算法 ······················ 113

　5.2.1 问题的提出 ······································ 113

　5.2.2 差异演化算法的设计 ······························ 114

　5.2.3 差异演化算法的改进 ······························ 114

　5.2.4 仿真实验结果 ···································· 116

5.3 求解聚类问题的人工鱼群算法 ························· 118

　5.3.1 聚类模型 ········································ 118

　5.3.2 算法的设计 ······································ 119

　5.3.3 算法实现 ········································ 120

　5.3.4 仿真实验结果 ···································· 121

5.4 求解测试用例自动化问题的人工鱼群算法 ·············· 123

　5.4.1 路径测试模型 ···································· 123

　5.4.2 混沌搜索 ········································ 125

　5.4.3 算法的设计 ······································ 125

　5.4.4 仿真实验结果 ···································· 127

5.5 求解关联规则挖掘的差异演化算法 ···················· 129

　5.5.1 规则挖掘 ········································ 129

　5.5.2 算法的设计 ······································ 131

　5.5.3 仿真实验结果 ···································· 133

5.6 求解特征选择的人工鱼群算法 ························· 136

　5.6.1 特征选择 ········································ 136

　5.6.2 算法的设计 ······································ 136

　5.6.3 仿真实验结果 ···································· 137

5.7 求解网络安全态势预测的人工鱼群算法 ················ 139

    5.7.1　网络安全态势预测模型 ································· 140

    5.7.2　算法的设计 ····················· 141

    5.7.3　仿真实验结果 ················· 143

5.8　求解图像边缘检测的遗传算法 ··························· 146

    5.8.1　数字图像边缘 ················· 146

    5.8.2　Sobel 边缘检测算子 ············ 148

    5.8.3　面向图像边缘检测的遗传算法 ··············· 149

    5.8.4　仿真实验结果 ················· 151

    5.8.5　结论 ··················· 155

5.9　本章小结 ································· 155

参考文献 ······································· 157

第 6 章　总结与展望 ···························· 159

# 第1章 群体智能算法概述

1975 年，美国 Michigan 大学的 John Holland[1]教授发表了其开创性的著作《Adapatation in Natural and Artificail System》，在该著作中 John Holland 教授对智能系统及自然界中的自适应变化机制进行了详细阐述，并提出了计算机程序的自适应变化机制，该著作的发表被认为是群体智能（Swarm Intelligence）[2]算法的开山之作。随后，John Holland 和他的学生对该算法机制进行了推广，并正式将该算法命名为遗传算法（Gentic Algorithm，GA）[3]~[5]。遗传算法的出现和成功，极大地鼓舞了广大研究工作者向大自然现象学习的热情。经过多年的发展，已经诞生了大量的群体智能法，包括：遗传算法、蚁群优化（Ant Colony Optimization，ACO）[6]~[7]算法、差异演化（Differential Evolution，DE）[8]~[12]算法、粒子群优化（Particle Swarm Optimization，PSO）[13]~[16]算法等。

随着群体智能算法在诸如机器学习、过程控制、经济预测、工程预测等领域取得了前所未有的成功，它已经引起了包括数学、物理学、计算机科学、社会科学、经济学及工程应用等领域的科学家们的极大兴趣。目前关于群体智能计算的国际会议在全世界各地定期召开，各种关于信息技术或计算机技术的国际会议也都将智能进化技术作为主要研讨课题之一。甚至有专家指出，群体智能计算技术、混沌分析技术、分形几何、神经网络等将会成为研究非线性现象和复杂系统的主要工具，也将会成为人们研究认知过程的主要方法和工具。

## 1.1 群体智能算法的特点

### 1.1.1 智能性

群体智能算法通过向大自然界中的某些生命现象或自然现象学习，实现对于问题的求解，这一类算法中包含了自然界生命现象所具有的自组织、自学习和自适应性等特性。在运算过程中，通过获得的计算信息自行组织种群对解空间进行搜索。种群在搜索过程中依据事先设定的适应度函数值，采用适者生存、优胜劣汰的方式进化，所以算法具有一定的智能性。

由于群体智能算法具有的这种优点，应用群体智能算法求解问题时，不需要事先对待求解问题进行详细的求解思路描述。对于某些复杂性高的问题，高效求解成为可能。

### 1.1.2　隐含本质并行性

群体智能算法通过设定相应的种群进化机制完成计算，而种群内的个体则具有一定的独立性，个体之间或需要，或不需要进行信息交流，而个体的进化方式则完全取决于自身的状态。所以，对于群体智能算法而言，其个体之间完全是一种本质上的并行机制。如果使用分布式多处理机来完成群体智能算法，可以将算法设置为多个种群并分别放置于不同的处理机实现进化，迭代期间完成一定的信息交流即可（注：信息交流并不是必要的），迭代完成之后，根据适应度值进行优胜劣汰。所以，群体智能算法这种隐含的本质并行性，能够更充分利用多处理器机制，实现并行编程，提高算法的求解能力。更加适合目前云计算等分布式计算技术迅速发展的背景。

### 1.1.3　解的近似性

群体智能算法通常来自于对大自然中某种生命或其他事物的智能协作进化现象的模拟，利用某种进化机制指导种群对解空间进行搜索。由于该类算法缺乏严格的数学理论支持，对于问题的解空间采用反复迭代的概率性搜索，所以群体智能算法会存在早熟或解精度较低等问题，而这也是所有群体智能算法几乎都存在的弱点。所以，很多时候对求解的问题来说，群体智能算法仅仅得到的是一种最佳解的近似解。

# 1.2　群体智能算法的计算模式

不失一般性，考虑以最小化（$\min\{f(x)\,|\,x \in X\}$）问题进行探讨（本书均以最小化问题考虑，下同）。式中，$X$ 称为问题的解空间，即问题的所有可能解。$X$ 既可以是连续域 $R^n$ 的一个子集，也可以是离散域内一个有限集合。群体智能算法的优化求解就是从多个随机初始解开始，通过一定的规则不断迭代和进化产生新解的过程。

在群体智能算法中，将多个解的集合称为种群（Population），记为 $P(t)$，$t$ 表示种群进化的代数，种群的大小称为种群规模，一般记为 POP 或 $N$。以 $x_1(t), x_2(t), \cdots, x_n(t)$ 表示种群中各个解，即种群的个体（Individual）或称染色体（Chromosome）。种群中新个体（Offspring）通常由父个体（Parent）以某种交配组合方式产生，这种交配方式称为进化模式（Evolutionary Model）。进化计算的迭代过程可以归纳为社会协作、自我适应和竞争进化等三个基本环节。

在社会协作过程中，个体之间进行彼此的信息交换和互相学习。种群内个体在自我适应过程中通过主动或被动的方式不断调节自身的状态以适应环境。相互竞争则是指种群内具有更优状态的个体将会获得较大的生存机会，进入子种群，即种群的更新策略。群体智能算法框架描述如下：

**算法 1.1　群体智能算法[13]**

输入：解空间内的初始种群。

输出：最佳个体 $X_{gbest}(t)$。

步骤 1. 初始化种群规模、迭代次数等参数。

步骤 2. 在解空间内随机初始化种群 $P(t)=\{X_1(t),X_2(t),\cdots,X_n(t)\},t=0$。

步骤 3.　While（终止条件不满足）Do。

步骤 4. 计算 $P(t)$ 中个体的适应值。

步骤 5. 挑选部分个体进行社会协作操作。

步骤 6. 自我适应。

步骤 7. 竞争操作，生成新一代种群。

步骤 8. endwhile。

步骤 9. 输出最终解。

通过以上计算框架可知，群体智能算法通过对附加于种群内个体的三种操作引导个体向最佳解靠近，从而达到寻优的目的，其形式化模型如公式（1.1）所示。

$$PIO = \{POP(u), S(\alpha), A(\beta), C(\gamma); t\} \tag{1.1}$$

式中，$POP(u)$ 代表种群，$u$ 表示其规模；$S$、$A$、$C$ 分别代表社会协作、自我适应机制和竞争操作，括号内表示该操作所需的相应信息，$t$ 表示算法迭代代数。

## 1.2.1　社会协作机制

在本过程中，将通过一定的选择机制挑选部分个体进行信息交换和相互学习。所涉及的信息包括：个体选择的方法（schoi），个体规模（snum），新实验个体的产生机制（sway），种群历史信息的使用方式（shis）等，可以用公式（1.2）进行形式化描述。

$$S(POP(t), [schoi, snum, sway, shis]^t) \tag{1.2}$$

## 1.2.2　自我适应机制

自我适应机制是指个体通过主动或被动机制不断调整自身的状态，以适应其所处的生存环境。个体通过两种搜索机制来调整自身的状态，全局搜索和局部搜索。全局搜索机制保证了个体在更加广泛的范围内探索新解的能力，能够更好地保证种群多样性，避免出现早熟收敛现象；局部搜索机制则与之相反，容易使算法提前收敛于局部最佳，但是能够较快地提高个体的质量，加快算法的收敛速度。种群中个体的自我适应通常就是处理好两种搜索机制之间的平衡。

通过上述两种过程，可以生成新的实验个体，新实验个体生成机制的形式化描述如公式（1.3）所示。

$$\text{new}(t) = A(S(\text{POP}(t), [\text{schoi}, \text{snum}, \text{sway}, \text{shis}]^t, \beta^t) \qquad (1.3)$$

### 1.2.3　竞争机制

群体智能算法通过竞争机制从 POP 个父个体和 $m$ 个临时子个体中挑选个体进入下一代种群中。在大部分群体智能算法中，种群的规模 POP 一般选择固定不变，个体替换策略分为整代替换策略 $r(\text{POP}, m)$ 和部分替换策略 $r(\text{POP} + m)$；前者指 POP 个父个体完全被 $m$ 个子代个体所替换，后者指 POP 个父个体中只有部分个体被替换。当然，如果为了保存精英个体，可以选择精英保留策略，即父代个体中的优秀个体不被替换而进入下一代个体。

产生子种群的形式化描述如公式（1.4）所示。

$$\text{POP}(t+1) = C(\text{POP}(t), \text{New}(t), [p, r, \text{elitist}]^t) \qquad (1.4)$$

上述公式（1.4）中 $p$ 代表种群个体，$r$ 代表替换模式，elitist 代表精英个体。

# 1.3　遗　传　算　法

遗传算法采用随机机制对解空间进行搜索，并在搜索过程中不断迭代、进化。由于该算法采用了模拟生物界中的生物遗传原理进行随机解空间搜索，所以它具有一定的广泛性和适应性。

在实际的操作中，遗传算法利用自然界中的适者生存机制作为算法进化中的主要进化机制，同时将随机的信息交换机制吸收进来，较好地消除了迭代过程中出现的不适应因素，有力地提高了收敛速度。

自遗传算法被提出以来，已经被广泛应用于各种领域问题的求解，并表现出了非常好的求解效率。比如，求解组合优化问题（TSP 问题、背包问题等）、神经网络的结构优化问题、灾害评价与预报、网络路由选择等。

遗传算法的操作对象是被称为种群的一组二进制串，而其中的单个个体称为染色体或者叫个体，每一个染色体对应于问题的一个解。遗传算法的操作流程是：从初始种群出发，采用基于适应值比例的选择策略在当前种群中选择个体，使用杂交和变异不断产生下一代群体。如此迭代，直至满足期望的终止条件。该算法的形式化描述如下：

$$GA = (P(0), N, l, s, g, p, f, t)$$

其中，$P(0) = (X_1(0), X_2(0), \cdots, X_n(0))$ 表示初始种群；

　　　$N$ 表示种群中含有个体的个数；

　　　$l$ 表示二进制串的长度；

　　　$s$ 表示选择策略；

　　　$g$ 表示遗传算子；

　　　$p$ 表示遗传算子的操作概率；

　　　$f$ 表示适应度函数（fitness function）；

　　　$t$ 表示终止准则。

## 1.3.1　标准遗传算法原理

应用遗传算法求解问题时，主要经过种群初始化、计算适应度函数值、父个体交叉、变异等操作，算法流程图如图 1-1 所示。

**算法 1.2　标准遗传算法（GA）**

输入：种群 $P$。

输出：最优个体 $\boldsymbol{X}_{\text{gbest}}(t)$。

步骤 1. 初始化群体 $P(0)$，迭代次数 $t = 0$。

步骤 2. 计算 $P(t)$ 中个体的适应度。

步骤 3. 如果满足终止条件，则终止算法，输出最优个体；否则继续下一步。

步骤 4. $m = 0$。

步骤 5. 如果 $m \geqslant N$，即已经将全部的父个体处理完毕，则跳转到步骤 2；否则，执行下一步。

步骤 6. 根据个体的适应值比例选择两个父个体。

步骤 7. 确定随机值 $\beta$，如果该值随机大于 1，则将两父个体进行杂交操作，然后将个体变异后插入到 $P(t+1)$ 中，并且跳转到步骤 9。

步骤 8. $\beta$ 如果在随机值 0 和 1 之间，则将两个父个体直接变异后，插入下一代个体 $P(t+1)$ 中。

步骤 9. $m = m + 2$；并且跳转到步骤 5。

设计一个求解实际问题的遗传算法的步骤如下。

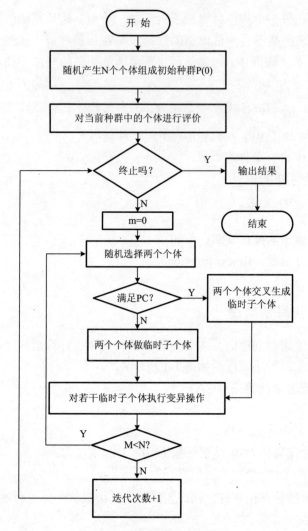

图 1-1　标准遗传算法流程图

（1）确定编码方案

遗传算法求解问题不是直接作用在问题的解空间上，而是利用解的某种编码表示。选择何种编码表示对算法的质量和效率会产生较大的影响。遗传算法一般采用如下三种编码：二进制编码、十进制编码和格雷编码。

（2）确定适应函数

一般以目标函数或费用函数的形式表示。解的适应度值是进化过程中进行个体选择的唯一依据。应用适应度函数来评价解的质量，它通常依赖于解的行为和环境的关系。

（3）设计遗传算子

包括繁殖操作、杂交操作、变异操作。

（4）设计终止条件

遗传算法没有利用目标函数的梯度信息，无法确定个体在解空间中的位置。从而无法用传统的方法判定算法是否收敛，并终止算法，所以一般都是预先设定一个最大的进化代数或检测种群的平均适应度连续几代的变化是否趋于平稳，以判断是否终止算法。

## 1.3.2　编码机制与主要算子

### 1. 编码机制

遗传算法的求解主要是通过位串的操作实现对解空间的搜索，所以不同编码方式会影响算法的问题表达和解空间的搜索。

（1）二进制编码

将原问题的解映射为一个二进制串描述（0,1 表示），然后，通过对位串的操作实现对问题的求解，最后将结果再还原为其解空间的解。

例如，染色体（0,1,0,1,1,1）表示为长度为 6 的串。

（2）十进制编码

将问题的解描述为一个 0～9 组成的十进制串。

（3）实数编码

实数编码将问题的解用实数来描述，实现了在解的表现型上直接进行遗传算法操作。即，问题的解空间实际就是遗传算法的运行空间。

（4）格雷编码

格雷编码其实质也是一种二进制的表示形式，与普通二进制不同的是，格雷编码是通过一个特定的格雷变换得到的二进制串。例如，假设存在一个二进制串 $a_1$, $a_2$, $a_3$, $\cdots$, $a_n$，格雷码串为 $c_1$, $c_2$, $c_3$, $\cdots$, $c_n$，则该二进制串与格雷编码存在的转换关系如公式（1.5）所示。

$$c_i = \begin{cases} a_1 & (i = 1) \\ a_{i-1} \oplus a_i & (i > 1) \end{cases} \tag{1.5}$$

### 2. 主要算子

遗传算法的算子主要包括选择算子、交叉算子、变异算子三种。

（1）选择算子

遗传算法中选择算子是需要方法最多的算子之一，该算子主要用于通过何种方式在父代多个个体中选择较为优良的个体遗传到下一代中。一般情况下会根据适应度值的优劣进行处理，选择的方法包括：比例选择方式、精英选择方法、排序选择、联赛选择、排挤机制选择等。

（2）交叉算子

主要用于实现父代染色体之间的信息交换，根据不同位交换方式，主要分为以下三种杂交操作方式。

① 点式杂交

分为单点式与多点式杂交。单点式杂交即随机的在两个父串上选择一个点，然后交换这两个串该杂交点后面对应的子串。

② 两点杂交

随机选取两个杂交点，然后将两个杂交点中间的部分数据进行交换。

③ 均匀杂交

先随机生成一个与父个体长度一致的二进制串，然后依据该串的数据进行处理，0 则不交换两个父个体对象的串位，1 则交换相应的位。

（3）变异算子

变异算子的操作是产生新个体的强有力的方法，它决定了遗传算法的全局搜索能力。设置一定的概率 $p_m$，根据概率将所选个体的位取反，实现将该染色体的变异操作。

# 1.4 差异演化算法

借鉴遗传算法的思想，1995 年美国的 Rainer Storn 和 Kenneth Price 提出了一种新颖群体智能算法——差异演化算法。该算法最主要的操作思想是基于种群内的个体差异度生成临时个体，采用一对一的贪婪选择竞争机制，通过随机重组实现种群进化。标准算法采用实数进行编码，避免了复杂的基因操作，所以具有较快的运算速度。由于采用实数编码，所以原始 DE 算法主要用于连续域的优化问题，如果要用于离散域的问题优化，则需要进行相应的转化或映射。

在 DE 中，首先利用父代个体与差异向量（Differential Vector）重组构成差异个体；接着，按照一定的概率由父代个体与差异个体交叉产生临时个体；最后，根据临时个体与父代个体的适应度大小，以"优胜劣汰"的贪婪方式产生子代个体。

差异演化算法具有三个基本操作，即变异操作算子、交叉操作算子和选择操作算子。它的协作策略数学模型可以用公式（1.6）描述。

$$\alpha' = [(X_1(t), X_2(t), X_3(t)), 3, X_1(t) + F * (X_2(t) - X_3(t)), X_{gbest}(t)] \tag{1.6}$$

差异演化算法的自我适应策略是利用交叉操作来提高种群的多样性，即公式（1.7）。

$$\beta(t) = e_{ij}(t+1) = \begin{cases} d_{ij}(t+1) & r1 \leq CR \text{或} r_2 = j \\ x_{ij}(t) & \text{其他} \end{cases} \tag{1.7}$$

差异演化采用固定规模的种群，实施一对一的贪婪选择竞争机制；运算过程中，精英个体得以保留，因此算法的竞争策略描述为公式（1.8）。

$$\Gamma^t = [v = \lambda, (v + \lambda), X_{\text{gbest}}(t)] \tag{1.8}$$

设 $X_1(t)$、$X_2(t)$ 是种群内两个互不相同的个体，则用 $D_{12} = X_1(t) - X_2(t)$ 表示它们构成的差异向量。在 DE 中，根据差异向量与父代个体重组方式的不同，可形成多种不同的进化模式，我们将其记为 DE/X/Y/Z。其中 X 表示与差异向量进行重组的个体，它可以是任意父代个体，也可以是某个确定个体或当前最好个体；Y 为重组时差异向量的个数；Z 代表交叉所采用的模式。目前有超过 10 种的进化模式，常见的几种进化模式如公式（1.9）至公式（1.12）所示。

DE/rand1/1/bin 模式：

$$D_i = X_1(t) + F * (X_2(t) - X_3(t)) \tag{1.9}$$

DE/rand-to-best/1/bin 模式：

$$D_i = X_i(t) + F * (X_{\text{best}}(t) - X_i(t)) + F * (X_1(t) - X_2(t)) \tag{1.10}$$

DE/best/1/bin 模式：

$$D_i = X_{\text{best}}(t) + F * (X_1(t) - X_2(t)) \tag{1.11}$$

DE/rand2/1/bin 模式：

$$D_i = X_i(t) + F * (X_1(t) - X_2(t)) \tag{1.12}$$

说明：$F \in (0, 1.2)$ 称为摄动比例因子（Scale Factor of Perturbation），用于控制差异向量的摄动幅度，一般取 0.8。

不失一般性，假设待求解问题为最小化问题 $\min f(x_1, x_2, \cdots, x_n)$，$x_j \in [L_j, U_j]$，$1 \leq j \leq n$。令 $X_i(t) = (x_{i1}(t), x_{i2}(t), \cdots, x_{in}(t))$ 为第 $t$ 代种群中第 $i$ 个个体，种群规模为 $s$，则差分进化算法的算法流程描述如下（DE/rand/1/bin 模式）。

**算法 1.3　标准 DE 算法**

*步骤* 1. 初始化参数，设定迭代次数 $t = 0$。

*步骤* 2. 在解空间内以公式（1.13）随机生成初始种群。

$$P(t) = \{X_i(t) \mid x_{ij}(t) = \text{rand}(0,1) * (U_j - L_j) + L_j \wedge 1 \leq i \leq s \wedge 1 \leq j \leq n\} \tag{1.13}$$

其中 rand(0,1) 为（0,1）上的随机数，并置 $t=0$；

*步骤* 3. 执行变异操作。从当前种群 $P(t)$ 中随机选择 3 个不同于 $X_i(t)$ 的个体 $X_a(t)$、$X_b(t)$、$X_c(t)$，$a \neq b \neq c$。选择公式（1.9）至公式（1.12）中的某种模式生成差异个体，$D_i(t+1) = (d_{i1}(t+1), d_{i2}(t+2), \cdots, d_{in}(t+1))$。

*步骤* 4. 执行交叉操作。随机生成随机小数 $r_1 \in (0,1)$ 和随机整数 $r_2 \in [1,n]$，按公式（1.14）生成临时个体。

$$E_{ij}(t+1) = \begin{cases} D_{ij}(t+1) & r_1 \leqslant \text{CR, or}, r_2 = j \\ X_{ij}(t) & \text{其他} \end{cases} \qquad (1.14)$$

其中 $1 \leqslant i \leqslant s$ 且 $1 \leqslant j \leqslant n$；$\text{CR} \in (0, 1)$ 为交叉因子，用于控制种群个体之间的分散度。

步骤 5. 执行选择操作。如果 $f(E_i(t+1)) < f(X_i(t))$ 则 $X_i(t+1) = E_i(t+1)$，否则 $X_i(t+1) = X_i(t), 1 \leqslant i \leqslant s$。

步骤 6. 计算种群 $P(t+1)$ 中适应度最佳的个体 $X_{\text{gbest}}(t)$；

步骤 7. 如果终止条件不满足，则 $t = t+1$ 并跳转到步骤 2；否则输出 $X_{\text{gbest}}(t)$ 与 $f(X_{\text{gbest}}(t))$，结束算法。

差异演化算法原理简单，计算效率和解精度均较高，目前针对该算法的研究成果极为丰富，是一个应用较为广泛的群体智能算法。

# 1.5　粒子群算法

粒子群优化（Particle Swarm Optimization，PSO）[16]算法于 1995 年由 Kennedy 和 Eberhart 两位博士提出，该算法通过模拟自然界中鸟群的觅食运动来实现对于最终问题的求解。在 PSO 算法中，鸟群中个体所处的位置被看成是解空间中的一个栖息地，进化过程中通过个体之间不断的信息交流，引导种群逐步向可能的解位置靠近，并逐步提高在求解过程中所发现的栖息地质量，从而实现最终问题的求解。PSO 算法具有较好的全局收敛性和较佳的解精度，计算速度快，一经出现即引起了广大学者的研究兴趣，形成了一个研究热点。

## 1.5.1　粒子群算法的原理

PSO 算法的优化过程体现了群体智能算法的一个重要的特征——群体之间的简单合作表现出较高的智能性。可以通过社会认知理论，将 PSO 算法概括为如下三个主要过程。

（1）模拟行为

粒子群中的个体通过利用某种机制模拟优于自身个体的行为，以达到向其学习的目的。这是社会中广泛存在的一种学习机制，人类、动物界均适用。

（2）优化行为

粒子群中的个体通过向其他个体学习，发现自身所存在的不足或缺陷，采用一定的机制修正、调整自身的状态。

（3）评价行为

粒子群算法较好地采用了社会学习中的激励机制。对于社会学习中所产生的正反馈、负反馈、个体吸引、排斥等进行优化、吸收。并通过所采用的激励措施等机制来完成对于所处环境的学习。

PSO 算法将种群内的个体看做是一个没有质量、没有体积的粒子，这些粒子在其所处的解空间中进行搜索，粒子具有一定的速度，粒子根据自身的经验和群体的知识来综合调整各个粒子的飞行速度，逐渐向全局最优解的位置靠近。粒子群中的个体所处位置被视作问题的可能解，粒子的飞行速度、飞行方向、飞行距离通过一定的机制进行控制。进化过程中，设置相应的适应度函数（fitness function）来评价粒子所处位置的优劣，采用优胜劣汰的方式进化。

Angelie PJ 在其文献中，对于 PSO 算法与 GA 算法的区别进行了分析。PSO 算法通过维护粒子的速度矢量和位置矢量两个方面来保证算法对于解空间的搜索，并且 PSO 算法具有记忆能力，这是与 GA 算法不相同的特点。粒子在进化过程中保存其搜索到的历史最优位置，并保证搜索与记忆的分离。PSO 算法在进化过程中还具有 GA 算法所没有的信息共享，通过 gbest、pbest 两个极值进行共享的信息传递，通过追随最优粒子的行为使种群向最优解方向收缩。

### 1.5.2　PSO 算法的计算模型

标准 PSO 算法主要应用于连续解空间问题的优化，其数学描述如下：

设所求解问题的解空间为 $n$ 维，粒子群规模设为 $M$，则粒子 $i$ 在第 $t$ 次迭代过程中所达到的位置状态表示为 $X_i(t) = \{x_{i1}(t), x_{i2}(t), \cdots, x_{in}(t)\}, i = 1, 2, \cdots, M$，粒子的飞行速度定义为 $V_i(t) = \{v_{i1}(t), v_{i2}(t), \cdots, v_{in}(t)\}$，则粒子 $i$ 在第 $t$ 时刻的第 $j(j = 1, 2, \cdots, n)$ 维的飞行速度调整为下式（1.15）和公式（1.16）所示。

$$vi_j(t) = wv_{ij}(t-1) + c_1 r_1(p_{ij} - x_{ij}(t-1)) + c_2 r_2(g_j - x_{ij}(t-1)) \tag{1.15}$$

$$v_{ij}(t) = \begin{cases} v_{\max} & v_{ij}(t) > v_{\max} \\ -v_{\max} & v_{ij}(t) < -v_{\max} \end{cases} \tag{1.16}$$

粒子 $i$ 在 $t$ 时刻的位置更新可由公式（1.17）计算所得。

$$x_{ij}(t) = x_{ij}(t-1) + v_{ij}(t) \tag{1.17}$$

公式（1.15）中 $w$ 为惯性权值（Intertia Weight），$c_1$ 和 $c_2$ 为加速因子（Acceleration Constants），$r_1, r_2$ 是 [0,1] 内的随机数，$g_j$ 为第 $j$ 维上的最优值。

**算法 1.4　标准 PSO 算法**
输入：种群规模为 POP 的群体，最大迭代次数 $\text{iter}_{\max}$。
输出：最佳个体 $X_{\text{gbest}}(t)$。

步骤 1. 在解空间内随机初始化种群 $P_{ij}(0)$，设种群规模为 POP，并初始化算法的相关参数。

步骤 2. 根据所设定问题的适应度函数计算各个粒子的目标函数。

步骤 3. 令全部粒子更新自己所经过的最佳位置 pbest。

步骤 4. 依据步骤 3 的结果更新整个群体所经历的最佳位置 gbest。

步骤 5. 根据公式（1.15）至公式（1.17）更新粒子 $i$ 的速度和位置。

步骤 6. 如果迭代次数满足终止条件或者所求解精度达到所设定的精度要求，则输出最终求解结果，终止算法，否则跳转到步骤 2。

标准 PSO 算法的流程如图 1-2 所示。

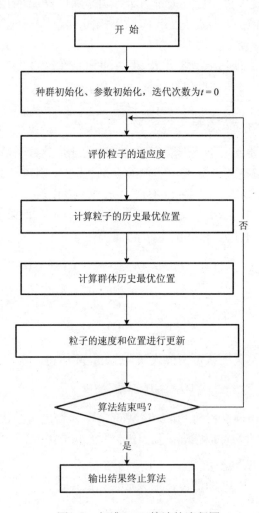

图 1-2　标准 PSO 算法的流程图

# 1.6　教—学优化算法

教—学优化（Teaching Learning Based Optimization，TLBO）[17]算法是印度学者 RAO 提出的一种新颖的群体智能算法。该算法模拟人类学习过程机制，分为两个阶段：教学阶段和学习阶段。

算法的种群被划分为"教师"和"学生"两个种群，"教师"即为种群内的最优个体，"学生"种群首先通过向教师学习来提高自身知识，实现向当前最优解逼近。其次，"学生"种群则通过内部之间的相互学习机制改变自身的状态，以保持种群多样性。RAO 将其应用于机械设计优化等问题中，取得了良好的优化效果. TLBO 具有结构简单、运算快、参数少等特点，在许多实际优化问题中得到了成功的应用[18]~[20]。

**算法 1.5　标准 TLBO 算法**

输入：种群规模为 POP 的群体，最大迭代次数 $\text{iter}_{\max}$。

输出：最佳个体 $X_{\text{gbest}}(t)$。

步骤 1. 设置算法的参数，种群规模 POP、最大迭代次数 $\text{iter}_{\max}$ 等。

步骤 2. 设置迭代次数 $t = 0$，并应用公式（1.10）在解空间内进行种群的初始化。

步骤 3. 计算机种群中所有个体的适应度，并选择最优个体作为教师 $X_{\text{teach}}(t)$。

步骤 4. 教师教学阶段。计算出全部个体的平均值为 $X_{\text{mean}}(t)$，设教学因子为 $\beta = \text{round}(1 + \text{rand}(0,1))$（注：round() 函数结果为四舍五入），则对种群中所有个体执行公式（1.18）生成其子个体，以优胜劣汰的方式替换原个体 $X_i(t)$。

$$X_i'(t) = X_i(t) + \text{rand}(0,1) * (X_{\text{teach}}(t) - \beta \times X_{\text{mean}}(t)) \tag{1.18}$$

步骤 5. 学生学习阶段。从种群中随意选择两互不相同的个体 $X_{r1}(t)$、$X_{r2}(t)$，令个体 $X_i(t)$ 向其中优秀的个体学习，按公式（1.19）生成其子个体，同样以优胜劣汰的方式替换个体 $X_i(t)$。

$$X_i'(t) = \begin{cases} X_i(t) + \text{rand}_i \times (X_{r1}(t) - X_i(t)), f(X_{r1}) < f(X_{r2}) \\ X_i(t) + \text{rand}_i \times (X_{r2}(t) - X_i(t)), f(X_{r1}) > f(X_{r2}) \end{cases} \tag{1.19}$$

步骤 6. 若算法满足终止条件，输出最佳个体，终止算法；否则，跳转到步骤 3。

# 1.7　顾问引导搜索算法

2010 年，德国教授 Serban Iordache 提出了一种新颖的群体智能算法——顾问引导搜索（Consultant Guided Search，CGS）[21]~[24]算法。该算法产生的灵感来自于在群体内个体之间信息交流的直接性，以及在真实环境中，某人做出某种决定时，会向自己的顾问进行咨询，根据顾问的意见调整自己的决策。作为一种新颖的群体智能优化算法，CGS 算法具有结构清晰、实现容易、参数设置简单等优点，为智能优化领域提供了新思想。在本章参考文献[21]中，作者对 CGS 算法的基本原理、参数设置、种群规模等问题进行了详细地论述，分析了该算法的优势和弱点，给出了应用该算法求解组合优化问题的模型，并与遗传算法等经典群体智能算法在求解精度、复杂度、运算时间等方面进行了对比。由于缺少严格的数学理论支持，该算法同样存在容易早熟，求解精度低等弱点。为了克服这些弱点，本章参考文献[22]中提出了一种引入局部搜索（Local Search）机制的改进 CGS 算法，新算法的局部搜索能力明显优于原始 CGS，应用改进之后的 CGS 算法求解经典的 TSP 问题，取得了较好的求解效果。为了拓展 CGS 算法的应用领域，Serban Iordache 教授在本章参考文献[23]中应用 CGS 算法求解了二次分配问题，对比其他相关算法，效果较好。在本章参考文献[24]中，作者应用 CGS 算法求解 Job Shop Scheduling 问题，对比相关的算法，CGS 算法求解速度快，求解精度较高。

**算法 1.6　顾问引导算法（CGSA）**

输入：种群规模为 POP 的群体，最大迭代次数 $iter_{max}$。

输出：最佳个体 $X_{gbest}(t)$。

步骤 1. 在解空间内随机产生 $n$ 个虚拟人组成种群 $P$。

步骤 2. 参数初始化，迭代次数设为 $t$，并设置所有个体 $p \in P$ 的行为模式为"休假模式"。

步骤 3. 遍历种群内的个体，执行如下子过程：

步骤 3.1. 如果个体 $p \in P$ 是休假模式，则创建策略，并更新当前最佳策略；

步骤 3.2. 如果个体 $p \in P$ 是普通模式，则选择种群内 $p' \neq p$ 作为自己的顾问，并根据当前最佳策略构建解决方案；如果构建的解决方案优于顾问的策略，则更新顾问的策略为当前解决方案，并且顾问的成功顾问次数加 1。

步骤 4. 更新个体的信誉值。

步骤 5. 更新个体的行为模式。

步骤 6. 不满足结束条件，则跳转到步骤 3。

步骤 7. 输出适应度最佳个体。

顾问引导搜索算法是以虚拟人群为基础的算法，在 CGS 中每个个体是一个虚拟人，可以同时作为客户和顾问。作为一名顾问，根据他的策略提供建议给客户。作为客户，通过顾问的策略来产生自己的解决方案。客户基于自己的个人偏好和顾问的信誉选择顾问，顾问 $k$ 的信誉是通过公式（1.20）计算得到。

$$repu_k = repu_k(1-r) \tag{1.20}$$

顾问个体每代的信誉都有一个衰减值，其中信誉衰减率 $r$ 按照公式（1.21）计算。

$$r = r_0 \left( 1 + \frac{s_w}{\sqrt{1 + \left( \dfrac{s_w}{t} \right)^2}} \right) \tag{1.21}$$

公式（1.21）中，$r_0$ 代表了客户在没有取得成功的情况下，最近 $w$ 次迭代中排名靠前的顾问的信誉衰减率。参数 $s_w$ 影响着信誉衰减率，表示最近 $w$ 次迭代排名靠前的顾问获得成功的次数。参数 $f$ 的值通过参数 $k_w$ 计算获得，具体计算如公式（1.22）所示。

$$f = \left( \frac{1}{r_0} - 1 \right) \left( 1 - \frac{1}{\sqrt[w]{k_w}} \right) \tag{1.22}$$

顾问构建策略按照公式（1.23）计算得到。其中 $a$ 是均匀分布在[0,1]的一个随机变量，且 $a_0 \in [0,1]$，参数 $j$ 是顾问下一步准备采取的方案。如果 $a \leqslant a_0$，那么顾问选择所有方案 $d_i$ 中最好的作为他的策略，否则可以采用轮盘赌方式选择方案，轮盘赌按照公式（1.24）来计算每个方案的概率，其中 $\beta$ 是一个参数。

$$j = \begin{cases} \arg\min\{d_i\} & \text{if}(a \leqslant a_0) \\ j & \text{其他} \end{cases} \tag{1.23}$$

$$p_i = \frac{(1/d_i)^\beta}{\displaystyle\sum_{i=1}^{n}(1/d_i)^\beta} \tag{1.24}$$

如果顾问被客户选中，即成为当前顾问，那么顾问会提供自己的策略给客户，客户获得顾问的策略后，紧接着构造自己的解决方案。选择方案如公式（1.25）所示。

$$j = \begin{cases} v & \text{if}(v \neq \text{null}) \wedge (q \leqslant q_0) \\ \arg\min\{d_i\} & \text{if}(v \neq \text{null}) \wedge (q \leqslant q_0) \wedge (b \leqslant b_0) \\ j & \text{其他} \end{cases} \tag{1.25}$$

其中 $v$ 是顾问的建议，作为下一步采取的方案。$q$ 是均匀分布在[0,1]的一个随机变量，且 $q_0(0 \leqslant q_0 \leqslant 1)$，$b$ 是均匀分布在[0,1]的一个随机变量，且 $b_0(0 \leqslant b_0 \leqslant 1)$。否则，则采取公式（1.25）按轮盘赌方式来选择方案。

## 1.8　本　章　小　结

群体智能算法从诞生到现在经历了几十年的发展，产生了非常多的不同的算法，这些群体智能算法或模仿生命体的遗传行为、或模仿动物的觅食行为、或模仿动物的飞行行为等。每一个群体智能算法均具有自己的特色和独特的求解方式。基于协作、竞争机制，本章给出了群体智能算法的一般计算步骤和数学模型，并选择五个经典的群体智能算法：遗传算法、粒子群算法、差异演化算法、教—学优化算法和顾问引导搜索算法等进行了详细的介绍，讲解了它们的计算原理和求解步骤。

遗传算法开辟了群体智能的先河；粒子群算法是第一个通过模拟生物种群的协作、竞争行为实现目标求解的群体智能算法；建立在遗传算法基础之上，发展而来的差异演化算法，是目前求解连续函数优化问题效率最高的群体智能算法之一。最后所介绍的教—学优化算法和顾问引导搜索算法是近几年涌现出来的较优秀的群体智能算法。

# 参 考 文 献

[1] Holland J H. *Outline for a logical theory of adaptive systems*. Journal of Association for Computing Machinery, 1962,9(3):297-314.

[2] Kennedy J, Eberhart R C,Shi Y. *Swarm Intelligence*. 2001.San Francisco:Morgan Kaufman Publisher.

[3] Arabas J，Michalewicz Z,Mulawka J. A *Genetic algorithm with varying population size*.1994.Proc of the 1st IEEE Int Conf on Evolutionary Copmputation.Orlando,Floria,USA：IEEE Press.

[4] Hirotaka Itoh. *The method of solving for travelling salesman problem using genetic algorithm with immune adjustment mechanism* [A].Traveling Salesman Problem, Theory and Applications[C]. Switzerland:Intech Press, 2010.97- 112.

[5] Abdelkader R F. *An improved discrete PSO with GA operators for efficient QoS-multicast routing*[J]. International Journal of Hybrid Information Technology, 2011, 4(2): 23-38.

[6] Colorni A,Dorigo M,Maniezzo V,etal. *Distributed optimization by ant colonies*.1991,Proceedings of the 1st European Conference on Artificial Life,134-142.

[7] Dorigo M,Maniezzo V,Colorni A. *Ant system:optimization by a colony of cooperating agents*. 1996, IEEE Transaction on System,Man,and Cybernetics-Part B,26(1):29-41.

[8] Storn R and Price K. *Differential evolution-a simple and efficient heuristic for global optimization over continuous spaces*[J]. Journal of Global Optimization,1997,11:341-359.

[9] Storn R and Price K. *Differential evolution for multi-objective optimization*[A]. Evolutionary Computat ion[C], 2003, 4:8-12.

[10] J.Brest, S.Greiner, B.Boskovic, M.Mernik, V.Zumer. *Self-Adapting Control Parameters in Differential Evolution: A Comparative Study on Numerical Benchmark Problems*. In:2006. Evolutionary Computation, IEEE Transactionson, Vol.10,no 6,pp.646-657,ISSN:1089-778X.

[11] Abbass H.. *Self-adaptive pareto differetial evolution*. In Proceedings of the IEEE 2002 Congress on Evolutinary Computation,2002, 831-836.

[12] Mininno E，Neri F, Cupertino F，Naso D.*Compact differential evolution*. IEEE Transactions on Evolutionary Computatio,2011,(151):32-54.

[13] 王凌, 刘波.微粒群优化与调度算法. 北京:清华大学出版社, 2008.

[14] 肖文显，刘震.一种融合反向学习和量子优化的粒子群算法. 微电子学与计算机,2013,30(6): 126-130.

[15] Kennedy J,Eberhart RC. *A discrete binary version of the particle swarm algorithm*. In:Proceedings of the World Multiconference on Systemics,Cybernetics and Informatics 1997. Piscataway, NJ: IEEE Service Center, 1997. 4104-4109.

[16] 郭文忠，陈国龙.离散粒子群优化算法及其应用.北京：清华大学出版社,2012.

[17] Rao R V, Savsani V J, Vakharia D P. *Teaching-learning-based optimization: a novel method for constrained mechanical design optimization problems*. Computer-Aided Design,2011, 43(3): 303-315.

[18] Rao R V, Savsani V J, Vakharia D P. *Teaching-learning-based optimization: an optimization method for continuous non- linear largescale problems*. Information Sciences, 2012, 183(1): 1-15.

[19] Rao R V, Savsani V J, Balic J. *Teaching-learning-based optimization algorithm for unconstrained and constrained real parameter optimization problems*. Engineering Optimization, 2012,44 (2): 1447-1462.

[20] Rao R V, Savsani V J. *Mechanical design optimization using advanced optimization techniques*. London: Springer-Verlag, 2012

[21] Serban Iordache . *Consultant-Guided Search-A New Metaheuristic for Combinatorial Optimization Problems*. GECCO, 2010: 225-232.

[22] Serban Iordache.*Consultant-Guided Search Algorithms with Local Search for the Traveling Salesman Problem*[C]. PPSN, 2010:81-90.

[23] Serban Iordache. *Consultant-Guided Search Algorithms for the Quadratic Assignment Problem*. LNCS, 2010: 148-159.

[24] D.Deepanandhini,T.Amudha. *Solving Job Shop Scheduling Problems With Consultant-Guided Search Algorithms*. India.University of Bahadier, 2013

# 第 2 章　人工鱼群算法

　　2003 年，浙江大学的李晓磊博士通过模拟鱼群的自由游动、觅食、追尾、聚群等行为，首先在本章参考文献[1]中提出了人工鱼群算法（Artificial Fish Swarm Alogorithm，AFSA）[2]~[15]，并在其博士论文中对该算法进行了详尽地描述和探讨。作为由我国学者提出的第一个群体智能算法，人工鱼群算法自诞生以来受到了前所未有的关注和研究。时至今日，针对该算法进行研究的相关参考文献不下几千篇，可见该算法在国内外影响之众。人工鱼群算法具有收敛速度快、鲁棒性强、能够快速找到可行解的优点，非常适合于对解精度要求不高的寻优问题。

　　标准人工鱼群算法中包括四个主要算子：自由游动算子、觅食算子、追尾算子、聚群算子。鱼群（Population）中的个体（Individual）所处的状态即为待求解向量，将鱼群中的全部个体，通过不断迭代执行上述四个基本算子，实现个体之间的协作、竞争，从而实现问题的最终求解。在算法中通常设置一个公告板，用于记录鱼群中当前最优个体状态。

## 2.1　人工鱼群算法的数学模型

　　人工鱼群算法的灵感来自于对水中鱼群的觅食、追尾、聚群等行为的模拟。观察水中的鱼群，一般情况下，每条鱼个体均会处于一种漫无目的随机游动现象，这种随机游动机制保证了鱼的搜索范围的广泛性和随机性。当该个体鱼发现其视野之内有"食物"时，它就会向这个"食物"以某种步长机制实施靠近。多条鱼聚集在一起会组成一个种群，如果其中某一条鱼发现了"食物"，或者处于一个离"食物"较其他鱼更为优越的位置时，则会吸引其他鱼向自己靠近，称之为"追尾"；多条鱼组成了一种局部群体，该群体之外的鱼如果发现该局部群体优于自身所处位置的状态，将会向这个群体中心靠近，称之为"聚群"。

　　标准人工鱼群算法中设置有四个主要算子，分别是自由游动算子、觅食算子、追尾算子、聚群算子，它们实现了群体智能算法中统一框架中的"社会协作、自我适应和竞争操作"。

　　鱼群中的每一个个体鱼在其视野范围内搜索一个随机状态，然后判断该状态是否优于自身，以决定是否进行自身状态的更新，即产生新的个体。在这个过程中，参与产生新个体鱼的只有其自身，所以在该过程中协作个体数目是 1，协作机制如公式（2.1）所示。

$$\alpha^t = \left[ \boldsymbol{X}_i, 1, \boldsymbol{X}_i + \text{random}(\text{step})(\boldsymbol{X}_j - \boldsymbol{X}_i) \, / \, \|\boldsymbol{X}_j - \boldsymbol{X}_i\| \right] \tag{2.1}$$

鱼群个体通过聚群操作以提高自我适应的能力，当发现在其视野范围内同伴集合的中心点位置较其所在位置优越时，则向该中心前进一步，通过公式（2.2）进行自身状态的修正，以使自己更加适应环境（趋优能力）。

$$\begin{cases} \boldsymbol{X}_c = \sum \boldsymbol{X}_i \, / \, n_f \\ \boldsymbol{X}_{\text{inext}} = \boldsymbol{X}_i + \text{rand}(\text{step}) * (\boldsymbol{X}_c - \boldsymbol{X}_i) \| \boldsymbol{X}_c - \boldsymbol{X}_i \| \end{cases} \tag{2.2}$$

追尾算子是人工鱼群算法实现个体之间竞争的主要机制，调整鱼群中每一个个体自身的状态，生成下一代鱼群。在生成下一代个体的过程中，其实质是将自身的状态进行替换选择，而鱼群个体之间并没有进行类似于遗传算法、差异演化算法等所具有的选择操作。数学模型表示为公式（2.3）。

$$\Gamma(t) = [v = \lambda, (v + \lambda), \boldsymbol{X}_{\text{gbest}}] \tag{2.3}$$

以求解 $\min f(\boldsymbol{X})$ 为例，我们将标准人工鱼群算法的流程以算法 2.1 进行描述，其流程图如图 2-1 所示。

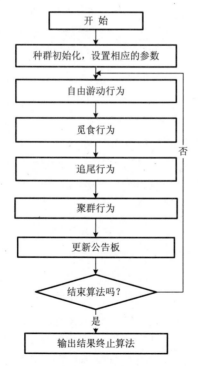

图 2-1　人工鱼群算法的流程图

标准人工鱼群算法中所包含参数如下：

visual：鱼的视野范围；$\lambda$：拥挤因子（$0 < \lambda < 1$）；step：移动步长；try_number：尝试次数。种群规模：POP。

将鱼所处位置的食物浓度设为 $f(X)$，即待求解目标函数，当前鱼个体的状态表示为 $X = (X_1, X_2, \cdots, X_n)$。

### 算法 2.1　标准人工鱼群算法（AFSA）

输入：规模为 $N$ 的种群 $P$，最大迭代次数 $\text{iter}_{\max}$。

输出：最佳个体 $X_{\text{gbest}}$。

步骤 1. 初始化算法的参数，设定迭代次数 $t = 0$；

步骤 2. 自由游动。设第 $i$ 个鱼的当前状态为 $X_i(t)$，在没有执行其他任何行为时，鱼个体在自己视野范围 visual 内随机游动。此行为是算法中个体的默认行为。

步骤 3. 觅食行为。设第 $i$ 个鱼的当前状态为 $X_i(t)$，在其视野范围 visual 之内随机生成一新状态 $X_{\text{itemp}}(t)$，如果 $f(X_{\text{itemp}}(t)) < f(X_i(t))$，则鱼向该状态移动一步；否则，重新选择一个新的 $X_{\text{itemp}}(t)$，进行尝试。如果尝试 try_number 次后仍然不能移动，则将鱼随机移动一步。

步骤 4. 聚群行为。设第 $i$ 个鱼的当前状态为 $X_i(t)$，在其视野范围 visual 内搜索聚集鱼群的中心位置 $X_c(t)$，并探测附近的同伴个数 $n$。如果 $n / N < \lambda$，表示该中心位置不拥挤，如果此时 $f(X_c(t)) < f(X_i(t))$ 则鱼向该方向前进一步，否则执行觅食行为。

步骤 5. 追尾行为。设第 $i$ 个鱼的当前状态为 $X_i(t)$，在其视野范围 visual 内搜索最优的鱼个体 $X_{\text{ibest}}(t)$。设 $X_{\text{ibest}}(t)$ 视野领域内的伙伴数为 $n$，如果 $f(X_i(t)) > f(X_{\text{ibest}}(t))$ 并且 $n / N < \lambda$，表明该位置食物较多，并且不够拥挤，则当前鱼向该位置前进一步，否则继续执行觅食行为。

步骤 6. 更新公告板。设置一个公告板，用于记录鱼群内历史最佳鱼的状态 $X_{\text{ibest}}(t)$。各人工鱼每迭代一次都检查公告板的状态，如果 $f(X_i(t)) < f(X_{\text{gbest}}(t))$ 成立，则将 $X_{\text{ibest}}(t)$ 修改为 $X_i(t)$。

步骤 7. 如果算法满足结束条件（结束条件一般为迭代次数满足、多次公告板板无法更新、解精度达到一定的要求）则输出结果，终止算法；否则跳转到步骤 2。

在实际的应用中，人工鱼群算法的四个行为算子可以根据需要进行顺序调整或者精简，以加快算法的执行速度。群体智能算法的寻优能力主要体现在如何将广泛的全局搜索能力与精细的局部搜索有机结合，在人工鱼群算法的早期因为要保证算法具有一定的全局搜索能力，所以应该加强执行变异机制的自由游动行为，赋予算法较强的搜索较大解空间的能力。而在算法的后期，由于人工鱼群算法已经基本收敛，所以应该减少变异机制转而加强趋优搜索，对最优个体的周围空间进行精细的局部搜索，体现在人工鱼群算法中即应该加强追尾行为和聚群行为，可以减少甚至删掉自由游动算子。

## 2.2　人工鱼群算法的收敛性分析

由于缺少严格的数学理论支持，群体智能算法的收敛性分析一直是这一类算法的研究重点和难点。针对这一类算法的收敛性，目前采用较多的是随机过程中的马尔科夫链模型（Markov Chains Model）[16]~[18]及泛函理论中的压缩映射[19]~[20]定理等。本章参考文献[7]应用马尔科夫链理论对鱼群算法进行了理论上的收敛性证明，在该文献中作者将鱼群算法中各鱼个体的状态映射为一个离散的空间，并分别计算出算法执行过程中鱼个体从一个状态转移到另一个状态的概率 $P_{ij,ki}$、$P_{ij,k}$ 和 $P_{i,k}$，鱼群中个体鱼的当前状态 $X_i^T$ 恰好对应于马尔科夫链上的一个状态，通过分析可知该状态满足可规约随机矩阵，并且是稳定的，故该状态能够以概率 1 进行变化，并最终收敛于一个最优点，从而实现了人工鱼群算法的收敛性证明。

### 2.2.1　常用距离

在计算机科学、控制理论、信息处理过程中，通常需要描述数据之间的距离，用于描述数据之间距离的方法主要包括欧式距离、曼哈顿距离、切比雪夫距离等。

本节将首先介绍用到的常用距离。

**定义 2.1**：Minkowski 距离

设样本空间 $D$ 中具有数据集 $\boldsymbol{X}$ 和 $\boldsymbol{Y}$，其维度为 $n$，$\boldsymbol{X}=[x_1,x_2,\cdots,x_n]$，$\boldsymbol{Y}=[y_1,y_2,\cdots,y_n]$，则它们之间的 Minkowski 距离定义为公式（2.4）。

$$d(\boldsymbol{X},\boldsymbol{Y})=\left(\sum_{i=1}^{m}|X_i-Y_i|^x\right)^{\frac{1}{x}},\ x>0 \tag{2.4}$$

Minkowski 距离虽然计算简单，容易实现，但是存在两个弱点，第一点是没有考虑属性之间的多重相关性，第二点是比较容易受到量纲或度量单位的影响。针对这一弱点，印度统计学家 Mahalanobis 于 1963 年提出了马氏距离，该计算公式充分考虑了属性之间的多重相关性，能够比较准确地衡量多维数据之间的距离。

**定义 2.2**：马氏距离

$d_\Sigma(\boldsymbol{X},\boldsymbol{Y})=(\boldsymbol{X}-\boldsymbol{Y})^T\sum{}^{-1}(\boldsymbol{X}-\boldsymbol{Y})$；$\sum$ 为 $n\times n$ 的协方差矩阵。

马氏距离较好地克服了 Minkowski 的缺点，但是因为引入了协方差矩阵，该矩阵在实际的分类计算中较难确定，而且会使计算量增大，所以该距离不太适合大规模的数据集。

**定义 2.3：** Canberra 距离

$$d_{\mathrm{Canb}}(\boldsymbol{X},\boldsymbol{Y})=\sum_{i=1}^{n}\frac{|X_i-Y_i|}{|X_i|+|Y_i|} \qquad (2.5)$$

Canberra 距离考虑了量纲或度量单位对于距离计算的影响，但是它缺少对属性之间的多重相关性考虑。该距离对于缺省数值比较稳健。

其他几种常用距离如下。

曼哈顿（Manhattan）距离定义为式（2.6）。

$$d(\boldsymbol{X},\boldsymbol{Y})=\sum_{i=1}^{m}|X_i-Y_i| \qquad (2.6)$$

欧式（Euclidean）距离定义为式（2.7）。

$$d(\boldsymbol{X},\boldsymbol{Y})=\|\boldsymbol{X}-\boldsymbol{Y}\|=\sqrt{\sum_{i=1}^{m}|X_i-Y_i|^2} \qquad (2.7)$$

切比雪夫（Chebyshev）距离定义为公式（2.8）。

$$d(\boldsymbol{X},\boldsymbol{Y})=\max_{1\leqslant i\leqslant m}|X_i-Y_i| \qquad (2.8)$$

下面我们介绍基于马尔科夫链技术对人工鱼群算法的收敛性的证明。

## 2.2.2　基于 Markfov 链技术的收敛性分析

**定义 2.4：** 二进制串的海明（Hamming）距离

设 $a,a'$ 是两个长度为 $n$ 的二进制串，则它们的海明（Haiming）距离定义为公式（2.9）。

$$d(a,a')=\sum_{i=1}^{n}(a_i \& \sim a'_i) \qquad (2.9)$$

其中，$(a_i \& \sim a'_i)$ 表示 $a_i$ 与非 $a'_i$ 求与。即 $a_i$ 与非 $a'_i$ 的海明距离是它们之间相异的位数。

**定义 2.5：** 有限马尔科夫（Markov）链定义

设 $(x_t,t\geqslant 0)$ 是一列取值为有限状态空间 $S=\{s_1,s_2,\cdots,s_n\}$ 上的随机变量，若 $x_{i+1}$ 所在的状态仅仅与 $x_t$ 有关，而与其他诸如时间或者个体状态完全无关，即对于任意 $k\geqslant 0$ 及正整数 $i_0,i_1,\cdots,i_{k+1}$，公式（2.10）成立。

$$P(x_{k+1}=s_{ik+1}|x_0=s_{i0},\cdots,x_k=s_{ik})=P(x_{k+1}=s_{ik+1}|x_k=s_{ik}) \qquad (2.10)$$

则称 $(x_t,t\geqslant 0)$ 为马尔科夫链。

$P(x_{i+1} = s_j \mid x_i = s_i)$ 成为在时刻 $t$ 由状态 $s_i$ 向状态 $s_j$ 的转移概率，记 $P_{ij}(t)$。若该转移概率与时间 $t$ 是无关的，则称该马尔科夫链是齐次的（homogeneous），$\boldsymbol{P} = (P_{ij})_{n \times n}$ 为该齐次 Markov 链的转移矩阵。

**定理 2.1：** 一个齐次 Markov 链的行为只与矩阵的初始、结束状态有关。

证明：

设 $\boldsymbol{P} = (P_{ij})_{n \times n}$ 是一个齐次马尔科夫链的转移矩阵，则 $P_{ij} \in [0,1]$ 同时对于任意正整数 $i$，有 $\sum_{i=1}^{n} P_{ij} = 1$。

$\boldsymbol{P}_0$ 是初始分布向量，则式子 $P_{t+1} = \boldsymbol{P}_0 P_t$ 成立，从该式可得出结论一个齐次马尔科夫链的行为只与 $(\boldsymbol{P}_0, P)$ 有关。

**定义 2.6：** 设 $A$ 为一个 $n$ 阶非负矩阵

① 如果存在正整数 $k$，使得 $A^k$ 为正，则称 $A$ 是本原的（primitive）。

② 如果存在方阵 $C$、$T$，使得通过相同的行列置换可以将矩阵 $A$ 变换为公式（2.11）的形式，则称 $A$ 是可约的（reducilbe），否则称之为不可约。其中 $R$ 为状态迁移概率矩阵。

$$\begin{pmatrix} C & 0 \\ R & T \end{pmatrix} \tag{2.11}$$

③ 如果对于任何 $i = 1, 2, \cdots, n$，都有 $\sum_{j=1}^{n} a_{ij} = 1$ 成立，则称 $A$ 是随机的（Stochastic）。

**定义 2.7：** 设 $A$ 是一个随机矩阵

① 如果对于任意 $i, j, k$ 有 $a_{ij} = a_{kj}$，即矩阵中存在相同的行，则称 $A$ 是稳定的。

② 如果 $A$ 的每一列元素中至少有一个正元，则称 $A$ 是列允许的。

**定义 2.8：** 基于概率的收敛性

设种群规模为 $n$ 的人工鱼群算法的当前迭代次数为第 $t$ 代，则可以将其种群表示为 $P(t) = \{X_1(t), X_2(t), \cdots, X_n(t)\}$，该种群中最优个体的适应值表示为 $\lambda_i = \min\{f(x_i(t)) \mid k = 1, 2, 3, \cdots, n\}$，所求解问题的全局最优适应值表示为 $\omega = \min\{f(x) \mid x \in A^n\}$。

如果 $\lim \boldsymbol{P}\{\lambda_i = \omega\} = 1$，则称该算法以概率 1 收敛于全局最优。

**定理 2.2**[16]~[18]：设随机矩阵 $\boldsymbol{P}$ 可约，并设 $C$ 是 $j \times j$ 的本原随机矩阵，$R、T \neq 0$，则公式（2.12）描述的矩阵是一个稳定的随机矩阵。

$$\boldsymbol{P}^{\infty} = \lim \boldsymbol{P}^m = \lim \begin{bmatrix} C^m & 0 \\ \sum_{k=0}^{m-1} T^k R C^{m-k} & T^m \end{bmatrix} = \begin{bmatrix} C^{\infty} & 0 \\ R^{\infty} & 0 \end{bmatrix} \tag{2.12}$$

上述公式中，$\boldsymbol{P}^{\infty} = e' \cdot \boldsymbol{P}^{\infty}$，$\boldsymbol{P}^{\infty} = \boldsymbol{P}_0 \cdot \boldsymbol{P}^{\infty}$ 是唯一确定并且与初始分布 $\boldsymbol{P}_0$ 无关,同时公式（2.13）成立。

$$
\begin{cases}
p_i > 0 & 1 \leqslant k \leqslant j \\
p_i^{\infty} = 0 & j \leqslant k \leqslant n
\end{cases}
\tag{2.13}
$$

**定理 2.3：** 优胜劣汰机进化机制的人工鱼群算法以概率 1 收敛到全局最优。

先设定人工鱼群算法的三个转移概率矩阵如下：

个体变异转移概率矩阵 $\boldsymbol{P}_a^+ = \mathrm{diag}(P_a, P_a, \cdots, P_a)$；交叉操作转移概率矩阵 $\boldsymbol{P}_b^+ = (P_b, P_b, \cdots, P_b)$；选择操作转移概率矩阵 $\boldsymbol{P}_c^+ = (P_c, P_c, \cdots, P_c)$。

标准人工鱼群算法在进行选择操作的过程中采取了保优策略，即选择适应度更高的个体进入下一带种群之中。实际运算中为了方便，我们将当前最好的个体置于群体的初始位置，但不让其参与当前的进化操作。包含相同最好解的状态保持原顺序不变，包含不同最好解的状态则依据最好解的适应值由小到大排序。

将人工鱼群算法的种群元素表示为：$\mathrm{pop}^t = \{z^t, \mathrm{pop}_1^t, \mathrm{pop}_2^t, \cdots, \mathrm{pop}_n^t\}$,应用转移矩阵 $P_u = (P_{ui,j})$ 表示执行选择操作，在执行选择操作过程中，由于采用保留最优策略，所以最优个体要么被取代，要么得以保留。当 $\min\{f(\mathrm{pop}_i^t), i = 1, 2, \cdots, n\} = f(z^t)$ 则 $P(\mathrm{pop}^{t+1} = s_j \mid \mathrm{pop}^t = s_i) = 1$ 成立，否则该式为 0。

由上述分析可以看出，矩阵 $P_u$ 每一行有且仅有一个元素 1，因此选择操作的转移概率矩阵写成公式（2.14）所示的三角形式。

$$
P_u = \begin{bmatrix}
P_{u1,1} & & & \\
P_{u2,1} & P_{u2,2} & & \\
\cdots & & \cdots & \\
P_{um,1} & P_{um,2} & \cdots & P_{um,m}
\end{bmatrix}
\tag{2.14}
$$

其中，$P_{ui,j}$ 是一个 $m \times m$ 维的子矩阵，$P_{u1,1}$ 是单位矩阵。

应用 $P^+$ 表示人工鱼群的转移矩阵，则该转移概率矩阵可由公式（2.15）计算得到。

$$
P^+ = P_a^+ P_b^+ P_c^+ P_u = \mathrm{diag}(P_a(P_bP_c), \cdots, P_a(P_bP_c))P_u =
$$

$$
\begin{bmatrix}
P & & & \\
& P & & \\
& & \cdots & \\
& & & P
\end{bmatrix}
\begin{bmatrix}
P_{u1,1} & & & \\
P_{u2,1} & P_{u2,2} & & \\
\cdots & & \cdots & \\
P_{um,1} & P_{um,2} & \cdots & P_{um,m}
\end{bmatrix}
= \begin{bmatrix} C & 0 \\ R & T \end{bmatrix}
\tag{2.15}
$$

由公式（2.14）可知，在公式（2.15）中 $C = P_a(P_bP_c)P_{u1,1} = P_a(P_bP_c) > 0$，$R = (P_a(P_bP_c)P_{u2,1},$，且 $P_a(P_bP_c)P_{u3,1}, \cdots, P_a(P_bP_c)P_{um,1}) \neq 0$，且

$$T = \begin{bmatrix} P_a(P_bP_c)P_{u2,2} & & \\ \cdots & \cdots & \\ P_a(P_bP_c)P_{uk,2} & \cdots & P_a(P_bP_c)P_{um,m} \end{bmatrix} \neq 0 \qquad (2.16)$$

由 $C > 0$ 可知其是一个稳定的随机矩阵,并且会逐渐增加转移到包含最优状态的概率。矩阵 $P^+$ 是一个可约的随机矩阵,由于 $R$、$T \neq 0$,根据定理 2.2 可知有公式(2.17)成立。

$$P^{+\infty} = \lim_{n \to \infty} P^{+n} = \lim_{n \to \infty} \begin{bmatrix} C^n & 0 \\ \sum_{i=0}^{n-1} T^i R C^{n-i} & T^n \end{bmatrix} = \begin{bmatrix} C^\infty & 0 \\ R^\infty & 0 \end{bmatrix} \qquad (2.17)$$

可知,当时间趋于无穷时,种群中个体保持全局非最优解的概率为 0,即算法将会以概率 1 收敛于全局最优。

## 2.2.3 基于压缩映射定理的收敛性分析

下面将采用压缩映射定理对人工鱼群算法的收敛性进行说明,首先进行相关的定义和定理的说明。

**定义 2.9:** 设 $X$ 是一个非空集合,$d$ 是一个 $X \times X$ 到 $R$ 的映射,当且仅当 $X$ 集合中任意的元素 $x, y, z$,满足如下要求:

① $d(x,y) \geqslant 0$,并且 $d(x,y) = 0$,当且仅当 $x = y$;

② $d(x,y) = d(y,x)$;

③ $d(x,y) \leqslant d(x,z) + d(z,y)$;

则称 $d$ 为 $X$ 上的度量(或称为距离函数),称 $(X,d)$ 为度量空间。

**定理 2.4:** 在度量空间 $(X,d)$ 中,若 $x, y, z, x_1, y_1$ 为 $X$ 中的任意元素,则如下性质成立:

① $|d(x,z) - d(y,z)| \leqslant d(x,y)$ \qquad (2.18)

② $|d(x,y) - d(x_1 - y_1)| \leqslant d(x,x_1) + d(y,y_1)$ \qquad (2.19)

**定义 2.10:** $(X,d)$ 为度量空间,存在 $(X,d)$ 中的任一序列 $\{x_n\}$。如果有一个正整数 $N$,使得对于 $n > N$ 的所有整数 $d(x_n x) < \varepsilon$ 成立,则称序列 $\{x_n\}$ 在 $(X,d)$ 中收敛于 $x$。

**定义 2.11:** $(X,d)$ 是度量空间,$\{x_n\}$ 是 $\{X,d\}$ 中的任意一个序列。若对于任意的 $\varepsilon > 0$,存在正整数 $N$,使得一切 $m$,$n > N$,有 $d(x_m, x_n) < \varepsilon$,则称序列 $\{x_n\}$ 是 $(X,d)$ 中的 cauchy 序列。若 $\{X,d\}$ 中的每一个 cauchy 序列都收敛,则称 $(X,d)$ 为完备度量空间。

**定义 2.12:** 设 $(X,d)$ 是完备度量空间,对于映射 $f: X \to X$,若存在 $\varepsilon \in [0,1]$,

使得对于任意的 $x,y$ 满足公式（2.20），则称 $f$ 为压缩映射。

$$d(f(x),f(y)) \leqslant \varepsilon * d(x,y) \qquad (2.20)$$

**定理 2.5**：设 $(X,d)$ 为完备度量空间，$f:X->X$ 为一个压缩映射，则 $f$ 有且仅有一个不动点 $x^*$ 属于 $X$，并且对于任意的 $x_0 \in X$，满足公式（2.21）。

$$x^* = \lim_{k->\infty} f^*(x_0) \qquad (2.21)$$

其中，$f^0(x_0)=x_0, f^{k+1}(x_0)=f(f^k(x_0))$。

**定理 2.6**：当 $t->\infty$ 时，人工鱼群算法是收敛的。

证明：设 $X$ 为鱼群进化过程中可能出现的全部状态集合，算法中鱼群的进化过程就是 $X$ 集合中状态的相互转化过程，即在该集合上的自映射过程。

设 $f:X->X$ 为该集合上的映射操作，即进化过程。

则有 $X_{k+1}=f(X_k)$ 成立。

设 $d$ 为 $X \times X$ 到 $R$ 上的一映射，根据定义 2.9 可知，$(X,d)$ 必为一个度量空间；设 $\{X_n\}$ 表示该空间上任意的一个进化序列，因为人工鱼群算法是一个不断迭代过程，根据鱼群算法的追尾操作和聚群操作可知，所有的鱼群状态逐渐趋于最优值，则在该空间中，必然存在一个正整数 $N$，使得对于 $n>N$ 的所有整数 $d(X_n,X)<\varepsilon$ 成立，即该序列收敛于 $X$。同时，对于该序列来讲，也必然存在正整数 $M$，使得一切 $m,n>M$，有 $d(X_m,X_n)<\varepsilon$ 成立。据此，可知 $(X,d)$ 是一个完备度量空间。

设一个任意随机数 $\varepsilon \in [0,1]$，在 $(X,d)$ 上，由于鱼群个体逐渐靠近最优值，即它们的进化趋势是趋同，则必然使得 $d(f(X),f(Y)) \leqslant \varepsilon * d(X,Y)$ 成立，则我们可知 $f:X->X$ 是一个压缩映射。

根据定理 2.5 可知必然存在一个不动点 $X^* \in X$，使得 $X^* = \lim_{k->\infty} f^*(X_0)$ 成立，即所有状态将会逐渐收敛，得证。

以上分别采用了两种当前主流的收敛性证明方法对人工鱼群算法的收敛性进行了分析，由结论可以看出，人工鱼群算法是收敛的。

## 2.3　人工鱼群算法的相关研究

由于人工鱼群算法采用的是概率性解空间搜索机制，所以该算法必然存在容易收敛于局部最优的问题。相关的研究表明，标准人工鱼群算法前期收敛速度较快，但是后期比较容易聚集于局部最优点附近，而且求解精度较低。针对标准人工鱼群算法的这些弱点，许多专家、学者进行了深入研究，并提出了多种改进方案，改进的核心主要分为三个方面：参数自适应调整、与其他群体智能算法融合做到优势互补、引入其他相关机制保持种群的多样性。

## 2.3.1 参数的改进

群体智能算法的搜索能力主要体现在能够较好地平衡全局搜索与局部精细搜索，一般而言算法首先要进行全局搜索，在算法中、后期转入最优解附近的局部精细搜索，从而实现对问题的求解。对于人工鱼群算法而言，其四个参数体现了该算法的全局搜索与局部精细搜索的平衡，这四个参数对于鱼群算法的寻优能力有着重要的影响。

（1）鱼的视野范围 visual 能够保证算法中的个体具有一定的全局勘探能力，以能够较好地获得新解，使用较大的视野能够赋予个体较强的摆脱局部最优约束的能力，而使用较小的视野则能够获得相对精度较高的解。

（2）在勘探到新解之后，人工鱼采用向该新解移动步长 step 和尝试次数 try_number 进行靠近，其实质是给予新解一定的接受概率，而并非完全接受新解，以避免无限制靠近新解而使种群被新解所吸引，无法逃离。采用大步长会使算法具有较快的收敛速度，同时具有较强的趋同性，使用小步长则会提高算法对周围邻域的搜索能力，提高解的精度。

（3）人工鱼群算法中引入拥挤因子 $\lambda$，该参数能够保证种群不过分拥挤，以维持种群的多样性。

本章参考文献[22]针对算法的参数进行了详细的研究，首先提出了一个全局人工鱼群算法，并应用该算法对参数进行了详细的分析，实验表明步长 step 越小，求解精度越高。当 step 的值在 1～6 之间时，视野 visual 的值对于优化精度影响较小；当 step 的值比较大时，随着视野 visual 的值的增大，优化精度会振荡。针对拥挤因子 $\lambda$，实验表明该数值越小，鱼进行随机游动和觅食行为的概率较大，所以摆脱极值束缚的能力就会越强。

为了提高鱼群算法的求解能力和精度，本章参考文献[23]和本章参考文献[24]提出了一种动态参数调整的人工鱼群算法，使算法在早期能够进行较大范围的全局搜索，后期保证局部精细搜索。该文献提出的参数调整如公式（2.22）所示。实验证明，引入该机制的鱼群算法，求解精度明显较标准人工鱼群算法有了较大的提高。本章参考文献[3]应用由该机制改进的鱼群算法求解梯级水库的优化操作问题，并与 PSO 算法、标准人工鱼群算法的求解进行了对比，证明该算法的求解速度要快于其他算法，具有较佳的全局收敛能力，求解精度更高一些。

$$\begin{cases} \alpha = \exp(-30 \times (t / T_{\max}))^3 \\ visual = visual \times \alpha + visual_{\min} \\ step = step \times \alpha + step_{\min} \end{cases} \quad (2.22)$$

　　本章参考文献[4]采用另一种方法实现自适应参数调整,使步长 step、视野 visual、拥挤因子 $\lambda$ 等参数随着计算的不断进行而自动调整,以保证算法后期能够进行精细的局部搜索,提高算法的求解精度。该文献运用适应值变化率和变化方差来决定是否进行参数的调整,首先设定了一个适应值变化率 $K$ 和变化方差 $\delta$,分别由公式(2.23)和公式(2.24)计算得到。

$$K = \frac{f(t) - f(t-n)}{f(t-n)} \tag{2.23}$$

$$\delta = D(f(t), f(t-n), f(t-2n)) \tag{2.24}$$

依据上述公式,则可以得到步长 step 和拥挤因子 $\lambda$ 的调整公式(2.25)

$$\begin{cases} step = f(step), g = f(g)(K \le \theta, \lambda \le \phi) \\ step = step, g = g(K > \theta, \lambda > \phi) \end{cases} \tag{2.25}$$

$f(step)$、$f(g)$ 表示要按照相应的规则进行参数调整,$\theta$ 和 $\phi$ 是可以预设的评价系数。该文献将改进后的自适应鱼群算法与标准人工鱼群算法、自适应粒子群算法、模拟退火粒子群算法进行了对比,其搜索范围和求解精度明显优于其他算法。

## 2.3.2　与其他智能算法的融合

　　不同的群体智能算法由于采用不同的进化或变异机制,在求解相同的问题时会表现出不同的效果和能力。根据"No Free Lunch"理论可知,任何一种算法都不能解决所有的问题。所以借鉴其他智能算法的优点,进行优势互补是群体智能算法进行改进的一种有效手段。本章参考文献[25]首先在 AFSA 中引进了变异算子,预先设置一个阈值 beststep 标记公告板上的最优值,如果在一定的迭代次数内,公告板上的最优值没有变化或者变化率极小,则在保留当前最佳个体的情况下,以一定的概率对于其他个体进行变异操作。变异操作方法是:对于需要进行变异操作的鱼个体的各维分别产生随机值 $\gamma \in (0,1)$,如果 $\gamma \le p_m$,则对个体的该维进行变异操作,否则该维不变化。变异完成后,将其与公告板进行比较,修正公告板上当前的最佳。

　　通过引入类似于遗传算法的变异操作之后,为了提高人工鱼群算法的求解精度,作者将标准人工鱼群算法的后期改为模拟退火算法,利用低温下模拟退火算法几乎概率 1 的收敛能力,进行最优解的局部精细搜索。该算法较标准人工鱼群算法有较好的跳出极值约束的能力和较高的求解精度。

　　本章参考文献[26]通过研究文化算法和鱼群算法的机制,提出了一种将人工鱼群算法嵌入到文化算法框架内的混合鱼群文化算法。该算法中包含两个空间,一个是种群空间内的人工鱼群算法,人工鱼群在进化过程中不断获取知识,并将其组成另一个知识空间,从而使知识空间与种群空间协同进化。该算法过程如下:

步骤 1. 在种群空间内初始化 $N$ 条鱼群，并在种群空间内取 30%的鱼个体组成知识进化空间。

步骤 2. 使用当前种群空间内最佳个体修正知识空间内的最差个体，知识空间中的知识进行演化。

步骤 3. 利用知识空间的指导，对种群空间内的鱼群进行演化 $n$ 代。使用知识空间内的部分较佳个体替换种群空间内适应度较差的相同数目的个体。进化代数表示为公式（2.26）。

$$n = 15 + \text{endstep} - k / \text{endstep} \times 200 \qquad (2.26)$$

其中，endstep 是预设的鱼群最大迭代次数，$k$ 为鱼群算法当前迭代次数。

步骤 4. 鱼群依据目标选择执行追尾操作或聚群操作，默认执行觅食操作。

步骤 5. 判断算法是否应该结束。

本章参考文献[27]将进化种群分为两个种群，一个种群以 PSO 方式进化，另一个种群以 AFSA 方式进化，两个种群通过共享极值交换信息，形成了一个混合 PSO-AFSA 算法，在该算法中以鱼群算法进行迭代的种群的参数采用公式（2.13）的自适应机制，最终通过 5 个 Benchmark 函数实验证明该算法的求解精度明显较标准 PSO 和标准 AFSA 算法高。

本章参考文献[28]将进化策略和粒子群进化规则引入人工鱼群算法中，分别利用进化策略的概率搜索、粒子群的飞行理论改进人工鱼群算法的觅食、追尾、聚群三个主要算子，通过理论证明了该算法的全局收敛性；同时通过 Benchmark 函数实验和应用于非线性参数估计问题中，证实了该算法收敛速度快，求解精度较高。

## 2.3.3　其他的改进方法

研究表明，群体智能算法求解精度低或容易收敛于局部最优的主要原因是运算后期种群的多样性降低所致[15]，故采取一定的种群多样性保持策略是提高鱼群算法求解能力的一个重要途径。针对此问题，本章参考文献[29]提出了一种小生境人工鱼群算法，利用公式（2.27）描述鱼群的聚集程度。设阈值 $\lambda$ 为较小的一个值，当 $\alpha^2 \leqslant \lambda$ 时，引入小生境机制，随机生成现有鱼个体数目 20%的新鱼个体，利用小生境技术的排挤机制，将不符合条件的鱼个体排挤掉，以保持种群的多样性。该文献将此算法应用于求解聚类问题，实验证明：较 k-means 和 AFSA 算法的聚类精度高。

$$\alpha^2 = -\sum_{j=1}^{m} \left( \frac{f_j - f_{\text{avg}}}{f} \right)^2 \qquad (2.27)$$

本章参考文献[30]将 powell 算法嵌入到人工鱼群算法中，作为鱼群算法的一个算子，充分利用 powell 算法的强局部搜索能力；同时采用 step 自动减小的自适应机制，设计了混合自适应鱼群算法，该算法的步骤如下：

步骤 1. 初始化鱼群及各种参数。

步骤 2. 鱼群进行行为选择，执行觅食、追尾、聚群等操作；同时以 $k$ 斜率，调整缩小 step。

步骤 3. 更新公告板。

步骤 4. 执行 powell 算法；对所有的鱼随机产生一个（0,1）内的变量 $r$，如果 $r<p$，则以该个体为初始值，进行 powell 局部优化。

步骤 5. 判断是否能够终止算法。

本章参考文献[31]为了求解多背包问题，设计了相应的新的改进鱼群算法。针对多约束产生大量非可行解的问题，引入启发式规则改进算子，以保证人工鱼群算法始终在可行解域内进行搜索。本章参考文献[32]为了提高人工鱼群算法的求解精度和搜索效率，设置两个种群 POP1 和 POP2，在 POP1 中使用较大的 visual 和 step 进行大范围搜索，在 POP2 内使用较小的 visual 和 step 进行进化，两个种群通过整合达到交流的目的，最后针对极值点进行单纯性处理。为了更好地求解多峰函数优化问题，本章参考文献[33]在人工鱼群算法中引入模拟退火、小生境技术，同时加入变异算子和小生境半径自动生成机制，算法步骤如下：

步骤 1. 算法参数初始化。

步骤 2. 执行鱼群算法 $N$ 次，取出此时的最优解 $X_{best}$。

步骤 3. 对最优解 $X_{best}$ 执行退火算法，继续求精，得到一个较高精度的解。

步骤 4. 执行退火完毕后，将该解置入小生境核心数据集合中。

步骤 5. 验证小生境机制寻找到的数据是否满足可行解；如果不满足，则重新执行 AFSA 算法寻找另一个最优解，并返回步骤 3。

步骤 6. 结束，输出小生境核心集中全部高精度数据。

本章参考文献[34]针对标准人工鱼群算法（AFSA）易陷入局部最优的问题，提出一种基于双混沌映射的人工鱼群算法（CAFSA），该方法利用 Tent 映射的均匀分布性产生混沌初始鱼群，增加搜索的多样性；其次在人工鱼群演化陷入局部最优时，利用局部分布均匀的 Logistic 映射生成混沌变异算子对其产生扰动，使其跳出局部最优值，向全局最优值靠近。仿真实验表明，改进后的算法比基本人工鱼群算法的全局寻优能力更强，解精度更高。

本章参考文献[35]提出了一种基于膜计算的混合自适应人工鱼群算法。该改进算法中，基于膜计算的思想，采用膜计算的层次结构和交流规则，以保持鱼群的多样性，并克服其易陷入局部最优的弱点。通过简化觅食行为，根据种群中不同个体与种群规模的比例定义一个差异因子，对算法的视野、步长、拥挤因子、尝试次数等进行自适应调整，改善算法的收敛速度和解精度。

在本章参考文献[35]中，针对尝试次数、步长、视野采用了两种改进办法，第一种是采用前面所描述的动态自适应递减机制变化；另外的一种改进机制，是在人工鱼群的觅食行为中，当某条人工鱼在搜索空间中发现较优位置的鱼时，直接移动到该鱼的位置，不再采用移动单步长的机制，以提高算法的收敛速度。在随机移动中，采用独立的移动步长，以便突出随机行为对鱼群的影响，增强跳出局部极值的能力。设置一个差异度因子 $\alpha$，表示鱼群中不相同个体与鱼群的比例，用以控制尝试次数、步长及视野的变化速率，各个参数的变化机制如公式（2.28）所示。

$$\begin{cases} visual = visual * \lambda + visual_{min} \\ step = step * \lambda + step_{min} \\ try\_number = try\_number_{max} - try\_number * \lambda \\ \lambda = \exp(-30\alpha) \end{cases} \tag{2.28}$$

种群的多样性是保证算法具有全局收敛能力的有力保障。在种群中，适当减小当前最优解的影响，增大次优解的数量，对于保持种群的多样性有明显效果。考虑膜计算中，膜区域之间相互交流通信的机制，为实现保持适当的种群多样性提供了可能。模拟生物学中，具有高能量分子之间容易参与反应，低能量分子参与反应的能力较弱的特点，设定产生新分子的反应概率为公式（2.29）。

$$p_r = \exp(-(E_{new} - E) / kt \tag{2.29}$$

为了简化，将公式（2.29）调整为公式（2.30）。

$$p_r = \exp((f_{new} - f_L) / kg \tag{2.30}$$

使用公式（2.30），会给予适应度较差的劣质个体一定的生存概率，以使其有机会进入子种群，维持种群的多样性。算法步骤如下：

步骤 1. 初始化种群。生成两组种群，分别设置在两个细胞膜中，分别是膜 1、膜 2。

步骤 2. 膜 1 内的个体执行标准人工鱼群算法。

步骤 3. 根据公式（2.30）计算个体的生存概率，并根据所设定的优胜劣汰机制，决定是否将个体放置到膜 2 中。

步骤 4. 膜 2 中的个体执行标准人工鱼群算法。

步骤 5. 计算种群内个体的选择概率，决定是否将本种群内的个体进行交流进入膜 1。

步骤 6. 算法满足终止条件，则输出结果，迭代终止。否则，跳转到步骤 2。

## 2.4　本　章　小　结

　　人工鱼群算法是群体智能算法中具有代表性的算法之一，该算法求解速度快，鲁棒性较好。基于种群的协作、竞争理论，本章给出了人工鱼群算法的数学描述，并详细介绍了人工鱼群算法的基本原理，分别利用马尔科夫链技术和压缩映射技术证明了人工鱼群算法的全局收敛性。最后，详细介绍了人工鱼群算法近年来的主要研究成果，讨论了人工鱼群算法的几种改进方法。

## 参　考　文　献

[1]　李晓磊. 一种新型的智能优化方法——人工鱼群算法.浙江大学博士学位论文,2003.

[2]　李晓磊, 路飞, 田国会等. 组合优化问题的人工鱼群算法应用. 山东大学学报(工学版),2004, (34)5: 64-67.

[3]　Yong PENG. *An improved artificial fish swarm algorithm for optimal operation of cascade reservoirs*. JOURNAL OF COMPUTERS, 2011,6(4): 740-746.

[4]　XiaoJianmei,ZhengXiaoming,WangXihuai,etal.*A modified artificial fish-swarm Algorithm*. Proceedings of the World Congresson Intelligent Control and Automation (WCICA). Piscat away,United States: IEEE, 2006: 3456-3460.

[5]　姚祥光, 周永权, 李咏梅. 人工鱼群与微粒群混合优化算法. 计算机应用研究, 2010,27(6): 2084-2086.

[6]　廖灿星,张平,李行善.基于混合人工鱼群算法的传感器网络优化.北京航空航天大学学报,2010,36(3): 373-377.

[7]　Jiang M Y,Yuan D F.*Wavelet threshold optimization with artificial fish swarm algorithm*. Proceedings of International Conference on Neural Nerworks and Brain, 2005, 569-572.

[8]　舒维杰, 袁志刚, 尹忠科. 利用人工鱼群算法实现基于 MP 的信号稀疏分解. 计算机应用研究, 2009,26（1）:66-73.

[9]　曹承志, 张坤, 郑海英等. 基于人工鱼群算法的 BP 神经网络速度辨识器. 系统仿真学报, 2009,21(4): 1047-1050.

[10]　李晓磊、薛云灿,路飞等. 基于人工鱼群算法的参数估计方法. 山东大学学报（工学版）,2004, 34(3): 84-87.

[11]　王波. 基于自适应 t 分布混合变异的人工鱼群算法. 计算机工程与科学, 2013, 35(4): 120-124.

[12]　黄伟, 郭业才, 王珍. 模拟退火与人工鱼群变异优化的小波盲均衡算法, 计算机应用研究, 2012, 29(11): 424-4126.

[13] 郑延斌, 刘晶晶, 王宁. 基于社会学习机制的改进人工鱼群算法, 计算机应用, 2013, 33(5): 1305-1307.

[14] 丁昕苗, 郭文, 徐常胜.基于黎曼流型度量的人工鱼群算法视觉跟踪. 计算机科学, 2012, 39(5): 266-270.

[15] 江铭炎, 袁东风. 人工鱼群算法及其应用. 北京: 科学出版社, 2012.

[16] Haggstrom O. *Finite Markov Chains and Algorithmic Applications*. New York: Cambridge University Press, 2002.

[17] 王凌 刘波. 微粒群优化与调度算法. 2008. 北京: 清华大学出版社.

[18] IosifescuM. *Finite Markov processes and their applications*. Wiley: Chichester, 1980.

[19] 卢同善. 随机泛函分析与应用[M]. 青岛：青岛海洋大学出版社，1990.

[20] 焦李成, 公茂果, 王爽等. 自然计算、机器学习与图像理解前沿. 西安：西安电子科技大学出版社, 2008.

[21] 黄光球, 刘嘉飞, 姚玉霞. 人工鱼群算法的全局收敛性证明. 计算机工程, 2012, 38(2): 204-2076.

[22] 王联国, 施秋红. 人工鱼群算法的参数分析. 计算机工程, 2010, 36(24): 169-171.

[23] 王联国, 洪毅, 赵付青等. 一种简化的人工鱼群算法. 小型微型计算机系统, 2009, 30(8): 1663-1667.

[24] 王联国, 洪毅, 赵付青等. 一种改进的人工鱼群算法. 计算机工程, 2009, 34(19): 192-194.

[25] 张梅凤, 邵诚, 甘勇等. 基于变异算子与模拟退火的混合的人工鱼群优化算法. 电子学报, 2006, 34(8): 1381-1385.

[26] 刘凌子, 周永权. 一种基于人工鱼群和文化算法的新型混合全局优化算法.计算机应用研究, 2009, 26(12): 4446-4448.

[27] 王联国, 施秋红, 洪毅. PSO 和 AFSA 混合优化算法. 计算机工程, 2010, 36(5): 176-178.

[28] 曲良东, 何登旭, 黄勇. 一种新型的启发式人工鱼群算法. 计算机工程, 2011, 27(17): 140-142.

[29] 王培崇, 钱旭, 雷凤君. 一种新的小生境人工鱼群聚类算法. 2012.

[30] 黄华娟, 周永权. 求解全局优化问题的混合人工鱼群算法. 2008, 28(12): 3062-3067.

[31] 马炫, 刘庆. 求解多背包问题的人工鱼群算法. 2010, 30(2): 469-471.

[32] 曲良东, 何登旭. 基于单纯性的双群人工鱼群算法. 计算机应用, 2008, 28(8): 2103-2104.

[33] 张梅凤, 邵诚. 多峰函数优化的生境人工鱼群算法. 控制理论与应用, 2008, 25(4): 773-776.

[34] 祁俊赵, 慧雅, 李明. 基于双混沌映射改进的人工鱼群算法.计算机应用与软件, 2012, 29(9): 230-233.

[35] 廖孝勇, 李尚键, 孙棣华等. 一种基于膜计算的改进人工鱼群算法. 小型微型计算机系统, 2014, 35(5): 1142-1145.

# 第3章　人工鱼群算法的改进研究

因为人工鱼群算法是一种通过模拟生物觅食、追尾、聚群等行为，加入人工智能技术而得到的群体智能算法，本身缺少严密的数学理论支持，所以还无法从数学的角度对其收敛性和收敛能力进行严格的分析。采用马尔科夫模型或泛函技术的压缩映射等进行全局收敛证明的前提是算法的种群数量足够多和进化时间足够长甚至是无限长，而这在实际的计算中是难以达到的，所以说这种概率性搜索算法本身就存在一定的缺陷，导致该算法亦具有群体智能算法所共有的弱点，包括：收敛速度慢、解精度较低、容易收敛于局部最优等。为了提高算法的求解效率和求解能力，本章将重点研究人工鱼群算法的改进机制，介绍几种作者提出的改进算法。另外，我们也看到，任何一种改进机制只是针对算法的收敛性进行改善的，而不是保证算法必须全局收敛的。

## 3.1　小生境人工鱼群算法

随着人工鱼群算法的不断进化，鱼群会逐渐聚集在当前最优点的周围区域，形成一个聚集区，这时出现种群的多样性降低的情况，种群无法摆脱局部最优的约束，而种群多样性的降低将会使算法的寻优能力下降。源于生物学中的小生境[1]是指具有同类特征的生物聚集在一起，形成一个相似的生活环境。该技术应用于计算科学中，可以将具有相同特征的数据划归一类，不同特征的数据分离开，避免大量数据在局部最优点附近聚集。本节将介绍一种小生境人工鱼群算法，利用小生境排挤机制保持种群的多样性，帮助种群摆脱局部最优的约束，提高算法求解精度。

### 3.1.1　小生境技术

小生境（Niche）技术就是将每一代个体划分为若干类，每个类中选出若干适应度较大的个体作为一个类的优秀代表组成一个种群，再在种群内和不同种群之间进行杂交、变异产生新一代个体群。同时采用预选择机制和排挤机制或分享机制完成任务。模拟小生境技术主要建立在常规选择操作的改进之上。

Cavichio 在 1970 年提出了基于预选择机制的选择策略，其基本做法是：只有当新产生的子代个体的适应度超过其父代个体的适应度时，所产生的子代才能代替其父代而遗传到下一代群体中去，否则父代个体仍保留在下一代群体中。由于子代个体和父代个体之间编码结构的相似性，所以替换掉的只是一些编码结构相似的个体，故它能够有效地维持群体的多样性，并造就小生境的进化环境。

De Jong 在 1975 年提出基于排挤机制的选择策略，其基本思想源于在一个有限的生存环境中，各种不同的生物为了能够延续生存，它们之间必须相互竞争各种有限的生存资源。因此，在算法中设置一个排挤因子 CF（一般取 CF=2 或 3），由群体中随机选取的 1/CF 个个体组成排挤成员，然后依据新产生的个体与排挤成员的相似性排挤一些与预排挤成员相类似的个体，个体之间的相似性可用个体编码之间的海明距离来度量。随着排挤过程的进行，群体中的个体逐渐被分类，从而形成一个个小的生存环境，并维持群体的多样性。

Goldberg 等在 1987 年提出了基于共享机制（Sharing）的小生境实现方法。这种实现方法的基本思想是：通过反映个体之间的相似程度的共享函数调节群体中各个个体的适应度，从而在这以后的群体进化过程中，算法能够依据这个调整后的新适应度进行选择运算，以维持群体的多样性，创造出小生境的进化环境。

共享函数（Sharing Function）是表示群体中两个个体之间密切关系程度的一个函数，可记为 $S(d)$，表示个体 i 和 j 之间的关系。例如，个体基因型之间的海明距离就可以为一种共享函数。这里，个体之间的密切程度主要体现在个体基因型的相似性或个体表现型的相似性上。当个体之间比较相似时，其共享函数值就比较大；反之，当个体之间不太相似时，其共享函数值比较小。

共享度是某个个体在群体中共享程度的一种度量，它定义为该个体与群体内其他各个体之间的共享函数值之和，用 $S$ 表示。在计算出群体中各个体的共享度之后，依据公式（3.1）来调整各个体的适应度。

$$F(x) = F(x) / S \qquad\qquad (3.1)$$

由于每个个体的遗传概率是由其适应度大小来控制的，所以这种调整适应度的方法就能够限制群体中个别个体的大量增加，从而维护了群体的多样性，并造就了一种小生境的进化环境。

依据以上的分析，为了增加种群的多样性，本节主要介绍基于排挤机制选择策略，基于排挤机制的选择策略如下：

（1）设置排挤因子 CF（值为 2 或 3）；

（2）在种群中随机选择 2*CF 个个体参与排挤运算；

（3）在解空间内以佳点集机制产生 2*CF 个新的个体成员，计算新个体与排挤成员之间的海明距离；

（4）利用新产生的个体排挤掉一些与排挤成员相类似的个体。

## 3.1.2　算法实现

**算法 3.1　小生镜人工鱼群算法（NIAFSA）**

输入：规模为 $N$ 的种群。

输出：最优个体。

步骤 1. 在解空间内随机初始化鱼群个体。

步骤 2. 参数初始化。

步骤 3. While　（终止条件不满足）。

步骤 4. do begin；

步骤 5. 自由游动；

步骤 6. 觅食操作；

步骤 7. 聚群操作；

步骤 8. 追尾操作；

步骤 9. if（ $\alpha^2 <= \lambda$ ）then 执行小生境排挤；

步骤 10. endwhile

步骤 11. cout<<最佳个体 $X_{\text{gbest}}(t)$ 。

该算法的流程图如图 3-1 所示。

## 3.1.3　算法的收敛性

设待求解问题 $f(x)$ 为最小优化函数，分析 NIAFSA 算法原理，可知该算法采用精英保留策略，以种群中鱼个体所在位置的食物浓度作适应度函数来评价其状态的优劣，则种群中个体的进化序列必然是一个单调非递增的序列。

下面分析该改进人工鱼群算法中的四个基本操作，所有的个体均通过"随机游动"算子来产生新状态，该操作与遗传算法中"变异操作"的功能相似，目的是为了产生更加优异的新状态，保证算法向全局最优解进化。

将解空间表示为： $\Omega = \{ \boldsymbol{X} \mid \boldsymbol{X} = (x_1, x_2, \cdots, x_k) \} \wedge L_i \leq x_i \leq U_i, i = 1, 2, \cdots, k$ ，它是一个 $k$ 维欧式空间 $R^k$ 的有界子集，其中 $L_i < U_i$ ，令 $L = \min \{ \overline{L_i \mid L_i} = \lfloor L_i \rfloor \wedge 1 \leq i \leq k \}$ ，$U = \max \{ \overline{U_i} \mid \lceil U_i \rceil \wedge 1 \leq i \leq k \}$ ，则 $|\Omega| \leq \prod_{j=1}^{k} [(U_j - L_j) 10^m + 1] \leq [10^m (U - L) + 1]^m$ 成立。

**定理 3.1：**当 $t \to \infty$ 时，NIAFSA 算法是渐进全局收敛的。

证明：

（1）分析算法的觅食行为。种群内的个体通过该算子不断调整自身的状态向最优解靠近，即以概率 $\beta$ 产生新的状态集合 $\boldsymbol{\Omega}'$ 。$(\boldsymbol{\Omega}', B, \mu)$ 表示一个完全概率测度空间，

$B$ 是非空抽象集合 $\boldsymbol{\Omega}'$ 上的某些子集构成的 $\sigma$ 代数，$\mu$ 为 $B$ 上的概率测度，$\boldsymbol{X}_j$ 是 visual 内随机生成的新状态，则应用公式（3.2）描述这一过程：

$$\sigma_1 = \mu\{\boldsymbol{X}_i = \boldsymbol{X}_i + \text{random(step)}(\boldsymbol{X}_j - \boldsymbol{X}_i)/\|\boldsymbol{X}_j - \boldsymbol{X}_i\|\} = \beta \qquad (3.2)$$

显然，该映射是一个随机映射。

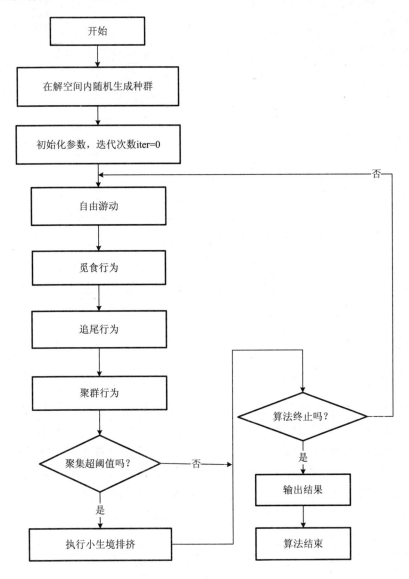

图 3-1　NIAFSA 算法的流程图

（2）分析算法的聚群行为、追尾行为和排挤行为。种群依据这三个算子生成子种群，为简便操作，标记为选择算子 SO，可以看做是解空间上的映射，按下面的方式进行描述：

$\sigma_2 : G^2 \geqslant G$ （注：选择操作均存在两两比较，所以原始状态标记为 $G^2$ ）

可以应用公式（3.3）描述种群中任意两个个体存在的选择操作。

$$\sigma_2(< X,Y >) = M \wedge M \in \{X,Y\} \wedge f(M) = \max\{f(X), f(Y)\} \qquad （3.3）$$

（3）NIAFSA 进化过程实质就是一个通过上述两个算子映射过程的逆序合成，即是一个作用于当前种群 $P$ 的映射过程，可以应用公式（3.4）和公式（3.5）描述。

$$\sigma = (\sigma_1 \cdot \sigma_2) : \boldsymbol{\Omega}' \times G \geqslant G \qquad （3.4）$$

$$G(t+1) = \sigma(g, G(t)) = \sigma_2(\sigma_1(g, G(t+1))), \quad 0 \leqslant t \leqslant T_{\max} - 1 \qquad （3.5）$$

$g$ 是产生新状态的一个基本操作。

$\{f(X_{\text{best}}(t))\}(1 \leqslant t \leqslant T_{\max})$ 表示种群进化过程中，各代的最优个体的适应值，该序列必是一个单调非递增序列。

通过上述关于鱼群的算子定义、分析可知，NIAFSA 算法每一次迭代均使新种群在总体上较上一次种群更加趋优，故对于随机映射 $\sigma = (\sigma_1 \cdot \sigma_2) : \boldsymbol{\Omega}' \times G \geqslant G$ ，存在一个非负随机变量 $\varepsilon \in (0,1)$ 使得公式（3.6）成立。

$$\boldsymbol{\Omega}_0' = \{g \mid \lambda(\sigma(g, X_{t-1}), \sigma(g, X_t)) \leqslant \varepsilon \lambda(X_{t-1}, X_t)\} \subset \boldsymbol{\Omega}', \quad \mu(\boldsymbol{\Omega}_0') = 1 \qquad （3.6）$$

NIAFSA 的映射 $\sigma = (\sigma_1 \cdot \sigma_2) : \boldsymbol{\Omega}' \times G \geqslant G$ 是一个随机压缩映射。

根据第 2 章的定理 2.5 可知，必然存在唯一的随机不动点 $x^*$ 满足 $\sigma(g, x^*) = x^*$ ，即 $x^* = \lim\limits_{k \to \infty} f^*(x_0)$ 成立，说明 NIAFSA 是渐进全局收敛的，定理得证。

## 3.1.4　仿真实验与分析

采用 C++实现 NIAFSA 算法，并将该算法与其他相关的三个算法（标准人工鱼群算法（AFSA）、差异演化算法（DE）、粒子群算法（PSO））进行对比。四个算法的迭代次数均设置为 500 次，单独运行 30 次，对比的项目包括：解的最大值、最小值、平均值、标准差，实验的结果如表 3-1 所示。表 3-2 列出了四个算法的求解成功次数和成功时的平均迭代次数，测试用的 Benchmark 函数如下。

（1）Sphere model： $f_1(X) = \sum_{i=1}^{n} x_i^2$ ，最优值 0；

（2）Griewank Function： $f_2(X) = \sum_{i=1}^{n} \dfrac{x_i^2}{4000} - \prod_{i=1}^{n} \cos\dfrac{x_i}{\sqrt{i}} + 1$ ，最优值 0；

（3）Rastrigin function： $f_3(X) = \sum_{i=1}^{n} [x_i^2 - 10\cos(2\pi x_i) + 10]$ ，最优值 0；

（4）Rosenbrock function：$f_4(X) = \sum_{i=1}^{n}[100(x_{i+1} - x_i^2)^2 + (1 - x_i)^2]$，最优值 0；

表 3-1　在 Benchmark 标准测试函数上的求解对比

| 算法 | 函数 | 最小值 | 最大值 | 平均值 | 标准差 |
|------|------|--------|--------|--------|--------|
| DE | $f_1$ | 8.612e−138 | 2.399e−36 | 7.323e−37 | 1.167e−72 |
|  | $f_2$ | 1.720e−2 | 1.008e−1 | 5.950e−2 | 8.807e−4 |
|  | $f_3$ | 9.950e−1 | 3.979e+0 | 2.189e+0 | 1.496e+0 |
|  | $f_4$ | 1.702e+0 | 2.505e+0 | 2.131e+0 | 1.403e−1 |
| PSO | $f_1$ | 9.951e−51 | 2.086e−42 | 2.173e−43 | 4.320e−85 |
|  | $f_2$ | 2.460e−2 | 1.377e−1 | 8.020e−2 | 7.027E−4 |
|  | $f_3$ | 1.990e+0 | 1.945e+1 | 3.582e+0 | 3.897e+0 |
|  | $f_4$ | 8.554e−1 | 1.866e+2 | 1.561e+1 | 1.088e+3 |
| AFSA | $f_1$ | 8.928e−52 | 1.827e−34 | 6.546e−36 | 3.827e−66 |
|  | $f_2$ | 2.883e−2 | 4.581e−1 | 8.861e−2 | 5.570e−3 |
|  | $f_3$ | 2.811e−1 | 2.754e+1 | 4.453e+0 | 1.092e+0 |
|  | $f_4$ | 4.872e−1 | 2.129e+2 | 2.184e+1 | 2.561e+3 |
| NIAFSA | $f_1$ | 5.734e−169 | 9.138e−89 | 4.096e−158 | 1.568e−97 |
|  | $f_2$ | 4.416e−6 | 2.535e−5 | 6.091e−6 | 8.249e−6 |
|  | $f_3$ | 5.631e−4 | 1.321e−3 | 6.813e−4 | 6.371e−4 |
|  | $f_4$ | 7.945e−5 | 8.186e−3 | 9.851e−4 | 4.252e−4 |

表 3-2　四个算法在标准测试函数上的收敛成功次数等的对比

| 算法 | 函数 | 收敛成功的次数 | 平均迭代次数 |
|------|------|----------------|--------------|
| DE | $f_1$ | 28 | 121.12 |
|  | $f_2$ | 23 | 326.91 |
|  | $f_3$ | 22 | 330.86 |
|  | $f_4$ | 19 | 401.29 |
| PSO | $f_1$ | 27 | 129.23 |
|  | $f_2$ | 23 | 298.76 |
|  | $f_3$ | 24 | 357.27 |
|  | $f_4$ | 18 | 429.03 |
| AFSA | $f_1$ | 27 | 89.05 |
|  | $f_2$ | 22 | 276.04 |
|  | $f_3$ | 20 | 348.72 |
|  | $f_4$ | 21 | 409.67 |
| NIAFSA | $f_1$ | 28 | 76.08 |
|  | $f_2$ | 25 | 198.82 |
|  | $f_3$ | 24 | 303.61 |
|  | $f_4$ | 22 | 357.57 |

从表 3-1 中提供的测试数据可以看出，在单峰的 $f_1$ 函数上，AFSA 算法的求解能力与 PSO 基本相当，但是远远落后于 DE 算法，说明 DE 算法的确是相当优秀的群体智能算法。在多峰的 $f_2$、$f_3$、$f_4$ 函数上，AFSA 算法表现并不比 DE 及 PSO 差，也说明了 AFSA 算法是一个比较优秀的算法。再看改进的 NIAFSA 算法，由于加入了小生境机制，其种群的多样性保持的较好，同时由于参数的自适应调整，使得算法能够进行比较全面的解空间搜索，求解精度得以提高。从均方差的数据可以看出，NIAFSA 算法较 AFSA、DE、PSO 等算法具有更强的鲁棒性。

由表 3-2 表中所列出的数据可以看出，在四个函数上，NIAFSA 的成功收敛次数均是最多的，成功收敛时所需要的迭代次数在四个算法中则是最小的，说明在运算过程中，NIAFSA 的种群能够迅速向最优解靠拢，具有较好的鲁棒性和快速性。

### 3.1.5　结论

小生境人工鱼群算法在运行过程中能够较好地保持种群的多样性，增强了种群摆脱局部最优约束的能力，使得算法的后期种群不会过度聚集于部分区域，从而能够搜索到更为广泛的区域，提高勘探新解的能力。通过实验对比可以看出，改进后的算法较标准人工鱼群算法的收敛能力和解精度有了较大提高。

## 3.2　自适应人工鱼群算法

标准人工鱼群算法具有快速性收敛性，在运行过程中，鱼群在初期会呈现出较快的聚集现象，迅速向最优个体靠拢。但是，当人工鱼群算法运行到后期的时候，由于采用的步长、视野等参数缺少变化，其收敛速度会明显变得比较慢，而且，容易使算法跳过最优，导致算法的解精度降低[5]。本节研究一个能有效提高人工鱼群算法解精度的方法——参数自适应变化机制，该方法令人工鱼群算法的两个主要的参数 visual 和 step，在一定范围内的自适应动态变化。

### 3.2.1　参数自适应机制

根据相关的研究可知，参数 visual 决定了个体鱼的搜索范围，如果 visual 较大，则鱼个体的搜索范围比较广，能够发现更多的最佳个体，可保证较强的全局搜索；如果参数 visual 较小，则鱼个体的搜索范围比较小，会局限于该个体的周围，以保证精细的局部搜索。

根据群体智能算法的空间搜索机制可知，群体智能算法在运算早期应该着重于全局搜索，以保证较快的收敛速度和更广阔的搜索范围。在运算后期则应该着重于精细的局部搜索，针对最佳个体周围邻域进行搜索，以提高算法的求解精度。故

visual 的变化采用动态机制处理要优于固定机制，考虑到 logistic 模型的动态变化性，故采用 logistic 模型对 visual 进行调整。设 visual 的变化范围为[visual$_{min}$, visual$_{max}$]，则参数 visual 的变化设定为公式（3.7）。

$$\begin{cases} \dfrac{\mathrm{d}visual}{\mathrm{d}t} = \alpha \left(1 - \dfrac{visual}{visual_{min}}\right) visual \\ visual(0) = visual_{max} \end{cases} \tag{3.7}$$

根据该模型，可得到 visual 的缩放变化公式（3.8）。

$$visual(t) = \dfrac{visual_{min}}{1 + \left(\dfrac{visual_{min}}{visual_{max}} - 1\right) e^{-\alpha t}} \tag{3.8}$$

式中，$t$ 为算法的迭代次数，$\alpha$ 为初始衰减率，用于调整 visual 的下降速度。$\alpha$ 的初始值越大，visual 的下降速度越快；反之，visual 的下降速度越慢。从公式（3.7）可以知道，当 $t = 0$ 时，$visual(t) = visual_{max}$，随着 $t$ 不断迭代增加，visual 逐渐收敛于 visual$_{min}$。

由人工鱼群算法的计算原理可知，步长 step 亦会影响算法中个体的搜索范围。step 越大，个体鱼向最优位置靠近的速度越快，如果算法处于早期，采用较大的 step，将会使算法的收敛速度较快，且跳出局部极值的能力也更强；反之，如果在算法运行早期采用较小的 step，则会使算法的收敛速度变慢，且跳出局部极值约束的能力变差。

在算法的后期，因为已经基本确定了最优解的搜索范围，则应该选择采用较小的 step，以提高算法的最终求解精度，避免由于过大的步长使算法跳过了优质解，所以这种动态措施要优于采用固定 step 的机制。经过上述分析，可以知道，在鱼群算法的早期应该采用较大一些的 step 值，而在后期应该逐渐收敛到较小的 step 值。设 step 的取值范围为[ step$_{min}$, step$_{max}$ ]，设定其变化规律为公式（3.9）。

$$\begin{cases} \dfrac{\mathrm{d}step}{\mathrm{d}t} = \alpha \left(1 - \dfrac{step}{step_{min}}\right) step \\ step(0) = step_{max} \end{cases} \tag{3.9}$$

根据该模型，可得步长 step 的调整公式（3.10）。

$$step(t) = \dfrac{step_{min}}{1 + \left(\dfrac{step_{min}}{step_{max}} - 1\right) e^{-\alpha t}} \tag{3.10}$$

根据经验可以设置 visual 和 step 两个值的取值范围。通常，visual 的取值在 1～10 之间；step 的取值在 0.5～8 之间。$\alpha$ 设为 100。

## 3.2.2　算法实现

**算法 3.2　动态自适应人工鱼群算法（DLAFSA）**

输入：规模为 $N$ 的种群。

输出：最佳个体 $X_{gbest}(t)$。

步骤 1. 初始化算法参数，包括种群规模、视野的最大及最小值、步长的最大及最小初始值、尝试次数。迭代次数设置 $t = 0$。

步骤 2. 在解空间内对鱼群采用随机机制进行初始化。

步骤 3. 扫描种群，取出当前最优解 $X_{gbest}(t)$，写入公告板。

步骤 4. 鱼群中全部个体执行随机的自由游动，并更新各自的自身状态 $X_i(t)$。

步骤 5. 鱼群内个体在各自的视野 visual 内执行觅食行为。

步骤 6. 鱼群内的个体执行聚群操作。

步骤 7. 鱼群内的个体执行追尾操作。

步骤 8. 对 visual 和 step 分别按照公式（3.8）和公式（3.10）进行修正调整。

步骤 9. 更新公告板，令迭代计数器 $t = t + 1$。

步骤 10. 若算法满足终止条件，则输出公告板上的最优解 $X_{gbest}(t)$，算法结束。否则，如果算法进入后期，则随机淘汰种群内的 10%的个体，然后在解空间上，在以 $X_{gbest}(t)$ 为中心，以 2*visual 为半径的范围内，随机生成 10%的个体，并跳转到步骤 4。

## 3.2.3　仿真实验与分析

将 DLAFSA 算法与标准人工鱼群算法应用 C 语言进行编码实现，并在 VC6 的环境下对两个算法进行实验对比。硬件实验环境为 Turion64*2 双核 CPU，主频 2.0GHz，内存为 1.8GB。采用 8 个经典 Benchmark 函数进行测试，测试用 Benchamrk 函数如下所示。

（1）Sphere 函数：$f_1(x) = \sum_{i=1}^{n} x_i^2$

（2）Griewank 函数：$f_2(x) = \sum_{i=1}^{n} \frac{x_i^2}{4000} - \prod_{i=1}^{n} \cos \frac{x_i}{\sqrt{i}} + 1$

（3）Rastrigin 函数：$f_3(x) = \sum_{i=1}^{n} [x_i^2 - 10\cos(2\pi x_i) + 10]$

（4）Ackley 函数：

$$f_4(x) = -20\exp\left(-0.2\sqrt{\frac{1}{n}\sum_{i=1}^{n} x_i^2}\right) - \exp\left[\frac{1}{n}\sum_{i=1}^{n}\cos(2\pi x_i)\right] + 20 + \exp(1)$$

（5）Rosenbrock 函数：$f_5(x) = \sum_{i=1}^{n}[100(x_{i+1} - x_i{}^2)^2 + (1 - x_i)^2]$

（6）Schwefel 函数 1：$f_6(x) = \sum_{i=1}^{n}(\sum_{j=1}^{i} x_j)^2$

（7）Quartic 函数：$f_7(x) = \sum_{i=1}^{n} i x_i^4 + \text{random}[0,1]$

（8）Schwefel's 函数 2：$f_8(x) = -\sum_{i=1}^{n}(x_i \sin(\sqrt{|x_i|}))$

8 个函数所对应的解空间范围分别为：

Sphere 函数：$[-100, 100]$；

Griewank 函数：$[-600, 600]$；

Rastrigin 函数：$[-5.12, 5.12]$；

Rosenbrock 函数：$[-50, 50]$；

Ackley 函数：$[-32.768, 32.768]$；

Schwefel 函数 1：$[-100, 100]$；

Quartic 函数：$[-1.28, 1.28]$；

Schwefel's 函数 2：$[-500, 500]$。

$f_1 \sim f_7$ 的函数的最优解是 0，函数 $f_8$ 的最优解是 $-418.9829n$。

8 个函数的维度均设置为 30，两个算法在 8 个函数上的迭代次数均设置为 $f_1$：300 次，$f_2$：2000 次，$f_3$：2000 次，$f_4$：2000 次，$f_5$：2000 次，$f_6$：500 次，$f_7$：2000 次，$f_8$：2000 次。算法 DLAFSA 的种群规模设为 20，尝试次数 try_number = 2，$\text{visual}_{\min} = 1$，$\text{visual}_{\max} = 10$，$\text{step}_{\min} = 0.5$，$\text{step}_{\max} = 8$，$\lambda = 2$。AFSA 算法的 visual = 2，step = 2，其他参数与 DLAFSA 一致，两个算法均执行 30 次，比较项目包括最优解平均值、解的方差、获得最优解所需的平均迭代次数，求解结果如表 3-3 所示。

表 3-3　DLAFSA 与 AFSA 在 Benchmark 函数上的结果比较

| | DLAFSA | | | AFSA | | |
|---|---|---|---|---|---|---|
| | 平均值 | 方差 | 平均迭代次数 | 平均值 | 方差 | 平均迭代次数 |
| $f_1$ | 0.0 | 0.0 | 0.0 | 0.0 | 0.0 | 0.0 |
| $f_2$ | 3.2e–43 | 1.8e–98 | 1.2e–68 | 8.3e–28 | 9.1e–86 | 7.2e–56 |
| $f_3$ | 1.4203 | 0.2912 | 0.0 | 12.6237 | 2.7212 | 1.6542 |
| $f_4$ | 5.6e–16 | 8.1e–16 | 0.0 | 2.8e–10 | 1.9e–12 | 0.0 |
| $f_5$ | 1.7e–28 | 2.7e–72 | 0.0 | 0.00681 | 0.0143 | 0.0 |
| $f_6$ | 0.0 | 0.0 | 0.0 | 0.0 | 0.0 | 0.0 |
| $f_7$ | 7.2e–9 | 1.4e–19 | 0.0 | 3.6e–6 | 5.1e–9 | 0.0 |
| $f_8$ | –426.1623 | 2.1e–5 | –420.3512 | –501.1754 | 8.1e–2 | –482.5112 |

从表 3-3 所列测试数据可以看出，对于所有测试函数来讲，在 $f_1$ 和 $f_6$ 两个函数上，两种算法均能获得最佳解，在其他 6 个函数上，两个函数均没有获得最佳解，但是对比两个算法所获得解的平均值和解方差来看，改进之后的算法明显优于标准人工鱼群算法。表 3-4 列出了两个算法在 8 个测试函数上的收敛成功的次数和收敛成功时所需的平均迭代次数，从此表所列数据可以看出，改进之后的自适应人工鱼群算法在 8 个函数上的收敛成功次数明显要小于标准人工鱼群算法，其所需迭代次数也明显小于标准遗传算法。

表 3-4　DLAFSA 与 AFSA 在 Benchmark 函数上的成功次数等比较

| | DLAFSA | | AFSA | |
|---|---|---|---|---|
| | 成功次数 | 迭代次数 | 成功次数 | 迭代次数 |
| $f_1$ | 30 | 27 | 30 | 56 |
| $f_2$ | 21 | 1074 | 15 | 1829 |
| $f_3$ | 2 | 1821 | — | — |
| $f_4$ | 16 | 1527 | 9 | 1672 |
| $f_5$ | 23 | 982 | 23 | 1082 |
| $f_6$ | 30 | 261 | 30 | 305 |
| $f_7$ | 18 | 576 | 10 | 762 |
| $f_8$ | — | — | — | — |

从以上两个方面的对比可以得出结论，改进之后的 DLAFSA 较 AFSA 能更好的保证全局搜索和局部搜索的平衡。

### 3.2.4　结论

通过引入 Logistic 模型，使人工鱼群算法的两个重要参数——步长和视野实现动态自适应调整，能够使鱼群中的个体在早期具有较大的步长和较宽阔的视野，以保证算法具有较快的收敛速度和较为广阔的搜索范围，而在后期逐渐转入精细的局部搜索，使算法的解精度得以提高。最终的实验结果显示，动态自适应人工鱼群算法的解精度明显优于标准人工鱼群算法。

## 3.3　基于种群分类的人工鱼群算法

影响算法早熟的主要原因之一是所求解问题的解空间分布。标准人工鱼群算法采用的进化方式是"优胜劣汰"的方法，以促使种群快速向改善解的方向进化。但是，由于鱼群中个体数量有限，分布又具有一定的随机性，所以对于比较复杂的优化问题而言，当前优质解的收敛方向不一定就是全局最优解的方向。因此，算法就比较容易陷入局部最优，提前收敛。在单峰问题中，有两种情况算法最容易发生提前收敛。第一，最优解区域附近种群个体适应度跨度变化较大；第二，代表最优解的个体和次优解的个体适应度相差较小。而在多峰问题中，如果解与解之间相距较远，也很难保证种群搜索能够扩展到全部最优区域。

在实际的算法应用中，为了加快运算速度，采用的种群规模有限。同时，个体的初始状态随机生成，所以鱼群对于解空间的覆盖存在不确定性。在初始种群没有覆盖到全局最优解的情况下，如果在有限迭代次数内，种群经过自由游动、觅食、聚群、追尾等操作，无法覆盖到最优解区域，则算法早熟是难以避免的。所以，保证种群的多样性和在解空间上的合理分布是提高人工鱼群算法全局收敛所应该考虑的。

人工鱼群的四个算子中，觅食和自由游动两个算子用于维持鱼群的种群多样性，而聚群和追尾两个算子使种群向最优个体趋同前进。但是，由于算子的执行具有一定的随机性，故仅仅依靠算子是难以保证搜索到全局最优解区域的。另外，种群多样性虽然能够一定程度上改善算法的全局收敛能力，但也应该在一定的指导策略之下进行，才能更好地将种群引导到全局最优解区域，而不是盲目地保持种群多样性。此外，如何保护那些处于最优解区域但是适应度低的个体，避免这些个体被过早随意淘汰，才是保持种群多样性的关键，对于改善人工鱼群算法的全局收敛性具有重要意义。

本节将研究一种基于种群分类机制的改进人工鱼群算法，通过对不同类的种群实施不同的处理方法，来达到保护优秀种群、淘汰劣质个体的目的。

## 3.3.1　种群分类思想及设置

通过引言部分的分析可以知道，保持种群多样性和鉴别哪些个体应该受到保护是改善人工鱼群算法全局收敛性的关键。标准人工鱼群算法中，聚群和追尾操作是保证算法前进方向的两个重要算子，其实质就是淘汰劣质解。由于人工鱼群算法缺少严格的数学理论支持，导致如何评价个体对于算法全局收敛性的作用，很难给出准确的定义，所以，只能借助分析算法运行中的种群变化情况，给出哪些种类的个体值得注意，并对其采取保护措施，以提高算法的全局收敛性。

在群体智能算法中，可以将种群细分为如下五类：第一类是适应度较好，距离当前最佳解较近；第二类是适应度较好，但是距离当前最佳解较远；第三类，适应度较差，但距离当前最佳解较近；第四类，适应度较差，距离当前最佳解较远；第五类，适应度较差，但是其状态变化较大。

这五类群体中第二类、第三类和第五类是应该加以关注的。第二类代表该个体处于远离聚集鱼群的峰值区域，可能是另一个新解；第三类代表最佳解附近峰值存在的可能，并且解空间可能比较陡峭；第五类个体尤其需要注意，因为个体的适应度变化迅速，在这个区域被可能会存在解分布比较陡峭的情况，这个区域是导致算法早熟的最危险区域。对这一类个体的保护并适当给予一定的生存机会，能够提高算法的局部搜索能力，提高算法的全局收敛性。

引入如下符号标识：

$f_{gbest}$：当前最佳适应度个体；

$f_{old}$：鱼群中个体的当前适应值；

$f_{new}$：鱼群中个体产生的新适应值；

$f_{avg}$：种群的平均适应值；

$D$：两个数据之间的海明距离。

引入小生境技术中的函数共享思想，将海明距离函数定义为算法种群中个体的共享函数，对 AFSA 进行如下 5 方面的改进。

（1）全部鱼群个体在执行完一次标准人工鱼群算法的执行流程之后，产生新的状态个体。依据上一节的群体分类的分析，设定阈值 $J = \left| \dfrac{f_{old} - f_{new}}{f_{old}} \right|$，对于 $f_{new} > f_{old}$ 并且达到一定阈值的个体实施保护，不轻易抛弃。

（2）将与当前最好个体适应度 $f_{gbest}$ 的海明距离低于种群适应度平均值的个体，并且无法满足条件（1）的个体直接抛弃。

（3）将与当前最好个体适应度 $f_{gbest}$ 的海明距离高于种群适应度平均值 $f_{avg}$，且适应值高于种群平均适应值的个体进行保留。

（4）采用公式（3.8）和公式（3.10）分别设置步长、视野两个参数的动态变化。初始步长 $step_{max}$，终止步长 $step_{min}$，初始视野 $visual_{max}$,终止视野 $visual_{min}$。

$$step(t) = \frac{step_{min}}{1 + \left( \dfrac{step_{min}}{step_{max}} - 1 \right) e^{-\alpha t}} \tag{3.11}$$

$$visual(t) = \frac{visual_{min}}{1 + \left( \dfrac{visual_{min}}{visual_{max}} - 1 \right) e^{-\alpha t}} \tag{3.12}$$

$t$ 为算法的迭代次数；$\alpha$ 为初始衰减率。

（5）在当前 $f_{avg}$ 的 visual 范围内随机产生新的个体，弥补被淘汰的个体。

### 3.3.2　算法实现

**算法 3.3　种群分类人工鱼群算法（CAFSA）**

步骤 1. 设置算法参数并在解空间内随机生成一定规模的种群，设置迭代次数 iter=0。

步骤 2. 计算种群中全部个体的适应值，并计算 $f_{avg}$。

步骤 3. 将种群中适应值优于 $f_{avg}$，且与当前最佳 $f_{gbest}$ 个体的海明距离优于 $f_{avg}$ 的 i 个个体设定为最优保持群体，状态不变。

步骤 4. 其他个体执行标准 AFSA。

步骤 5. 计算种群的 $f_{avg}$，将全部种群按照与最佳个体 $f_{gbest}$ 的海明距离值由大到小排序，以海明距离序号标记。

步骤 6. 分类个体。海明距离序号与适应值序号之和最大的部分 n（n 根据情况指定）个个体归入第一类；海明距离序号和适应值序号之和最小一部分 m（m 根据情况指定）个个体归入第二类；对于适应度变化较大并且达到阈值 J 的 k 个个体归入第三类。

步骤 7. 淘汰掉上述个体（含最佳 i 个个体）之外的其余 $n_1$ 个个体，并在 $f_{avg}$ 个体的 visual 范围之内随机生成 $n_1$ 个体补充进入种群。

步骤 8. 根据公式（3.11）和公式（3.12）调整步长 step 和视野 visual。

步骤 9. 若算法满足终止条件，则输出 $X_{gbest}$，终止算法；否则跳转到步骤 2。

### 3.3.3　仿真实验与分析

#### 1. 实验 1

首先将该算法与标准 AFSA 算法进行对比实验，以观察 CAFSA 算法的性能。CAFSA 的种群规模设为 30，$visual_{max} = 10$，$visual_{min} = 1$，$step_{max} = 8$，$step_{min} = 0.5$，try_number 设为 3，最佳保持个体 i 设为 16，分类 1 的个体数目 n 设为 10，分类 2 的个体数目 m 设为 5，分类 3 的个体数目 J 设为 10，迭代次数 1000，求解精度阈值为 0.01。算法运行 30 次，实验用 Benchmarks 函数如表 3-5 所示，对比实验结果如表 3-6 所示。

表 3-5　实验 1 使用的标准 Benchmarks 函数

| 函数 | 函数表达式 | 最优值 |
|---|---|---|
| $f_1$ | $f(x, y) = -x\sin(\sqrt{|x|}) - y\sin x(\sqrt{|y|}), x, y \in [-500, 500]$ | 837.9658 |
| $f_2$ | $f(x, y) = \left(\dfrac{3}{0.05 + x^2 + y^2}\right)^2 + (x^2 + y^2)^2, x, y \in [-5.12, 5.12]$ | 3600.0000 |
| $f_3$ | $f(x, y) = -\sin\sqrt{|y + 1 - x|}\cos\sqrt{|y + 1 + x|}$ $-(y + 1)\sin\sqrt{|y + 1 + x|}\cos\sqrt{|y + 1 - x|}, x, y \in [-512, 512]$ | 511.7319 |
| $f_4$ | $f(x, y) = \sin\sqrt{x^2 + y^2} - \cos\sqrt{|x^2 - y^2|}$ $-0.02(y - 4.96)^2 - 0.02(x - 5.87)^2, x, y \in [-10, 10]$ | 1.9994 |

## 2．实验 2

为了进一步验证 CAFSA 算法的性能，选择另外 6 个典型的 Benchmarks 函数进行实验，测试用函数如表 3-7 所示。并与本章参考文献[3]提供的多个改进人工鱼群算法进行对比，分别是基于平均距离视觉的自适应鱼群算法（AAFSA1），基于最优人工鱼的自适应人工鱼群算法（AAFSA$_2$），基于最优人工鱼和最近人工鱼的半复合自适应人工鱼群算法（AAFSA3），基于最优人工鱼和最近人工鱼的复合自适应人工鱼群算法（AAFSA4）。

表 3-6　实验 1 的结果对比

| 函数 | 算法 | 最优值 | 最差值 | 平均值 | 成功率 | 迭代次数 |
|---|---|---|---|---|---|---|
| $f_1$ | AFSA | 837.9657 | 601.0886 | 768.8712 | 55% | 63.7273 |
| | CAFSA | 837.9658 | 798.0912 | 834.6793 | 95% | 15.2841 |
| $f_2$ | AFSA | 3600 | 2748.8000 | 3216.8000 | 55% | 46.2727 |
| | CAFSA | 3600 | 3599.9000 | 3599.9500 | 100% | 18.3840 |
| $f_3$ | AFSA | 511.7329 | 509.9681 | 511.2229 | 65% | 133.8462 |
| | CAFSA | 511.7321 | 511.7129 | 511.7305 | 100% | 17.0265 |
| $f_4$ | AFSA | 1.9994 | 0.5927 | 1.5435 | 60% | 12.3333 |
| | CAFSA | 1.9994 | 1.8723 | 1.9569 | 95% | 4.3795 |

　　CAFSA 的鱼群规模设为 50，visual$_{max}$ = 8，visual$_{min}$ = 1，step$_{max}$ 设为 5，step$_{min}$ 设为 0.5，try_number 设为 5，最佳保持个体 $i$ 设为 16，分类 1 的个体数目 $n$ 设为 10，分类 3 的个体数目 $m$ 设为 5，分类 5 的个体数目 $J$ 设为 10，迭代次数 1000。将 CAFSA 运行 30 次，　AAFSA1～AAFSA4 的运算数据同样来自本章参考文献[3]，对比实验结果如表 3-8 所示，表中的迭代次数是收敛到所设阈值所需的平均迭代次数。

表 3-7　实验 2 使用的 Benchmarks 函数

| 函数 | 函数表达式 | 最优值 |
|---|---|---|
| $f_1$ | $\min f(x) = \mathrm{sum}[x_i(i)^2], i = 1, 2, \cdots, 20, -512 \leqslant x_i \leqslant 512$ | 0 |
| $f_2$ | $\min f(x) = \mathrm{sum}\{[\mathrm{sum} x_i(j)^2], j = 1, 2, \cdots, i\}, \quad i = 1, 2, \cdots, 10, -65 \leqslant x_i \leqslant 65$ | 0 |
| $f_3$ | $\max f(x, y) = \left(\dfrac{3}{0.05 + (x^2 + y^2)}\right)^2 + (x^2 + y^2)^2, -5.12 \leqslant x, y \leqslant 5.12$ | 3600 |
| $f_4$ | $\min f(x, y) = \dfrac{1}{400}(x^2 + y^2) - \cos x \cos\left(\dfrac{y}{\sqrt{2}}\right) + 1, -10 \leqslant x, y \leqslant 10$ | 0 |
| $f_5$ | $\max f(x, y) = -\left\{\sum\limits_{i=1}^{5} i \cos[(i+1)x + i]\right\}\left\{\sum\limits_{i=1}^{5} i \cos[(i+1)y + i]\right\}, -10 \leqslant x, y \leqslant 10$ | 186.7309 |
| $f_6$ | $\min f(x, y) = 0.5 + \dfrac{\sin^2 \sqrt{x^2 + y^2} - 0.5}{[1 + 0.001(x^2 + y^2)]^2}, -10 \leqslant x, y \leqslant 10$ | 0 |

在实验 1 中，表 3-6 对比了人工鱼群算法与 CAFSA 两个算法在 4 个标准测试函数上的求解结果。所采用的四个测试函数均是较难优化的 Benchmark 函数，从对比结果可以看出，我们的 CAFSA 的求解精度明显优于标准人工鱼群算法。在求解的成功率上，CAFSA 算法在 $f_2$、$f_3$ 两个函数上均达到了 100% 的成功率，而标准人工鱼群算法的成功率却低了很多，在 $f_1$、$f_4$ 两个函数上的成功率也要较标准人工鱼群算法高。分析其中的原因，是因为对种群进行分类保护之后，能过更好地保持种群的多样性，而不是进行简单的优胜劣汰。

表 3-8　实验 2 的测试结果对比

| 函数 | 项目 | CAFSA | AAFSA1 | AAFSA2 | AAFSA3 | AAFSA4 |
|---|---|---|---|---|---|---|
| $f_1$ 阈值 =0.01 | 最优值 | 9.0785e−45 | 5.2597e−31 | 2.7060e−20 | 5.4080e−10 | 9.2881e−18 |
| | 最劣值 | 4.9012e−42 | 7.9860e−29 | 1.5208e−17 | 4.6400e−08 | 5.7867e−17 |
| | 均值 | 6.1251e−43 | 1.6318e−29 | 3.9835e−18 | 4.8271e−09 | 2.1061e−17 |
| | 迭代次数 | 101 | 133 | 116 | 267 | 232 |
| $f_2$ 阈值 =0.01 | 最优值 | 2.6821e−78 | 6.8496e−55 | 1.6301e−25 | 5.7240e−26 | 4.5223e−45 |
| | 最劣值 | 3.2907e−73 | 4.3382e−49 | 3.3276e−22 | 1.7480e−24 | 2.0226e−41 |
| | 均值 | 8.3671e−76 | 1.6827e−52 | 6.4746e−23 | 1.0420e−25 | 3.7224e−42 |
| | 迭代次数 | 41 | 51 | 38 | 91 | 40 |
| $f_3$ 阈值 =3600 | 最优值 | 3600 | 3600 | 3600 | 3600 | 3600 |
| | 最劣值 | 3598.1982 | 3594.1000 | 3590.7000 | 3598.2000 | 3598.8000 |
| | 均值 | 3599.8301 | 3598.7145 | 3597.2000 | 3599.874 | 3599.5273 |
| | 迭代次数 | 19.8194 | 20.9000 | 20.4211 | 20.3000 | 21.7500 |
| $f_4$ 阈值 =0.01 | 最优值 | 0.00000 | 5.6259e−06 | 7.524e−09 | 0.0000 | 0.0000 |
| | 最劣值 | 5.0138e−23 | 3.4527e−04 | 4.0803e−05 | 1.1058e−09 | 1.759e−12 |
| | 均值 | 4.3821e−69 | 1.3125e−04 | 5.2865e−05 | 6.323e−11 | 2.7756e−16 |
| | 迭代次数 | 16.1341 | 8.6667 | 9.80 | 12.600 | 10.1000 |
| $f_5$ 阈值 =186 | 最优值 | 186.7309 | 186.7309 | 186.7309 | 186.7309 | 186.7309 |
| | 最劣值 | 186.7309 | 185.2700 | 183.6300 | 186.5100 | 186.7309 |
| | 均值 | 186.7309 | 186.6068 | 186.3529 | 186.7188 | 186.7309 |
| | 迭代次数 | 8.2185 | 31.3684 | 35.5333 | 22.7895 | 10.8500 |
| $f_6$ 阈值 =0.01 | 最优值 | 0.0000 | 9.4534e−07 | 3.1086e−15 | 0.0000 | 0.0000 |
| | 最劣值 | 8.5731e−20 | 2.3052e−04 | 7.3534e−05 | 5.882e−013 | 5.3532e−07 |
| | 均值 | 2.9851e−36 | 3.5022e−05 | 8.0411e−06 | 4.2188e−15 | 3.8421e−08 |
| | 迭代次数 | 7.0436 | 11.5000 | 8.5500 | 5.1500 | 6.2000 |

在实验 2 中，$f_1$ 和 $f_2$ 函数均是高维单峰函数，求解过程中对于算法的精度要求比较高，由表 3-8 的实验结果可以看出，CAFSA 对于 $f_1$、$f_2$ 函数的求解精度是比较高的，明显优于另外 4 个改进算法。$f_3 \sim f_6$ 四个优化函数的局部极值比较突出，求解过程中容易使算法陷入局部极值，CAFSA 算法虽然在个别函数上的迭代次数稍高一些，但是其求解精度明显较 AFSA1～AFSA4 算法高，表现优异。在迭代次数的比较上，CAFSA 算法在 $f_4$ 上所需迭代次数是最高的，在其他的测试函数上，基本都是最低的。综合对比结果来看，CAFSA 的改进是比较成功，具有较快的收敛速度和较高的解精度。

### 3.3.4　结论

作为群体智能算法的重要代表，人工鱼群算法的求解机制是利用种群内个体之间的彼此协作与竞争来实现算法的进化。进化过程中，由于标准鱼群算法采用的是优胜劣汰的机制，种群的多样性逐渐消失，使算法容易早熟。实验证明，依据种群与当前最优个体之间的关系，对种群的类别进行细分，给予适应度低的个体以一定的生存概率，维持种群的多样性，是提高算法收敛性能的一个有效途径。

# 3.4　混和反向学习人工鱼群算法

相关研究表明，人工鱼群算法的收敛速度较快，但是求精精度较低。提高群体智能算法精度的途径之一即应该加强个体周围邻域的搜索，尤其是适应度较高的精英个体，因为它们代表了种群的进化方向，更应该加强其邻域的搜索，以勘探其周围可能存在的新解。本节在人工鱼群算法中引入一种反向学习机制，来加强算法对于个体周围邻域的搜索，同时引入佳点集初始化种群，以维持种群的多样性。

### 3.4.1　反向学习

Tizhoosh 和 Rahnamayan[4]等认为进化算法均以一定的概率对解空间进行搜索，如果在搜索过程中初始种群就远离最佳解，则算法很难收敛，所以同时进行当前解及其反向解的搜索是有必要的。当前解与其反向解一起进行优胜劣汰的选择，保证优秀的个体进入下一代种群，无疑会提高算法的求解效率。基于此思想，作者在本章参考文献[4]中提出了反向学习（Opposition-based Learning,OBL）的概念，并给出了详细的步骤。并在本章参考文献[5]中证明了当前猜测解有 50%的概率比其反向解更加远离全局最佳解，为反向学习机制的收敛性提供了理论上的依据。

定义 3.1[4]~[6]：反向解（Opposite Solution）。设在区间[$a, b$]上存在一个实数 $x$，则 $x$ 的反向数定义为 $x' = a + b - x$。鉴于此，假设在 $R$ 域上存在某 $N$ 维点 $X = (x_1, x_2, \cdots, x_i, \cdots, x_N)$，并且 $x_i \in [a_i, b_i]$，定义 $X' = (x_1', x_2', \cdots, x_i', \cdots, x_N')$ 为 $X$ 的反向解。其中，$x_i' = k * (a_i + b_i) - x_i$，$k$ 为[0,1]之间分布均匀的随机数，称作一般化系数。

定义 3.2：基于反向解的优化。设存在种群 $P$，其反向种群为 $P'$，基于优胜劣汰的方式从种群 $P$ 和 $P'$ 中选择数量 $n$ 个个体组成新种群，称为基于反向解的优化。

定义 3.3[4]~[6]：一般动态反向学习

设存在数量为 $N$ 的种群 $X$，维度为 $D$，则第 $t$ 次迭代过程中，种群的反向解为 $X_{ij}'(t) = k * (a_j(t) + b_j(t)) - X_{ij}(t)$，其中 $a_j(t) = \min(X_{ij}(t))$，$b_j(t) = \max(X_{ij}(t))$。$X_{ij}(t)$ 为种群第 $i$ 个解在第 $j$ 维上的分量。

下面以一个优化示例，说明反向学习机制的搜索能力。

假设存在函数 $f(Y) = \| Y - A \|^2$ 待带求解函数，$A = (15,17)$ 是全局最优点，设二维空间存在一个点 $Y = (y_1, y_2)$，$y_1, y_2 \in [0,30]$。任取一个点 $Y = (10,9)$，其适应值是 $f(Y) = 89$，根据定义 3.1 计算其反向解为 $Y' = (20,11)$，$f(Y') = 61$，明显反向解更逼近最优点。若某次迭代过程中，群体中存在一优秀个体 $Y_b = (14,12)$，根据定义 3.3，当 $k=1$ 时，可得到其反向解是 $Y_b' = (16,18)$，非常显然，后者更加接近全局最优。

## 3.4.2　佳点集

佳点集的概念源于 1978 年我国著名数学家华罗庚、王元[7]等学者，其定义如下。

定义 3.4：设 $S$ 维欧式空间中存在某立方体 $V_s$，存在形如 $P_n(k) = \{(\{r_1^{(n)} * k\}, \{r_2^{(n)} * k\}, \cdots, \{r_s^{(n)} * k\}), 1 \leq k \leq n\}$ 成立，且其中 $r \in V_s$。如果其偏差 $\varphi(n) = C(r, \varepsilon) n^{-1+\varepsilon}$ 成立，其中 $\varepsilon$ 是任意正整数，$C(r, \varepsilon)$ 是只与 $r, \varepsilon$ 有关的常数，则称 $r$ 为佳点，$P_n(k)$ 为佳点集。

一般情况下，取 $r = \{2\cos(2\pi k / p), 1 \leq k \leq s\}$，$p$ 是 $(p-3)/2 \geq s$ 的最小素数，则 $r$ 是佳点。根据相关的研究结果可知，利用佳点集技术所产生的种群分布比随机初始化所产生的种群分布更为均匀，种群的多样性更加丰富[7]。

## 3.4.3　人工鱼群算法的改进机制

人工鱼群算法的种群内个体对自身状态调整采用步长移动机制进行，无论采用定步长或是变步长都有错过全局最优个体的概率存在，所以加强对于优秀个体周围空间的搜索是非常必要的，这种措施无疑会提高算法勘探新解的能力。由于人工鱼群算法以优胜劣汰的方式进化，在进化过程中适应度较优的优秀个体无疑代表了种群的前进方向。将部分优秀个体所组成的种群称为精英种群，则该种群中的个体必然包含了更多的引导种群全局收敛的有益信息。如果算法最终收敛到全局最佳，则精英种群所形成的搜索区域肯定会收敛到全局最佳所在的搜索区域，所以充分利用精英种群的信息，搜索精英种群内个体的反向解所在空间，将会提高算法的收敛速度，改善算法的全局收敛能力。

为了保留运算过程中产生的优化结果信息，对个体所在边界采用动态机制。

基于以上分析，在 AFSA 的每次迭代过程中对由部分优秀个体所组成的精英种群执行一般动态反向学习，并将所生成的反向种群与原种群一起进行优胜劣汰，选择其中 POP 个优质个体组成子种群，进入下一次迭代。

根据鱼群算法的原理可知，随着计算过程的进行，种群将会逐渐聚集在一起，种群内个体的适应度值会接近种群的平均适应度值。应用参数 $\alpha = -\sum_{j=1}^{m}\left(\dfrac{f_j - f_{\text{avg}}}{f}\right)^2$（注：式中 $f_j$ 是个体的适应度函数值，$f_{\text{avg}}$ 是种群的平均适应度）来表征鱼群的聚集程度，易知 $\alpha$ 的值越小，聚集程度越高，代表了种群或者聚集于全局最优，或者聚集于局部最优，种群多样性趋同。当然，对于 $\alpha$ 所代表的情况难以区分，故在迭代过程中通过延缓种群多样性下降的方法来保证算法的全局收敛能力。设阈值 $\lambda$ 为较小的值，当 $\alpha \le \lambda$ 时，除保留 10%的优秀个体外，其余在解空间内采用佳点集进行重新初始化。

### 算法 3.4　反向学习人工鱼群算法（OBLAFSA）

设待求解目标函数为 $f(x)$，即鱼个体所处位置的食物浓度，个体的状态表示为 $x = (x_1, x_2, \cdots, x_n)$。

输入：规模为 POP 的种群。

输出：最佳个体 $\boldsymbol{X}_{\text{gbest}}$。

步骤 1. 初始化算法的参数。

步骤 2. 应用佳点集机制进行种群初始化，并计算全部个体的适应度值。

步骤 3. 自由游动算子。默认状态下种群的个体 $\boldsymbol{X}_i(t)$ 在各自的视野 visual 范围内进行随机游动一步长 step。

步骤 4. 觅食行为算子。

个体 $\boldsymbol{X}_i(t)$ 在视野 visual 范围内尝试探索是否有状态 $\boldsymbol{X}_j(t)$ 比自身状态优越，如果有则 $\boldsymbol{X}_i(t)$ 向前 $\boldsymbol{X}_j(t)$ 进 step 步长。尝试 try_number 次数后，如果仍然没有成功靠近，则随机游动一个 step 步长。

步骤 5. 聚群行为算子。

个体 $\boldsymbol{X}_i(t)$ 在其视野 visual 范围内探测伙伴数 $n_f$ 以及这些伙伴的中心点 $\boldsymbol{X}_c(t)$，

如果 $f(X_c(t))/(n_f f(X_i(t))) > \gamma$，表示中心不拥挤，则向该位置移动 step，否则执行觅食；

步骤 6. 追尾行为算子。

个体 $X_i(t)$ 检查视野内是否存在比自身状态优秀的个体 $X_j(t)$，如果 $f(X_c(t))/(n_f f(X_i(t))) > \gamma$，表示该位置不拥挤，则向该位置移动 step，否则执行觅食算子。

步骤 7. 对种群排序，取其中 10%的优秀个体组成精英群体 $P_{best}(i)$。

步骤 8. 计算个体 $X_{best}(i) \in P_{best}(i)$ 的边界 $[a_j, b_j]$，并产生其动态边界 $[\min(a_{ij}), \max(a_{ij})]$。

步骤 9. 根据定义 3.3 生成个体 $X_{best}(i)$ 的动态反向学习种群 $P'_{best}(i)$。

步骤 10. 如果反向种群 $P'_{best}(i)$ 内的个体超出了 $X_{best}(i)$ 的动态边界 $[\min(a_{ij}), \max(a_{ij})]$ 的限制，则在 $[\min(a_{ij}), \max(a_{ij})]$ 内随机生成个体 $X'_{rand}(i)$ 进行替换。

步骤 11. 如果种群 $P_{best}(i)$ 的个体生成反向种群没有结束，则跳转到步骤 9。

步骤 12. 将所生成的反向种群与原有种群混合，选择适应度较高的 POP 个个体组成新种群。

步骤 13. 如果算法满足迭代结束条件，则输出求解结果，终止算法。否则，按照公式 $\alpha = -\sum_{j=1}^{m}\left(\dfrac{f_j - f_{avg}}{f}\right)^2$ 计算当前种群拥挤度，如果 $\alpha$ 小于设定的阈值 $\lambda$，则保留 10%的优质个体，其余个体在解空间内执行佳点集机制变异，并跳转到步骤 3。

根据本章参考文献[11]可知，反向学习算法是收敛的，另可知人工鱼群算法也是收敛的[3]，故在此假设待求解问题的全局最优是 $X_{gbest}$，当前种群中的最佳解为 $X_i(t)$，则如下极限等式成立：$\lim\limits_{t\to\infty} X_i(t) = X_{gbest}$，并且 $\lim\limits_{t\to\infty} a(t) = \lim\limits_{t\to\infty} b(t) = X_{gbest}$。

设 $X_i(t)$ 的反向解为 $X'_i(t) = k*(a_i + b_j) - X_i(t)$，则 $\lim\limits_{t\to\infty} X'_i(t) = \lim\limits_{t\to\infty}(k*(a_i + b_j) - X_i(t)) = \lim\limits_{t\to\infty} k(a_i + b_j) - \lim\limits_{t\to\infty} X_i(t)$。由于 $\alpha^2, b_j$ 为 $X_i(t)$ 的上下界，当 $X_i(t)$ 收敛于 $X_{gbest}$ 时，则 $a_i, b_j$ 必然收敛于 $X_{gbest}$，所以上述公式可以简化为 $(2k-1)X_{gbest}$。即可得出结论，如果 AFSA 收敛于 $X_{gbest}$，则其反向解种群必然会收敛于 $X_{gbest}$，即 OBLAFSA 算法是收敛的。

在时间复杂度方面，OBLAFSA 算法主要体现在步骤 4～13 内，以迭代次数 iter 作为终止条件，设 $n$ 为解空间的维数，种群规模为 $m$，算法中涉及的主要操作是步骤 7 的排序操作，则 OBLAFSA 算法的时间复杂度为 $O(iter*n) + O(m\log m)$，AFSA 算法的时间复杂度是 $O(iter*n)$。OBLAFSA 与 AFSA 的空间复杂度相同。

### 3.4.4　仿真实验与分析

用 C 语言编程实现该算法，在 CODE::BLOCK10.0 下编译运行。所采用的测试实例如表 3-9 所示。其中 $f_1$ 函数是单峰函数，$f_2 \sim f_5$ 均为高维多峰函数，$f_6$ 是一个具有强烈震荡的二维函数，非常难以优化，参与对比的算法是 OBLAFSA、标准 AFSA 及近年比较有代表性的改进算法，包括 SAAFSA[8]、ATMAFSA[9]、AAFSA[10]。

表 3-9　测试用的典型 Benchmark 函数

| 函数 | 维度 | 定义域 | 测试实例 |
|---|---|---|---|
| sphere model | 30 | $[-100, 100]^n$ | $f_1(X) = \sum_{i=1}^{n} x_i^2$ |
| Griewank Function | 30 | $[-600, 600]^n$ | $f_2(X) = \sum_{i=1}^{n} \frac{x_i^2}{4000} - \prod_{i=1}^{n} \cos \frac{x_i}{\sqrt{i}} + 1$ |
| Rastrigin function | 30 | $[-5.12, 5.12]^n$ | $f_3(X) = \sum_{i=1}^{n} [x_i^2 - 10\cos(2\pi x_i) + 10]$ |
| Ackley function | 30 | $[-32.768, 32.768]^n$ | $f_4(X) = -20 \exp\left(-0.2\sqrt{\frac{1}{n}\sum_{i=1}^{n} x_i^2}\right) - \exp\left[\frac{1}{n}\sum_{i=1}^{n} \cos(2\pi x_i)\right] + 20 + \exp(1)$ |
| Rosenbroc Fun ction | 30 | $[-50, 50]^n$ | $f_5(X) = \sum_{i=1}^{n} [100(x_{i+1} - x_i^2)^2 + (1 - x_i)^2]$ |
| Schaffer function | 2 | $[-100, 100]$ | $f_6(X) = 0.5 + \frac{\sin^2\sqrt{x_1^2 + x_2^2} - 0.5}{[1.0 + 0.001*(x_1^2 + x_2^2)]^2}$ |

设置 OBLAFSA、AFSA 算法的种群规模是 $POP = 30$，$try\_number = 3$，$visual = 0.6$，$step = 0.5$，$\lambda = 0.5$，$\delta = 0.5$ 等，其余参与对比算法的参数设置参考相关的对应文献进行,算法的迭代次数均为 600。为了公平对比，所有算法均运行 30 次，取 30 次运算结果的平均值进行对比，对比的项目包括：结果平均值、数据方差、收敛成功次数、成功收敛所需迭代次数等项目，实验结果如表 3-10 和表 3-11 所示。

表 3-10　算法在测试函数上的平均结果与方差的比较

| | AFSA | | ATMAFSA | | SAAFSA | | AAFSA | | OBLAFSA | |
|---|---|---|---|---|---|---|---|---|---|---|
| | 均值 | 方差 | 均值 | 方差 | 均值 | 方差 | 均值 | 方差 | 均值 | 方差 |
| $f_1$ | 7.31e−34 | 1.65e−29 | 0.0 | 0.0 | 2.14e−192 | 3.16e−201 | 6.77e−65 | 3.81e−28 | 0.0 | 0.0 |
| $f_2$ | 2.91e−28 | 1.22e−29 | 4.29e−118 | 3.18e−128 | 3.41e−78 | 1.08e−68 | 2.83e−66 | 9.61e−81 | 3.91e−198 | 7.11e−131 |
| $f_3$ | 1.84e−19 | 2.94e−18 | 7.21e−98 | 1.28e−90 | 2.19e−88 | 7.37e−98 | 6.07e−59 | 3.17e−56 | 4.76e−126 | 3.61e−99 |
| $f_4$ | 2.09e−17 | 9.38e−20 | 9.13e−87 | 5.37e−66 | 7.64e−59 | 3.46e−38 | 7.23e−51 | 3.57e−50 | 7.82e−86 | 2.31e−62 |
| $f_5$ | 7.81e−22 | 6.37e−19 | 4.64e−98 | 3.47e−97 | 1.18e−86 | 3.69e−76 | 1.94e−62 | 7.15e−66 | 5.76e−100 | 1.65e−99 |
| $f_6$ | 1.92e−26 | 9.01e−19 | 0.0 | 0.0 | 0.0 | 0.0 | 4.18e−64 | 6.91e−39 | 0.0 | 0.0 |

表 3-11  算法在测试函数上取得成功的次数和平均迭代次数

| | AFSA | | ATMAFSA | | SAAFSA | | AAFSA | | OBLAFSA | |
|---|---|---|---|---|---|---|---|---|---|---|
| | 成功次数 | 迭代次数 | 成功次数 | 迭代次数 | 成功次数 | 迭代次数 | 成功次数 | 迭代次数 | 成功次数 | 迭代次数 |
| $f_1$ | 24 | 259.22 | 30 | 95.78 | 29 | 96.57 | 26 | 189.83 | 30 | 89.64 |
| $f_2$ | 15 | 323.16 | 29 | 170.46 | 26 | 200.16 | 27 | 220.27 | 29 | 156.91 |
| $f_3$ | 13 | 376.16 | 28 | 261.73 | 28 | 243.02 | 26 | 274.53 | 29 | 227.14 |
| $f_4$ | 9 | 582.94 | 29 | 330.91 | 27 | 400.14 | 25 | 382.13 | 28 | 325.72 |
| $f_5$ | 11 | 537.28 | 28 | 319.65 | 28 | 336.85 | 25 | 359.97 | 29 | 301. 26 |
| $f_6$ | 22 | 193.21 | 30 | 38.16 | 30 | 46.75 | 25 | 181.34 | 30 | 42.80 |

　　为了更好地比较算法收敛能力，图 3-2、图 3-3、图 3-4、图 3-5、图 3-6、图 3-7 绘制了上述参与对比的部分算法在 6 个 Benchmark 函数上的收敛曲线图。

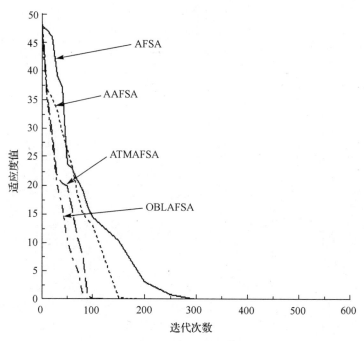

图 3-2  $f_1$ 函数上的收敛曲线

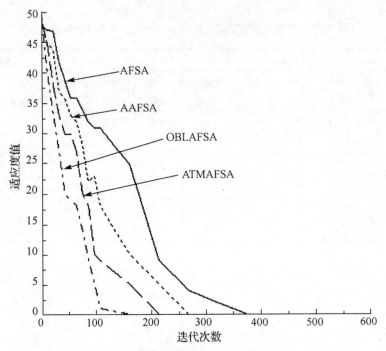

图 3-3　$f_2$ 函数上的收敛曲线

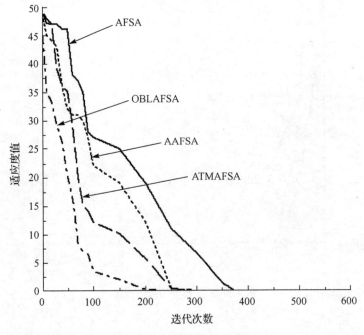

图 3-4　$f_3$ 函数上的收敛曲线

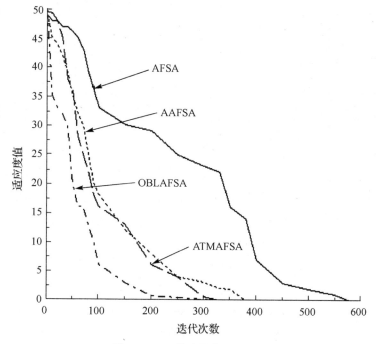

图 3-5　$f_4$ 函数上的收敛曲线

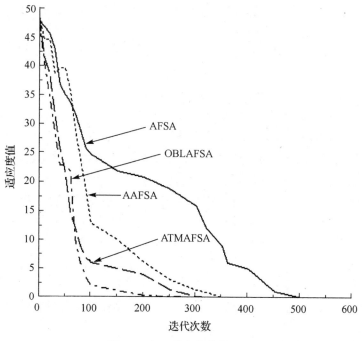

图 3-6　$f_5$ 函数上的收敛曲线

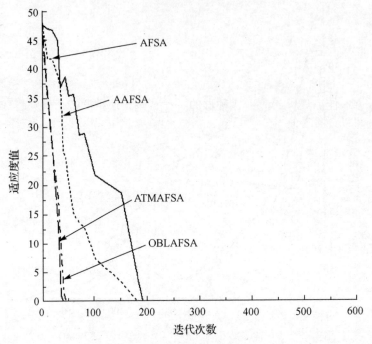

图 3-7　$f_6$ 函数上的收敛曲线

从表 3-10、表 3-11 所列算法的相关测试结果可以看出，OBLAFSA 算法在 6 个测试函数上的表现相对于其他 5 个算法均比较出色。在表 3-10 所列的数据中可以看出，OBLAFSA 算法除了在 $f_4$ 上的解精度和解方差上的表现稍逊于 ATMAFSA 外，其他各个方面均要优于另外的对比算法，尤其对于标准人工鱼群算法，改进后的效果相当明显，求解结果的精度提高明显。从表 3-11 所列的实验结果可以看出，在 $f_1$ 函数上，ATMAFSA 和 OBLAFSA 两个算法达到 100% 的成功率，在 $f_6$ 函数上 ATMAFSA、OBLAFSA、SAAFSA 三个算法达到了 100% 成功率，在这两个函数上其他算法均没有达到 100% 的成功率。在另外 5 个测试函数上，OBLAFSA 算法的成功率也只有在 $f_4$ 函数上稍逊于 ATMAFSA，表现出较好的稳定性。在成功收敛所需迭代次数对比上，OBLAFSA 在 $f_6$ 函数上的迭代次数稍高于 ATMAFSA 算法，但也非常接近，在其他测试函数上 OBLAFSA 所需迭代次数均是最少的，说明 OBLAFSA 算法收敛速度更快。同样的结论也可以从图 3-2、图 3-3、图 3-4、图 3-5、图 3-6、图 3-7 所展示的收敛曲线图中得到。从这 6 个收敛曲线图的对比可以看出，OBLAFSA 在 6 个 Benchmark 函数上的收敛曲线相对是比较平滑的，下降速度也很快。可以得出结论，OBLAFSA 算法运行稳定，能够较好地保持种群多样性，逃离局部最优的约束。

### 3.4.5　结论

本节通过在标准人工鱼群算法中引入反向学习机制来实现对于算法收敛性能的改善，同时引入佳点集机制来干扰种群的过度聚集，使种群的个体获得较好的位置。对比相关的算法表明，反向学习机制能够有效加强对于个体周围邻域的搜索，求解精度较高。

# 3.5　精英竞争人工鱼群算法

意大利的帕雷托提出的社会精英论认为在社会的群体中，处于优势地位的少数部分精英群体占据了大部分的社会劳动成果，他们对社会的发展起着至关重要的作用，通过控制精英可以在一定程度上掌控全局[11]。基于此原理，可知在 AFSA 算法中处于优势地位的精英个体，会对整个鱼群的收敛方向产生重要的影响。

AFSA 算法在进化过程中表现出了很强的趋同性，这种趋同中精英个体处于领导地位并引导了种群的进化方向。随着迭代的进行，整个鱼群迅速向精英个体靠近。如果精英个体位于全局最优附近，则有利于算法最终全局收敛。但是，如果精英个体落在局部极值周围，且此时的种群多样性较低，精英个体则很难领导种群跳出局部最优的约束。

种群的早熟，很大程度上正是由于处于领导地位的精英个体难以带领种群逃离局部最优约束所造成的。考虑到种群中最优个体对于种群的前进方向影响最大，所以，当种群的多样性降低，且算法中的精英个体的领导能力下降时，有必要对种群中的精英个体实施干预。

本节研究一个基于精英个体竞争机制的改进人工鱼群算法，在种群中选择部分精英个体，首先利用局部搜索机制对其进行训练，提高其适应能力，然后令这些精英个体以轮盘赌的方式，替换种群内的当前最优个体 $X_{gbest}$，从而帮助种群获得新的搜索能力。

### 3.5.1　基于动态随机搜索的精英训练

为了提高精英个体的竞争能力，竞争之前对精英个体实施相应的训练。训练的另一个目的是提高解精度，训练的方法是针对个体 $X_i(t)$ 的邻域进行较为精细的搜索，以勘探周围的解空间内是否存在更加优秀的位置。动态随机搜索（Dynamic

Random search，DRS）能够较好地搜索 $X_i(t)$ 周围的解空间，所以在精英竞争之前，令候选的精英个体执行 DRS 算法。

动态随机搜索算法包含有两个部分，全局搜索和局部搜索，并通过动态调整搜索空间实现了对于不同解空间的搜索，以提高算法跳出局部最优约束的能力。

**算法 3.5　DRS 算法**

步骤 1. 参数初始化。最大迭代次数 $\text{iter}_{\max}$。

步骤 2. 设定一个空种群 $P_{\text{temp}}$，初始搜索步长 $\text{step}_k$。

步骤 3. 针对所有的维度 $m$，执行如下过程：

　　　步骤 3.1. 在 $[-\text{step}_k, \text{step}_k]$ 内产生随机向量 $X_r$；

　　　步骤 3.2. 以 $X_r$ 为基础，按公式（3.13）生成新的个体，并加入种群 $P_{\text{temp}}$；

$$X_{\text{temp}} = X_i + X_r, X'_{\text{temp}} = X_i - X_r \tag{3.13}$$

　　　步骤 3.3. 调整搜索步长 $\text{step}_k$；

　　　步骤 3.4. 迭代 $k$ 次，针对某一维的搜索即结束，否则跳转到步骤 3.1；

　　　步骤 3.5. 在种群 $P_{\text{temp}}$ 内选择最佳个体 $X_{\text{temp}}^{\text{best}}$，如果优于 $X_i$，则替换之，否则仍然保留 $X_i$；

步骤 4. 算法迭代满足结束条件，则输出结果 $X_i$，算法结束；否则跳转到步骤 2。

## 3.5.2　算法实现

精英个体经过训练之后，将进行竞争以决定哪一个体能够替换最佳 $X_{\text{lbest}}$，为了使精英个体公平竞争，计算个体 $X_i$ 替换 $X_{\text{lbest}}$ 的概率，并以此概率为基础用轮盘赌的方式选择替换 $X_{\text{lbest}}$ 的个体。

设参与竞争的精英个体的数量是 $n$，则个体 $X_i$ 对于最优个体 $X_{\text{lbest}}$ 的突跳概率计算由公式（3.14）可得，并由公式（3.15）计算得出 $X_i$ 替换 $X_{\text{lbest}}$ 的概率。基于 $p_{\text{ic}}$ 采用轮盘赌的方式选择用于替换 $X_{\text{lbest}}$ 的个体。

$$p = \begin{cases} 1 & , f(X_i) \leqslant f(X_{\text{lbest}}) \\ \exp(-(f(X_i) - f(X_{\text{lbest}}))/n), & f(X_i) > f(X_{\text{lbest}}) \end{cases} \tag{3.14}$$

$$p_{\text{ic}} = p_i / \sum_{i=1}^{N} p_i \tag{3.15}$$

**算法 3.6　精英竞争人工鱼群算法（CDEAFSA）**

输入：一定规模的种群。

输出：最佳个体。

步骤 1. 初始化算法的参数。POP：种群规模，visual：视野，$\lambda$：拥挤因子，step：移动步长，try_num：尝试次数，$iter_{max}$：最大迭代次数等。

步骤 2. 在解空间内随机初始化种群，迭代次数 $t = 0$。

步骤 3. 自由游动。

步骤 4. 觅食行为。

步骤 5. 聚群行为。

步骤 6. 追尾行为。

步骤 7. 取种群内的当前最佳个体 $X_{lbest}$，更新公告板。

步骤 8. 满足迭代终止条件，则输出结果 $X_{lbest}$，终止算法；否则执行步骤 9。

步骤 9. 如果公告板连续 $m$ 次没有被更新，并且种群的拥挤度 $\alpha = -\sum_{j=1}^{m} \left( \dfrac{f_j - f_{avg}}{f} \right)^2$ 小于阈值 $\lambda$，则选择一定比例的部分优秀个体组成精英种群 $P_{elite}$。

步骤 10. 对种群 $P_{elite}$ 执行 DRS 算法进行训练。

步骤 11. 种群 $P_{elite}$ 内的个体按照公式（3.14）、公式（3.15）计算替换 $X_{lbest}$ 的概率；并采用轮盘赌的方式选择 $X_r$ 作为替换 $X_{lbest}$ 的个体，更新公告板。

步骤 12. 将 $X_{lbest}$ 更新为 $X_r$，在解空间内为 $X_r$ 随机产生一个新的状态，并跳转到步骤 3。

由算法的步骤可以看出，改进算法中选择了部分精英个体通过竞争来替换当前最佳 $X_{lbest}$，能够使种群摆脱 $X_{lbest}$ 的约束，增强了种群多样性，扩大了算法的搜索范围。同时，在实施竞争之前，候选精英个体进行相应的 DRS 训练，针对周围邻域实施精细搜索，亦有利于提高算法的精度。

显然，CDEAFSA 算法的时间复杂度主要体现在步骤 3 至 12，如果以迭代次数作为算法的终止条件，并设最大迭代次数为 $N$，$m$ 为解空间的维数，种群中个体数量是 $k$，则 CDEAFSA 算法的时间复杂度为 $O(N*m) + O(k \log k)$。

### 3.5.3　仿真实验与分析

参与竞争的精英个体的数量是影响改进算法能否有效跳出局部约束的关键，如果选择较少的精英种群，则种群的大多数个体无法参与竞争，难以对最佳个体 $X_{lbest}$ 形成竞争压力。精英种群较多时，会使计算量过多。通过实验来选择一个比较适当的比例值。选择较复杂的优化函数 Rosenbrock 进行实验。种群规模设置为 30，实验函数的维度分别选择 30、100，精英种群的比例值分别选择了 10%、15%、20%、25%。图 3-8 和图 3-9 展示了两种维度下 Rosenbrock 的收敛曲线。

从图 3-8 和图 3-9 可以看出，在两种维度下，候选精英种群个数在 15%、20%时的解精度均要高于 10%和 25%的比例。另外，考虑到选择 20%的计算量较 15%会高一些，所以推荐使用 15%。

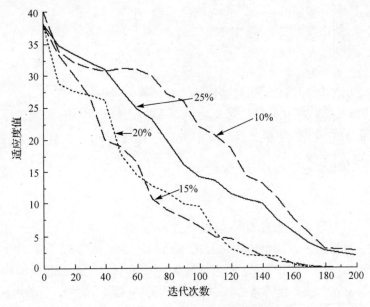

图 3-8　30 维测试函数的收敛曲线

将 CDEAFSA 算法采用 C 语言实现，并在 CODE::BLOCK10.0 调试编译运行，验证所提出算法的求解性能。实验的硬件环境为：CPU 为 intel 赛扬双核 2.4.0GHz，内存 3.4GB。所采用的测试算例是 6 个常用的标准测试函数，包括 Sphere、Griewank、Rastrigin、Ackley、Schwefel、Schaffer，如表 3-12 所示。其中，Sphere 函数是单峰函数，主要用于测试算法的求解精度；Schaffer 函数的最优值附近有无穷多个极值点，强烈震荡，比较难以优化。其余 4 个函数均为多峰函数，主要用于测试算法摆脱局部极值约束的能力。测试函数的维度设为 30。CDEAFSA 算法种群规模为 30，step=0.4，visual=1，try_num=3，拥挤度 $\lambda$=0.3，候选精英的比例 $k$ 值设定为 15%。参与对比的算法包括标准 AFSA、本章参考文献[9]算法、AAFSA[10]、CAFSA[12]，迭代次数均为 1000，其参数设置参考相应的文献。所有算法均单独运行 30 次，取结果的平均值，对比结果如表 3-13 和表 3-14 所示。

通过表 3-13 所列数据，可以看出在单峰 Sphere 函数上，CDEAFSA、本章参考文献[9]两个算法均能在 30 次的实验中 100%获得函数的全局最优，而其他参与对比的 3 个算法在 $f_1$ 函数上均没有获得最优结果。

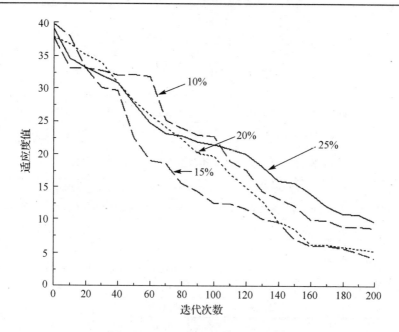

图 3-9　100 维测试函数的收敛曲线

表 3-12　测试用的典型函数

| 函数 | 定义域 | 测试实例 | 最优值 |
|------|--------|----------|--------|
| Sphere | $[-100, 100]^n$ | $f_1(X) = \sum_{i=1}^{n} x_i^2$ | 0 |
| Griewank | $[-600, 600]^n$ | $f_2(X) = \sum_{i=1}^{n} \dfrac{x_i^2}{4000} - \prod_{i=1}^{n} \cos \dfrac{x_i}{\sqrt{i}} + 1$ | 0 |
| Rastrigin | $[-5.12, 5.12]^n$ | $f_3(X) = \sum_{i=1}^{n} [x_i^2 - 10\cos(2\pi x_i) + 10]$ | 0 |
| Ackley | $[-32.768, 32.768]^n$ | $f_4(X) = -20\exp\left(-0.2\sqrt{\dfrac{1}{n}\sum_{i=1}^{n} x_i^2}\right) - \exp\left[\dfrac{1}{n}\sum_{i=1}^{n}\cos(2\pi x_i)\right] + 20 + \exp(1)$ | 0 |
| Schwefel | $[-500, 500]$ | $f_5(X) = -\sum_{i=1}^{n}(x_i \sin\sqrt{x_i})$ | $-12569.5$ |
| Schaffer | $[-100, 100]$ | $f_6(X) = \dfrac{\sin^2\sqrt{x_1^2 + x_2^2} - 0.5}{[1 + 0.001(x_1^2 + x_2^2)]^2} - 0.5$ | $-1$ |

表 3-13　测试函数上平均结果及解方差

| | AFSA | | AAFSA | | CAFSA | | 本章参考文献[9]算法 | | CDEAFSA | |
|---|------|------|-------|------|-------|------|----------|------|--------|------|
| | 均值 | 方差 | 均值 | 方差 | 均值 | 方差 | 均值 | 方差 | 均值 | 方差 |
| $f_1$ | 1.27e−13 | 6.31e−20 | 7.01e−56 | 2.87e−52 | 5.61e−68 | 9.45e−65 | 0.0 | 0.0 | 0.0 | 0.0 |
| $f_2$ | 3.19e−6 | 2.21e−7 | 4.11e−36 | 1.65e−35 | 8.01e−43 | 6.32e−39 | 3.63e−61 | 1.99e−59 | 5.08e−68 | 2.43e−69 |
| $f_3$ | 6.84e−3 | 4.02e−2 | 5.08e−24 | 6.92e−34 | 4.79e−22 | 1.16e−24 | 5.70e−26 | 7.13e−25 | 6.71e−28 | 3.14e−30 |

续表

| | AFSA | | AAFSA | | CAFSA | | 本章参考文献[9]算法 | | CDEAFSA | |
|---|---|---|---|---|---|---|---|---|---|---|
| | 均值 | 方差 | 均值 | 方差 | 均值 | 方差 | 均值 | 方差 | 均值 | 方差 |
| $f_4$ | 9.02e−5 | 5.13e−6 | 1.33e−32 | 7.13e−33 | 2.63e−33 | 4.63e−38 | 5.21e−35 | 9.57e−32 | 4.28e−36 | 3.19e−35 |
| $f_5$ | −12339.8 | 2.89e−27 | −12588.3 | 1.25e−32 | −12359.7 | 6.95e−86 | −12570.1 | 4.77e−69 | −12569.3 | 9.83e−73 |
| $f_6$ | 1.6531 | 5.93e−1 | −0.8234 | 6.53e−3 | −3.0642 | 8.75e−4 | −0.9126 | 8.64e−2 | −0.0032 | 5.76e−6 |

表 3-14　测试函数上成功收敛次数和平均迭代次数

| | AFSA | | AAFSA | | CAFSA | | 本章参考文献[9]算法 | | ODEAFSA | |
|---|---|---|---|---|---|---|---|---|---|---|
| | 成功次数 | 迭代次数 | 成功次数 | 迭代次数 | 成功次数 | 迭代次数 | 成功次数 | 迭代次数 | 成功次数 | 迭代次数 |
| $f_1$ | 22 | 100.25 | 26 | 97.78 | 27 | 96.57 | 30 | 80.82 | 30 | 73.77 |
| $f_2$ | 19 | 120.16 | 26 | 115.45 | 27 | 110.16 | 29 | 102.27 | 29 | 99.67 |
| $f_3$ | 12 | 159.16 | 23 | 139.36 | 23 | 140.02 | 28 | 113.67 | 28 | 120.82 |
| $f_4$ | 25 | 187.42 | 25 | 168.87 | 25 | 166.45 | 29 | 131.08 | 28 | 127.98 |
| $f_5$ | 10 | 391.21 | 16 | 361.98 | 18 | 359.07 | 27 | 281.45 | 26 | 324.16 |
| $f_6$ | 9 | 571.54 | 16 | 498.65 | 8 | 501.42 | 22 | 401.65 | 22 | 425.09 |

　　还可以看出 CDEAFSA 算法的求解精度是很高的。同样能够获得全局最优，文献[9]算法所需的迭代次数则要较 CDEAFSA 高一些。在 Griewank、Rastrigin、Ackley、Schwefel 四个高维多峰函数上，CDEAFSA 算法在求解精度和解方差上的表现在所有参与对比的算法中均是最优的，只有本章参考文献[9]算法与其接近，明显优于 AFSA、AAFSA 和 CAFSA 三个算法。对于难以优化的，震荡性较强的 Schaffer 函数，CDEAFSA 算法表现同样优秀，很好地跳出了局部最优的约束，解精度和解方差同样最佳。

　　由表 3-14 中所列数据可以看出，除了在 Ackley 和 Schwefel 两个测试函数上 CDEAFSA 的收敛成功次数较本章参考文献[9]算法低 1 次之外，在其余测试函数上，CDEAFSA 的收敛成功次数均是最高的。对比成功收敛所需的迭代次数上，Rastrigin、Schwefel、Schaffer 三个函数上，CDEAFSA 比本章参考文献[9]算法稍差，但是依然较其他算法优秀。在其余的测试函数上，CDEAFSA 算法所需迭代次数则是最少的。

　　为了更好地比较算法的收敛能力，绘制了参与对比的部分算法在测试函数 Sphere、Griewank、Rastrigin、Ackley 上的收敛曲线图，分别如图 3-10、图 3-11、图 3-12、图 3-13 所示。从以上的 4 个图中所绘曲线可以看出，CDEAFSA 算法的收敛曲线相对其他算法比较平滑，而且精度明显优于其他算法，这是因为部分精英个体执行 DSR 算法，提高了求解精度。此外，由于实施了精英竞争机制，算法没有受困于局部最优，具有较佳的稳定性和较高求解精度。CDEAFSA 算法在 Rastrigin 函数的曲线稍微有一个小的跳跃，与种群的个体在进化过程中存在异常变异有关。

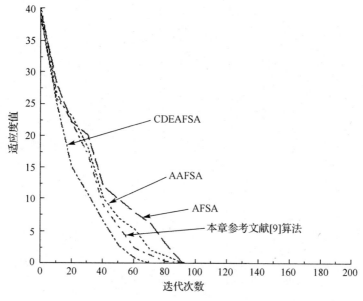

图 3-10　$f_1$ 函数上的收敛曲线

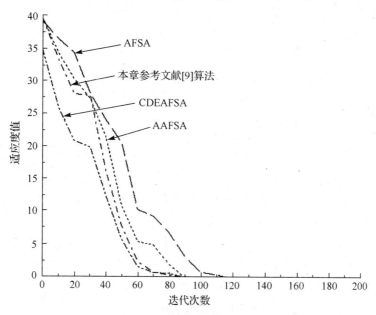

图 3-11　$f_2$ 函数上的收敛曲线

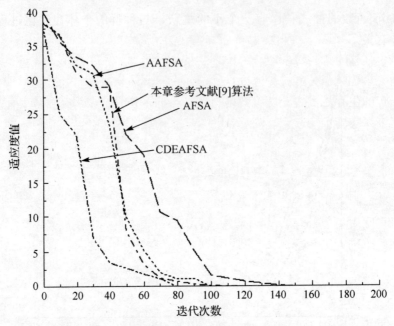

图 3-12 $f_3$ 函数上的收敛曲线

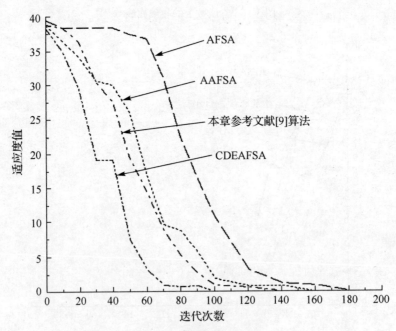

图 3-13 $f_4$ 函数上的收敛曲线

### 3.5.4　结论

精英个体代表了种群的进化方向，当种群聚集于精英个体周围时，就可以认为此时的精英个体无法带领种群去勘探新解。引入竞争机制，给处于领导地位的精英个体以一定的生存压力，能够有效地提高种群的多样性。由于在竞争之前，对部分候选精英个体实施了动态局部搜索的训练，使解精度得以提高。

# 3.6　随机游走人工鱼群算法

为了克服人工鱼群算法容易早熟、解精度低的弱点，本节将介绍一中引入随机游走机制的改进人工鱼群算法。利用随机游走机制改进鱼群中个体的自由游动算子和觅食算子，使两个算子具有一定的随机游走机制，既能进行小范围局部的精细搜索，又具有一定的跳出局部最优约束的能力。

### 3.6.1　Lévy Flight 机制

Lévy Flight 机制[13]是一种生物体所具有的随机游走（Randomly walk）运动。该机制的行走表现为，长时间的短距离搜索和偶尔的长距离跳跃相结合，这种偶尔的长距离具有方向多变性特点。这种特有的搜索机制使得生物体能够将精细的局部搜索和突然的变异机制结合，一方面保证了生物体能够较好地勘探附近解空间，一方面又具有一定的突变性，有效地逃离局部极值约束，开采新解。两种搜索机制交替进行，保证了对于解空间搜索的有效性和快速性。相关研究成果表明，蝙蝠、果蝇、人类、光等均具有这种 Lévy Flight 行为。当目标位置随机，并且稀疏时，对于多个独立的搜索者，Lévy Flight 搜索机制是最为理想的搜索策略之一[13]，公式（3.16）是 Lévy 函数的概率分布函数。

$$P_{\alpha,\gamma}(\chi) = \frac{1}{\pi}\int_0^\infty \exp(\gamma q^\alpha)\times\cos(q\chi)\mathrm{d}q \qquad (3.16)$$

通过 Lévy 函数的特征函数的连续傅里叶变换，定义其概率密度函数公式（3.17）。

$$g_{\alpha,\beta}(y) = \exp\left[iuy - \delta^\alpha\,|\,y\,|^\alpha\left(1 - i\beta\frac{y}{|\,y\,|}\tan\left(\frac{\pi}{2}\alpha\right)\right)\right] \qquad (3.17)$$

公式（3.16）中的参数 $\alpha\in[0,2]$，决定了该密度函数的分别特性。$\alpha\to 2$ 时，随机变量服从正态分布；$\alpha=1$ 时，随机变量服从柯西分布；$\alpha=0.5$，$\beta=1$ 时，服从 Lévy 分布。$\beta\in[-1,1]$，当 $\beta>0$ 时，Lévy 函数的概率分布对称；$\beta=0$ 则概率分布偏右；$\beta<0$ 时，概率分布偏左。$u$ 为均值位移，$\delta$ 表示随机变量的发散程度。当 $0<\alpha<2$ 时，Lévy 分布的方差呈现发散并以指数形式增长，其典型轨迹即表现为较多的聚集短距离飞行和偶尔的长距离飞行相间出现，Lévy 飞行过程中会发生大的跳跃且方向多变，图 3-14 展示了一个粒子的 Lévy Flight 运行轨迹，可以看出该粒子的运动与上述理论上的分析是吻合的。

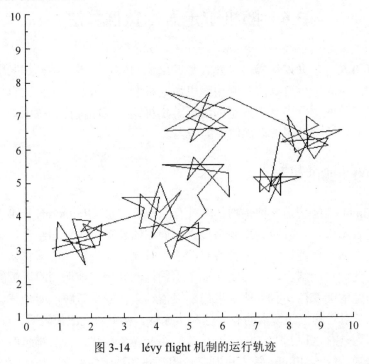

图 3-14　lévy flight 机制的运行轨迹

### 3.6.2　算法改进思想

　　在标准人工鱼群算法的四个算子中，觅食算子、追尾算子、聚群算子三个算子均是趋同算子，即通过这三个算子的作用使算法在不断的迭代过程中，种群多样性趋于一致，直至算法最终收敛。自由游动算子承担算法的变异机制，通过在个体的视野（visual）范围内随机产生新的位置，并与当前个体所在位置一起优胜劣汰。在这种机制下，个体开采新解的范围被约束在其视野内，处理多峰函数时，如果个体所在位置恰落于某个局部极值附近时，则个体难以逃脱局部极值的约束。为了保证算法具有较强的全局收敛能力和较高的解精度，应该将局部搜索与全局搜索有机结合起来。

　　注意观察鱼的自由游动行为，类似于蝙蝠等生物体，鱼在其视野（visual）范围内进行一段时间的自由游动后，往往会存在一个突然的变向或加速游向较远的位置，该行为正是动物的 Lévy Flight 机制。所以，将 Lévy Flight 机制引入自由游动算子中，一方面比较符合鱼的生物行为，另一方面又能加强算法的全局探索能力。改进方法如下：

　　设 $\boldsymbol{X}_i(t)$ 为某个体在第 $t$ 次迭代中的当前状态，在其 visual 范围之内随机生成一个新状态 $\boldsymbol{X}_r(t)$，应用公式（3.18）更新个体本身的状态。

$$\boldsymbol{X}_i(t) = \boldsymbol{X}_i(t) + \text{levy}(\chi) \otimes (\boldsymbol{X}_i(t) - \boldsymbol{X}_r(t)) \tag{3.18}$$

　　$\otimes$ 为向量乘，$\text{levy}(\chi)$ 表示跳跃步长服从 Lévy 分布的随机搜索向量。

　　在 AFSA 算法的觅食行为中，个体 $\boldsymbol{X}_i(t)$ 向食物尝试靠近 try_number 次之后，会随机移动一个步长 step，引入 Lévy Flight 机制将其修改为公式（3.19）。

$$\boldsymbol{X}_i(t) = \boldsymbol{X}_i(t) + \text{levy}(\chi) \times \text{random}(\text{step}) \tag{3.19}$$

### 3.6.3　算法实现

#### 算法 3.7　随机游走人工鱼群算法（LFAFSA）

　　步骤 1. 算法参数初始化。视野 visual，步长 step，尝试次数 try_number，种群规模 m 等。

　　步骤 2. 以公式（3.20）在解空间内随机初始化种群。

$$\boldsymbol{P}(0) = \{\boldsymbol{X}_i(0) \mid x_{ij}(0) = \text{rand}(0,1) * (U_i - L_j) + L_j \wedge 1 \leqslant i \leqslant N \wedge 1 \leqslant j \leqslant n\} \tag{3.20}$$

　　步骤 3. 自由游动。$\boldsymbol{X}_i(t)$ 根据公式（3.18）在其视野（visual）范围内随机游动，调整自身的状态。

　　步骤 4. 觅食行为。$\boldsymbol{X}_i(t)$ 在视野内搜索是否存在比其优越的状态 $\boldsymbol{X}_j(t)$，如果有则向 $\boldsymbol{X}_j(t)$ 尝试前进一步 step；尝试 try_number 次数后，仍然没有移动，则按照公式（3.19）修改自身状态。如果没有搜索到 $\boldsymbol{X}_j(t)$，则执行自由游动。

　　步骤 5. 追尾行为。

　　步骤 6. 聚群行为。

　　步骤 7. 将公告板上登记的 $\boldsymbol{X}_{\text{gbest}}(t)$ 与当前种群的状态比较，检查是否需要更新 $\boldsymbol{X}_{\text{gbest}}(t)$；

　　步骤 8. 算法满足结束条件，则输出公告板的记录，算法结束；否则跳转到步骤 3。

算法的复杂度主要体现在步骤 3 至步骤 7，而这是 LFAFSA 算法主要的时间复杂度的体现，如果以迭代次数作为算法的终止条件，并设最大迭代次数为 $M$，$n$ 为解空间的维数，种群规模是 $m$，LFAFSA 算法的时间复杂度为 $O(M*n) + O(m)$。

### 3.6.4  仿真实验与分析

选择四个经典 Benchmark 函数 $f_1$-Sphere、$f_2$-Ackleys、$f_3$-Griewank、$f_4$-Schaffer 等进行测试，维度为 30。Sphere 是一个较容易优化的单峰函数，主要用于测试算法的求解精度；Ackleys 函数具有大量的局部最优点；Griewank 函数是一个可变维多峰函数，其低维较高维难以优化；Schaffer 函数有无数个局部极值点，具有强烈的震荡性。LFAFSA 算法使用 C 语言编程实现，将其与近两年提出的 ATMAFSA[9]、AAFSA[10] 两个算法进行对比。AAFSA、LFAFSA 的参数设置基本一致，种群规模均设置为 POP = 30，try_number = 5，visual = 1，step = 1，$\lambda = 4$。ATMAFSA 的种群规模同样设置为 30，其他参数设置参考相应文献,算法的迭代次数均为 1000，算法单独执行 30 次，取平均值。

由表 3-15 所列数据可以看出，在单峰函数 $f_1$ 上，LFAFSA 和 ATMAFSA 两个算法找到了最优点，AAFSA 算法没有找到全局最优。在另外的 3 个多峰测试函数上，LFAFSA 算法在 $f_2$ 的求解精度上要稍逊于 ATMAFSA，但是解方差要优于 ATMAFSA。在 $f_3$、$f_4$ 两个函数上，LFAFSA 算法的解精度均明显优于另外两个算法，而且解的方差也较其他算法低，说明 LFAFSA 算法的运行稳定性和全局收敛能力是较高的。

表 3-15  Benchmark 测试函数上的求解结果平均值与解方差

| | AAFSA | | ATMAFSA | | LFAFSA | |
|---|---|---|---|---|---|---|
| | 均值 | 方差 | 均值 | 方差 | 均值 | 方差 |
| $f_1$ | 1.72e−191 | 8.23e−189 | 0.0 | 0.0 | 0.0 | 0.0 |
| $f_2$ | 9.06e−83 | 2.26e−79 | 9.42e−230 | 8.31e−199 | 7.11e−227 | 4.52e−212 |
| $f_3$ | 4.81e−21 | 7.41e−18 | 2.71e−88 | 6.12e−80 | 3.09e−90 | 1.21e−79 |
| $f_4$ | 5.18.e−81 | 5.50e−46 | 4.76e−187 | 5.49e−129 | 5.03e−196 | 8.61e−136 |

由表 3-16 所列数据中的对比，可以看出，在所有 4 个测试函数上，LFAFSA 算法成功收敛的次数均是最高的，均要优于其他参与对比的算法。在成功收敛时所需迭代次数对比上，LFAFSA 在 $f_3$ 函数上要略高于 ATMAFSA 算法，在其他测试函数上均低于其他的算法。说明 LFAFSA 算法能较好地逃脱局部极值束缚，快速收敛到

全局最优周围，进行精细的局部搜索。单独对比 ATMAFSA 算法，虽然 LFAFSA 算法在个别指标上稍逊，但是总体上优于 ATMAFSA。

为了更加直观地对比 LFAFSA 与标准人工鱼群算法 AFSA 的收敛能力和改进效果，图 3-15、图 3-16、图 3-17、图 3-18 绘制了 LFAFSA 和 AFSA 两个算法的收敛曲线。在 $f_1$ 函数上，LFAFSA 算法和 AFSA 的收敛曲线非常接近，而且下降速度基本相差无几，这是因为 $f_1$ 函数是一个单峰函数，比较容易优化，对算法逃脱局部极值约束能力的要求不高。在 $f_2$、$f_3$、$f_4$ 三个函数上，LFAFSA 算法的收敛曲线明显比 AFSA 的下降速度快，而且平滑，尤其在 $f_4$ 上，由于该函数具有强烈的震荡性，AFSA 的收敛曲线明显出现了起伏。

表 3-16　成功收敛次数与平均迭代次数的对比

| | AAFSA | | ATMAFSA | | LFAFSA | |
|---|---|---|---|---|---|---|
| | 成功次数 | 迭代次数 | 成功次数 | 迭代次数 | 成功次数 | 迭代次数 |
| $f_1$ | 26 | 126.07 | 30 | 100.01 | 30 | 99.73 |
| $f_2$ | 24 | 331.39 | 29 | 295.17 | 29 | 289.72 |
| $f_3$ | 12 | 600.47 | 25 | 459.33 | 26 | 461.25 |
| $f_4$ | 19 | 695.99 | 28 | 618.77 | 28 | 609.58 |

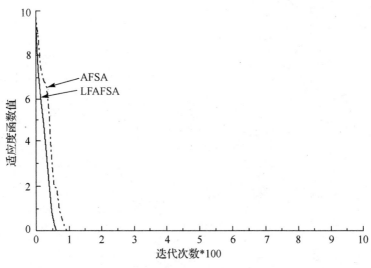

图 3-15　$f_1$ 函数上的收敛曲线

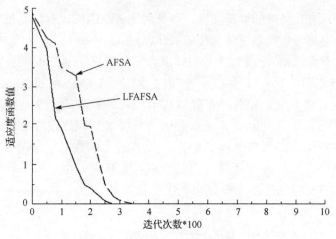

图 3-16　$f_2$ 函数上的收敛曲线

### 3.6.5　结论

利用随机游走机制的随机跳跃性,改善人工鱼群算法中个体的全局搜索性能,使种群内的个体既能够针对最优个体周围的邻域进行搜索,又具有一定的跳出局部约束的能力,以保证勘探新解的能力。通过与相关算法的对比可以看到,加入了 Lévy Flight 机制的改进算法能够很好地跳出局部最优的约束,解精度和全局收敛能力均较高。

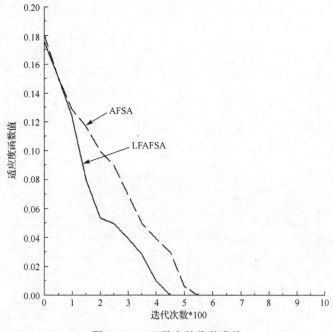

图 3-17　$f_3$ 函数上的收敛曲线

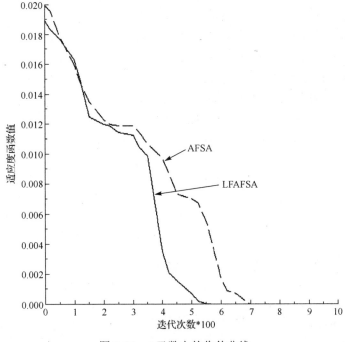

图 3-18　$f_4$ 函数上的收敛曲线

# 3.7　混合群搜索人工鱼群算法

　　人工鱼群算法具有收敛速度快、鲁棒性较强等优点，由其计算原理可知，人工鱼群算法中，种群内所有的个体均执行全部四个算子，以保证算法的全局搜索能力。但是，由于其特有的视野、步长机制，其求解的精度较低，比较适用于对解精度要求不高的场合。为了提高算法的解精度，本节研究一种混合群搜索人工鱼群算法，在群搜索优化算法（Groups Search Optimization Algorithm, GSOA）[14]、[15]中引入 Lévy Flight 机制，并设置多个发现者（Producer），追随者（Scrounger）向自己视野范围内最近的发现者靠近。该改进的群搜索算法与标准人工鱼群算法依据一定的规则交替执行。

## 3.7.1　标准群搜索优化算法

　　群搜索优化算法源于对鸟、狮子、鱼等动物觅食行为的模拟，将参与进化的种群分为三类：发现者（Producer）、追随者（Scrounger）和游荡者（Ranger）。GSOA 算法采用基于解空间上多个位置的并行搜索，以及种群之间的协作进化机制完成种群的最终进化。发现者是某次迭代过程中的最优个体，追随者依据一定的策略向发现者靠拢，以实现种群的聚集。游荡者则不受发现者的影响，在自己的视野范围内执行较大范围随机搜索，扩大解的搜索范围。种群内个体所担任的角色在迭代过程中互相转换，进而实现问题的优化求解。

在标准群搜索算法中，种群被划分为三类:发现者、追随者和游荡者。定义解空间为一个 $N$ 维空间，第 $t$ 次迭代中种群的第 $i$ 个个体的位置为 $X_i(t) \in R^n$，定义搜索角度为 $\phi_i(t) = (\phi_{i1}(t), \phi_{i2}(t), \cdots, \phi_{in-1}(t)) \in R^{n-1}$，个体的搜索方向定义为 $D_i^t(\phi_i(t)) = (d_{i1}(t), d_{i2}(t), \cdots, d_{in}(t)) \in R^n$，搜索方向按照公式（3.21）计算。

$$\begin{cases} d_{i1}(t) = \prod_{q=1}^{n-1} \cos(\phi_{iq}(t)) \\ d_{ij}(t) = \sin(\phi_{i(j-1)}(t)) \prod_{q=j}^{n-1} \cos(\phi_{iq}(t)) \\ d_{in}(t) = \sin(\phi_{i(n-1)}(t)) \end{cases} \qquad (3.21)$$

### 算法 3.8　GSOA 算法

输入：种群规模为 POP 的群体，最大迭代次数 $\text{iter}_{\max}$。

输出：最佳个体 $X_{\text{gbest}}(t)$。

步骤 1. 在解空间内随机初始化群体，并设置相应的参数。

步骤 2. 计算种群内个体 $X_i(t)(i = 1, 2, \cdots, \text{POP})$ 的适应度值。

步骤 3. 置最佳个体 $X_{\text{gbest}}(t)$ 作为本次迭代过程的发现者 $X_p(t)$，剩余个体中随机选择 80%为追随者，其余 20%作为游荡者。

步骤 4. 发现者按照公式（3.22）分别搜索零角度、右、左三个方向上新的位置。

$$\begin{cases} X_z = X_p(t) + r_1 l_{\max} D_p^t(\phi_t) \\ X_r = X_p(t) + r_1 l_{\max} D_p^t(\phi_t + r_2 \theta_{\max} / 2) \\ X_l = X_p(t) + r_1 l_{\max} D_p^t(\phi_t - r_2 \theta_{\max} / 2) \end{cases} \qquad (3.22)$$

$r_1$, $r_2$ 是介于 0 和 1 之间的随机数；$l_{\max}$ 为视觉扫描的最大距离；$\theta_{\max}$ 为视觉转到的最大角度。

步骤 5. 发现者如果搜索到的新位置比原位置更优，则跳到此位置，更新自己的位置和角度；否则，发现者留在原处，并应用公式（3.23）更新自己的搜索角度。

$$\phi_{t+1} = \phi_t + r_2 \alpha_{\max} \qquad (3.23)$$

步骤 6. 追随者参与发现者的搜索，以公式（3.24）更新自己的位置追随发现者，角度维持不变。

$$X_i(t+1) = X_i(t) + r_3(X_p(t) - X_i(t)) \tag{3.24}$$

$r_3$ 是一个介于 0 和 1 之间的随机数。

步骤 7. 游荡者按随机角度进行独立的随机搜索，以公式（3.23）更新自己的搜索角度，应用公式（3.25）更新自己的位置。

$$X_i(t+1) = X_i(t) + \alpha r_l l_{\max} D_p^t(\phi_{t+1}) \tag{3.25}$$

步骤 8. 若满足结束条件，则输出当前最佳个体 $X_{\text{gbest}}(t)$，结束算法。否则跳转到步骤 2。

标准 GSOA 算法中，对于游荡者的随机搜索没有加入任何限制，以保证游荡者的搜索范围，提高种群的多样性。但是，由于种群中个体所扮演的角色随时调整，所以在迭代过程中往往出现原本处于较好位置的发现者，在某次迭代后由于作为游荡者而跳到了一个较差位置，丢失了其搜索历史，算法的收敛速度降低。

为了计算简单，算法设置唯一的发现者 $X_p(t)$，追随者无条件向发现者随机靠近，这种机制的确可以保证 GSOA 算法的收敛速度，加快算法的收敛。但是，考虑到如果所求解优化函数为多峰函数或具强烈震荡性的函数，迭代过程中发现者恰处于局部极值附近，而发现者、游荡者不能搜索到更优的位置时，亦会导致种群被约束在发现者 $X_p(t)$ 的周围，造成算法的早熟。

## 3.7.2　群搜索优化算法的改进

群体智能算法通过种群对解空间的覆盖，实现对于问题最终解的搜索，在迭代过程中，应用适应度函数等规则指导种群的收敛方向。影响算法最终求解效果的因素主要有两个，第一个是解空间分布情况；第二个是群智能优化算法的寻优能力，即逃离局部最优约束的能力和精细的局部搜索能力。

应用群体智能算法解决实际问题的过程中，算法的种群规模和迭代次数均是有限的。由于种群分布的随机性，如果初始种群没有覆盖到全局最优解，经过有限次迭代后，种群如果仍然无法搜索到最优解所在区域，则算法早熟难以避免。另外，在求解多峰或具有跳跃性极强特点的函数时，当前最佳个体的前进方向亦不一定就是全局最优方向。所以，要避免算法过早收敛，获得精度较高的解，首先应该在迭代过程中维持种群多样性；其次，保证算法全局搜索和局部搜索有机结合。

### 1. 基于多发现者的追随者行为

为了维持种群的多样性，同时也扩大种群的搜索范围，在算法中选择多个优秀个体设置为发现者，由于标准群搜索算法中有三角函数计算，为了降低计算量，选择种群的 10%作为发现者。

在动物觅食行为中，生命体对周围物体或同伴的感知是有一定范围的，超越这个范围之外的同伴或事物，一般是很难被感知的。所以，借鉴人工鱼群算法的思想，在 GSOA 中引入视野（visual）参数，用以描述个体 $X_i$ 的感知能力。由于种群中存在多个发现者，规定追随者向自己视野内距离最近的发现者靠拢。如果其视野内没有发现者存在，则随机选择一个发现者实施追随。

### 2. 基于 Lévy Flight 的游荡者行为

在 GSOA 算法中，游荡者的行为承担着算法的变异机制，以保证算法不被约束在最优个体的周围。考虑到如果算法最终收敛，则最优个体发现者所在的空间必然是算法的收敛方向，为了提高算法的精度应该加强对最优个体 $X_p$ 周围邻域的精细搜索。另一方面，如果待优化函数存在多峰或具震荡强烈性，$X_p$ 有非全局最优的可能，所以针对其周围搜索时，亦应赋予游荡者一定的突变能力。根据前面介绍的随机游走人工鱼群算法可知，随机游走机制能够将长时间的短距离搜索和偶尔的长距离跳跃相间进行，一方面保证了个体对于周边邻域解空间的搜索，同时亦可进行较大空间的搜索，跳出局部极值约束。所以，在游荡者的行为中引入该机制进行修正，其状态变化修改为公式（3.26）。

$$X_i(t+1) = X_p(t) + \alpha r_l l_{\max} D_p^t(\phi_{t+1}) \times \text{Levy}(\chi) \tag{3.26}$$

$X_p(t)$ 为第 $t$ 次迭代过程中所获得的最佳个体，即发现者。$\text{Levy}(\chi)$ 表示跳跃步长服从 Lévy 分布的随机搜索向量。

Lévy Flight 机制的随机跳跃，有可能会使游荡者离开最佳 $X_p$ 较远，但由于 GSOA 算法采用的精英搜索，在进化过程中保留了寻优过程中的历史最佳，所以经过较短时间调整后，远离最优的个体会重新回到最优解附近。恰恰是因为存在着随机较大幅度的跳跃，才能够使种群中的个体具备较强的跳出局部最优约束的能力，同时还能够以较为精细的小步长勘探更好的解，在种群的多样性与种群的集中性之间取得较好的平衡，算法性能得以提高。

### 算法 3.9　随机游走群搜索算法（LFGSOA）

输入：种群规模为 POP 的群体，最大迭代次数 $\text{iter}_{\max}$。

输出：最佳个体 $X_{\text{gbest}}(t)$。

步骤 1. 设置算法的参数，种群规模 POP、最大迭代次数 $\text{Iter}_{\max}$、视野 visual 等。

步骤 2. 设置迭代计数器 $t = 0$，在解空间内进行种群的随机初始化。

步骤 3. 计算个体的适应度值，并以此为依据对种群排序。

步骤 4. 选择 10%的优秀个体做发现者。剩余个体中随机选择 80%做追随者，其余做游荡者。

步骤 5. 发现者的搜索行为。发现者根据公式（3.22）搜索视野内的前、左、右三个方向。

步骤 6. 发现者更新算子。发现者如果搜索到的新位置比原位置更优，则跳到此位置，并更新自己的角度；否则，发现者留在原处。

步骤 7. 追随者的追随行为。追随者搜索自己视野范围内是否存在发现者。如果存在，则向距离其最近的发现者按公式（3.24）靠近；否则随机选择一个发现者按公式（3.27）向其靠近。

$$X_i(t+1) = X_i(t) + r_3(X_p(t) - X_i(t)) \times \text{Levy}(\chi) \tag{3.27}$$

步骤 8. 游荡者的搜索行为。游荡者执行公式（3.26）进行搜索。

步骤 9. 若算法满足迭代结束条件，则输出最优结果 $X_{\text{gbest}}(t)$，结束算法；否则跳转到步骤 3。

### 3.7.3　混合群搜索人工鱼群算法

人工鱼群算法的前期具有较快速的收敛性，能够使种群快速聚集于最优个体的周围，但是后期人工鱼群算法收敛速度明显下降，解精度较低。为了提高算法的收敛速度和解精度，融合人工鱼群算法和群搜索优化算法的优点，提出一种混合群搜索优化人工鱼群算法，混合算法的早期执行标准人工鱼群算法，利用人工鱼群算法的快速性，使种群迅速收敛到最优值 $X_{\text{gbest}}$ 周围，然后，执行改进群搜索优化算法 LFGSOA。

为了区分算法的前后期，引入公式（3.28）来描述种群的聚集程度。

$$\sigma = -\sum_{j=1}^{m} \left( \frac{f_j - f_{\text{avg}}}{f} \right)^2 \tag{3.28}$$

式中 $f_i$ 是个体 $X_j(t)$ 的适应度函数值，$f_{\text{avg}}$ 是种群的平均适应度，$f$ 为归一化参数。

**算法 3.10　混合随机游走群搜索人工鱼群算法（HLFGSOAFSA）**

输入：种群规模为 POP 的群体，最大迭代次数 $\text{iter}_{\text{max}}$。

输出：最佳个体 $X_{\text{gbest}}(t)$。

步骤 1. 在解空间内随机初始化规模为 POP 的种群。

步骤 2. 执行人工鱼群算法。

步骤 3. 如果种群聚集度没有超过阈值，则跳转到步骤 2。

步骤 4. 执行 LFGSOA 算法。

步骤 5. 若算法满足终止条件,则输出结果，终止算法,否则跳转到步骤 3。

设种群规模为 $n$，HLFGSOAFSA 算法中，选择发现者的过程中一般需要预先进行排序操作，复杂度为 $O(n \log n)$。算法以迭代次数为终止条件，设最大迭代次数为 $M$，解空间维度为 $D$，则算法复杂度为 $O(M * D) + O(n \log n)$。

## 3.7.4　仿真实验与分析

### 1. 实验 1

在 CODE::BLOCK10.0 中应用 C 语言实现 HLFGSOAFSA 算法，将其与 GA、GSOA、CMGSOA[7]、CBGSOA[8]、MDGSOA[10]算法进行比较，全部算法的种群规模均设置为 50，GA 和 GSO 的其他参数设置参考标准算法，HLFGSOAFSA 算法的 visual=10,阈值 $\lambda = 0.01$。每个算法均独立运行 50 次，采用的个人计算机配置是 CPU 为 Intel 赛扬双核 2.4GHz，内存 3.4GB。

测试用函数如表 3-17 所示，其中 $f_1$ 主要用于测试算法的求解精度，$f_5$ 曲线较陡，震荡性较强，$f_6$ 在最优值周围存在较多的陷阱，容易使算法陷入难以逃离。其余 3 个函数均为多峰函数，主要用于测试群智能算法跳出局部极值约束的能力。为了更全面对比算法在高维和低维函数上优化的能力，分别选择函数的维度为 30 和 300。对于 30 维函数，算法的迭代次数 10000；300 维时，算法的迭代次数 60000 次。30 维时的算法求解结果比较如表 3-18 所示,300 维时算法的求解结果如表 3-19 所示。

### 表 3-17　实验用的典型测试函数

| 函数 | 定义域 | 测试实例 | 最优值 |
|---|---|---|---|
| $f_1$ | $[-100, 100]^n$ | $f_1(X) = \sum_{i=1}^{n} x_i^2$ | 0 |
| $f_2$ | $[-600, 600]^n$ | $f2(X) = \sum_{i=1}^{n} \dfrac{x_i^2}{4000} - \prod_{i=1}^{n} \cos \dfrac{x_i}{\sqrt{i}} + 1$ | 0 |
| $f_3$ | $[-5.12, 5.12]^n$ | $f_3(X) = \sum_{i=1}^{n} [x_i^2 - 10 \cos(2\pi x_i) + 10]$ | 0 |
| $F_4$ | $[-32.768, 32.768]^n$ | $f_4(X) = -20 \exp\left(-0.2\sqrt{\dfrac{1}{n}\sum_{i=1}^{n} x_i^2}\right) - \exp\left[\dfrac{1}{n}\sum_{i=1}^{n} \cos(2\pi x_i)\right] + 20 + \exp(1)$ | 0 |
| $f_5$ | $[-10,10]$ | $f_5(X) = \sum_{i=1}^{n} |x_i| + \sum_{i=1}^{n} |x_i|$ | 0 |
| $f_6$ | $[-30,30]$ | $f_6(X) = \sum_{i=1}^{n} [100(x_{i+1} - x_i^2)^2 + (1 - x_i)^2]$ | 0 |

表 3-18　　30 维平均寻优结果与解方差的比较

| 函数 | GA | | GSOA | | CMGSOA | | CBGSOA | | MDGSOA | | HLFGSOAFSA | |
|---|---|---|---|---|---|---|---|---|---|---|---|---|
| | 均值 | 方差 | 均值 | 方差 | 均值 | 方差 | 均值 | 方差 | 均值 | 方差 | 均值 | 方差 |
| $f_1$ | 0.0173 | 0.0142 | 9.63e−10 | 1.21e−9 | 3.55e−11 | 6.19e−11 | 6.15e−10 | 2.43e-9 | 2.15e−11 | 7.38e−10 | 5.61e−13 | 9.45e−12 |
| $f_2$ | 0.0216 | 0.0304 | 0.0391 | 0.0268 | 0.0310 | 0.0191 | 0.0034 | 0.0181 | 0.0209 | 0.0192 | 0.0017 | 0.0029 |
| $f_3$ | 57.822 | 39.281 | 5.944 | 3.530 | 1.01e-3 | 3.86e-3 | 0.495 | 0.793 | 1.12e-3 | 5.85e-3 | 2.79e-4 | 2.16e-4 |
| $f_4$ | 0.4681 | 0.2805 | 1.63e-7 | 3.06e-6 | 3.19e-9 | 5.69e-7 | 2.32e-9 | 3.67e-7 | 4.85e-8 | 9.26e-7 | 1.43e-11 | 5.25e-9 |
| $f_5$ | 0.3781 | 0.0318 | 4.73e-7 | 5.21e-5 | 5.61e-9 | 9.45e-7 | 3.89e-9 | 2.11e-9 | 7.88e-8 | 6.13e-6 | 4.62e-9 | 3.10e-9 |
| $f_6$ | 339.113 | 9.18e+3 | 19.143 | 15.772 | 9.911 | 52.65 | 1.0331 | 2.881 | 10.469 | 50.617 | 1.109 | 3.209 |

表 3-19　　300 维平均寻优结果与解方差的比较

| 函数 | GA | | GSOA | | CMGSOA | | CBGSOA | | MDGSOA | | HLFGSOAFSA | |
|---|---|---|---|---|---|---|---|---|---|---|---|---|
| | 均值 | 方差 | 均值 | 方差 | 均值 | 方差 | 均值 | 方差 | 均值 | 方差 | 均值 | 方差 |
| $f_1$ | 41.78 | 8.562 | 3.03e-7 | 1.29e-7 | 3.51e-5 | 9.26e-5 | 1.92e-9 | 2.11e-8 | 7.14e-9 | 8.75e-8 | 6.38e-10 | 1.55e-10 |
| $f_2$ | 1.421 | 2.38 | 0.657 | 0.981 | 1.882 | 2.773 | 7.32e-7 | 8.98e-7 | 1.76e-6 | 6.51e-5 | 5.87e-8 | 3.09e-7 |
| $f_3$ | 983.32 | 291.15 | 129.55 | 21.155 | 60.191 | 550.24 | 69.567 | 45.92 | 70.18 | 69.2 | 19.182 | 20.641 |
| $f_4$ | 6.10 | 10.33 | 1.59e-3 | 4.55e-4 | 5.21e-6 | 9.57e-5 | 9.02e-7 | 5.13e-6 | 1.33e-5 | 7.13e-3 | 2.63e-7 | 4.63e-8 |
| $f_5$ | 10.09 | 21.39 | 9.61e-4 | 4.71e-4 | 5.02e-5 | 1.34e-6 | 2.18e-5 | 9.01e-5 | 3.19e-3 | 6.21e-3 | 5.38e-4 | 1.99e-5 |
| $f_6$ | 8123.1 | 3817.22 | 869.18 | 191.18 | 572.11 | 91.78 | 300.71 | 91.25 | 299.81 | 300.1 | 270.62 | 198.68 |

　　首先观察测试函数的维度为 30 时的测试结果，$f_1$ 函数是一个单峰函数，主要用于测试算法的求解精度，在这个函数上，本文提出的 HLFGSOAFSA 无论是求解精度还是解的方差，均较其他参与对比的算法具有优势。$f_2$、$f_3$、$f_4$ 均为多峰函数，函数曲面上具有非常多的极值，在这三个函数的测试上，可以看出 HLFGSOAFSA 算法的求解精度均是最优的，说明 HLFGSOAFSA 具有较强的摆脱局部极值约束的能力。对比三个函数的方差，HLFGSOAFSA 也是最优的，说明该算法较其他参与对比的算法更稳定。$f_5$ 函数的曲面较为陡峭，震荡性较强，在这个函数的优化上，HLFGSOAFSA、CBGSOA、CMGSOA 三个算法的求解精度属于同一个数量级，明显优于其他相关算法，但是 HLFGSOAFSA 略逊于 CBGSOA 算法。$f_6$ 函数是一个极难优化的函数，在最优解周围存在非常多的陷阱，需要优化算法有很好的"跳坑"能力，在这个函数上，HLFGSOAFSA 算法表现，除略逊于 CBGSOA 算法外（但是仍然非常接近），明显优于其他参与对比的算法。

　　当被优化函数的维度增加为 300 时，对于比较容易优化的 $f_1$ 函数，6 个算法的求解能力较 30 维时均有所下降，但是 HLFGSOAFSA 算法的求解精度和解方差在全部算法中仍然是最好的。在多峰的函数 $f_2$ 上，传统的 GA 的求解能力较 30 维时有所下降，GSOA 算法及相关的改进算法（CMGSOA）的求解能力却较 30 维时有所提升，而

HLFGSOAFSA 算法的精度和解方差仍然是最优的。在函数 $f_3$、$f_4$ 上，6 个算法的求解能力较 30 维时有所下降，而 HLFGSOAFSA 的结果明显优于其他算法，表现最好。在 $f_5$ 上，HLFGSOAFSA 算法的解精度略逊于 CBGSOA 算法，但是解方差与 CBGSOA 基本接近，并且要优于其他参与对比的算法。在 $f_6$ 上，HLFGSOAFSA 的求解精度仍然是最佳的，解方差也是最小的。根据以上对比分析可知，HLFGSOAFSA 算法的改进是比较成功的，算法不仅精度较高，而且稳定性非常好。

### 2. 实验 2

对测试函数设置一定的求解精度，对比在特定精度下，6 个算法的成功收敛次数及收敛所需时间，各个算法的参数仍然同实验 1，函数优化目标精度如表 3-20 所示。

参与比较的算法在测试函数上的收敛成功次数和成功收敛所需平均时间如表 3-21 和表 3-22 所示。

表 3-20　函数的优化精度目标

| 函数 | $f_1$ | | $f_2$ | | $f_3$ | | $f_4$ | | $f_5$ | | $f_6$ | |
|---|---|---|---|---|---|---|---|---|---|---|---|---|
| | 30 维 | 300 维 | 30 维 | 300 维 | 30 维 | 300 维 | 30 维 | 300 维 | 30 维 | 300 维 | 30 维 | 300 维 |
| 精度 | 1e-10 | 1e-8 | 1e-3 | 1e-5 | 1e-3 | 10 | 1e-9 | 1e-5 | 1e-9 | 1e-5 | 10 | 100 |

表 3-21　算法在测试函数上收敛成功的次数

| 函数 | GA | | GSOA | | CMGSOA | | CBGSOA | | MDGSOA | | HLFGSOAFSA | |
|---|---|---|---|---|---|---|---|---|---|---|---|---|
| | 30 维 | 300 维 | 30 维 | 300 维 | 30 维 | 300 维 | 30 维 | 300 维 | 30 维 | 300 维 | 30 维 | 300 维 |
| $f_1$ | 0 | 0 | 45 | 38 | 49 | 21 | 50 | 42 | 50 | 39 | 50 | 50 |
| $f_2$ | 3 | 0 | 15 | 48 | 38 | 0 | 44 | 50 | 20 | 50 | 49 | 50 |
| $f_3$ | 0 | 0 | 2 | 0 | 50 | 20 | 0 | 28 | 45 | 33 | 49 | 43 |
| $f_4$ | 0 | 0 | 16 | 18 | 48 | 49 | 50 | 50 | 40 | 46 | 50 | 48 |
| $f_5$ | 0 | 0 | 15 | 22 | 50 | 46 | 49 | 49 | 41 | 35 | 46 | 43 |
| $f_6$ | 0 | 0 | 41 | 40 | 46 | 44 | 50 | 32 | 48 | 36 | 50 | 35 |

从表 3-21 中的数据对比上可以看出，GA 的求解能力是非常低的，除了在 $f_2$ 的 30 维上找到了最佳，其余函数上均没有找到相应精度下的最优值。横向对比所有算法获得的最优解次数，在 $f_1$ 上 HLFGSOAFSA 是最好的，无论是 30 维还是 300 维均表现出较强的寻优能力。在 $f_2$、$f_3$、$f_4$、$f_5$、$f_6$ 上，HLFGSOAFSA 算法给出了优于其他算法的数据表现，在高维或低维上都是最好的，寻到最优解的次数最多。

表 3-22 所列是收敛成功所需的平均时间，在 $f_1$ 函数上，HLFGSOAFSA 在求解 30 维时，其耗时略高于 GSOA 算法，但是要低于其他算法；在 300 维时，HLFGSOAFSA 的耗时则是最少的。在 $f_2$ 函数上，HLFGSOAFSA 平均耗时在低维和高维时均是最少。在 $f_3$ 函数上，对于 300 维时，HLFGSOAFSA 算法的耗时要稍高于

MDGSOA 和 CBGSOA 两个算法，但是，在低维的 30 时，HLFGSOAFSA 则耗时最少。在 $f_4$、$f_5$、$f_6$ 三个函数上，无论是高维还是低维，HLFGSOAFSA 的耗时均是最少的。

表 3-22  算法在测试函数上成功收敛所需平均时间（s）

| 函数 | GA | | GSOA | | CMGSOA | | CBGSOA | | MDGSOA | | HLFGSOAFSA | |
|---|---|---|---|---|---|---|---|---|---|---|---|---|
| | 30 维 | 300 维 | 30 维 | 300 维 | 30 维 | 300 维 | 30 维 | 300 维 | 30 维 | 300 维 | 30 维 | 300 维 |
| $f_1$ | — | — | 180.17 | 221.42 | 204.13 | 240.33 | 192.29 | 212.53 | 197.31 | 239.12 | 190.73 | 202.12 |
| $f_2$ | 511.33 | — | 216.01 | 259.63 | 301.89 | — | 201.16 | 288.34 | 208.26 | 388.20 | 202.26 | 238.820 |
| $f_3$ | — | — | 311.47 | — | 321.56 | 356.29 | — | 298.11 | 257.33 | 297.34 | 215.43 | 312.94 |
| $f_4$ | — | — | 350.73 | 386.88 | 362.17 | 409.32 | 308.63 | 365.04 | 201.26 | 276.61 | 198.16 | 248.52 |
| $f_5$ | — | — | 239.09 | 301.27 | 286.53 | 361.07 | 298.73 | 326.96 | 188.46 | 268.51 | 180.46 | 226.85 |
| $f_6$ | — | — | 291.72 | 318.33 | 257.46 | 309.91 | 301.65 | 339.65 | 201.98 | 268.45 | 226.43 | 260.85 |

## 3.7.5  结论

本节在分析 GSOA 算法弱点的基础上，针对群搜索优化算法的发现者数目、追随者的追随行为和游荡者的搜索方式进行了改进。设置多个发现者，并使追随者向视野内距离最近的发现者靠近，以加速收敛。游荡者则采用 Lévy Flight 搜索，以保证算法不仅能够针对最优个体周围进行精细的局部搜索，而且能够及时跳出局部最优的约束。将人工鱼群算法与群搜索优化算法进行了融合，利用人工鱼群算法的快速性，迅速找到最优解所在空间。多个仿真实验显示，融合之后的改进算法具有较好的鲁棒性和求解能力，适合于求解较高维度的函数优化问题。

# 3.8  本 章 小 结

由于标准人工鱼群算法具有容易陷入局部最优、解精度较低的弱点，本章在分析人工鱼群的原理，以及计算中存在的弱点的基础上，提出了多种改进机制。关于人工鱼群算法的改进，主要集中于如何增加种群的多样性和跳出局部最优，应用小生境技术是为了维持种群的多样性；基于种群分类机制进行适当的取舍，也是为了维持种群的多样性；应用 Lévy Flight 机制则主要考虑赋予种群跳出局部最优约束的能力。另一方面，针对鱼群算法求解精度不高的问题，提出了应用动态自适应调整 step 和 visual 参数的方法。引入反向学习、与群搜索优化算法融合，也在一定程度上改善了种群的搜索精度。

# 参 考 文 献

[1] 拓守恒,汪文勇.求解高维多模优化问题的正交小生境自适应差分演化算法[J].计算机应用,2011,31(4): 1094-109.

[2] 陈华, 范宜仁, 邓少贵. 基于 logistic 模型的自适应差分进化算法[J]. 控制与决策, 2011, 7(26): 1105-1108.

[3] 江铭炎,袁东风.人工鱼群算法及其应用.北京:科学出版社, 2012.

[4] Tizhoosh H R. *Opposition-based learning: a new scheme for machine intelligence*[C].Proceedings of IEEE Computational Intelligence for Modelling,Control and Automation, Vienna, Austria,2005: 695-701.

[5] Al-Qunaieer F S,Tizhoosh H R, Rahnamayan S. *Opposition based computing a survey*[C]. Proceedings of International Joint Conference on Neura lNetworks, Barcelona,Spain,2010: 1-7.

[6] 周新宇, 吴志健, 王晖. 一种精英反向学习的差分演化算法.小型微型计算机系统,2013, 34(9):2129-2134.

[7] 梁昔明,陈富,龙文.基于动态随机搜索和佳点集改造的改进粒子群优化算法.计算机应用, 2011, 31(10): 2796-2799.

[8] 黄伟,郭业才,王珍.模拟退火与人工鱼群变异优化的小波盲均衡算法.计算机应用研究, 2012, 29(11): 424-4126.

[9] 王波.基于自适应 t 分布混合变异的人工鱼群算法. 计算机工程与科学,2013,35(4):120-124.

[10] 王培崇,李丽荣,贺毅朝.一种基于 Logistic 模型的人工鱼群算法.中国科技论文，2013,8(7): 668-671;

[11] 李会,张天丽,陶佰睿等.动态分组方案的自适应人工鱼群算法.计算机工程与应用,2013,49(8):58-62.

[12] 祁俊,赵慧雅,李明.基于双混沌映射改进的人工鱼群算法.计算机应用与软件,2012,29(9):30-233.

[13] 谢健,周永权,陈欢.一种基于 Lévy 飞行轨迹的蝙蝠算法[J].模式识别与人工智能,2013,26(9):829-837.

[14] He S , Wu ,Q W. *A Novel Group Search Optimizer Inspiredb y Animal Behavioural Ecology*[C] MProc of 2006 IEEE Congress on Evolutionary Computation, 2006: 4415-4421.

[15] He S, Wu, Q H. Saunders J R.*Gropu search optimizers：an optimization algorithm inspired by animal searching behavior*[J]. IEEE Trans. on Evolutionary Computation, 2009, 13(5):973-990.

# 第4章 烟花爆炸优化算法及改进

烟花爆炸优化算法（Firewoks Explosion Optimizaition Algorithm, FEOA）[1]~[6]是近几年由我国学者提出的又一种新颖的群体智能搜索算法。通过观察烟花爆炸的过程，本章参考文献[1]提出了一种新颖的智能搜索算法——烟花爆炸优化算法，并对该算法的设计原理、运行过程、参数设定等问题进行了详细的分析和说明，给出了该算法的流程，最后在 11 个 Benchmark 函数上进行了测试并与其他多个改进的群体智能算法进行对比，实验结果显示该算法具有较高的求解精度和全局收敛性。

为了提高该算法的求解精度，克服算法容易早熟的缺点，本章参考文献[2]在 FEOA 中引入遗传算法中的交叉变异策略，算法每一次迭代之后，随机选择其中某个炸点与当前最佳炸点位置进行信息交换，以提高发现新炸点的能力。同时，利用遗传算法中的变异思想，使进行变异操作的种群与最优炸点共享信息。最后的仿真实验显示，改进算法较标准 FEOA 算法的求解精度更高，鲁棒性更强。

本章参考文献[3]在传统的爆炸搜索算法中引入了两个新算子：迁移算子和变异算子。利用迁移算子将远离当前最佳点的部分炸点向当前最佳点移动。利用变异算子更新每一个炸点的位置，从而保证种群的多样性。最后的实验证明改进的算法稳定性高、求解精度高。该文献还从理论上说明了改进 FEOA 算法的收敛性和收敛能力。

本章参考文献[4]提出了一种带邻域搜索的改进 FEOA 算法，通过加入邻域搜索算子，扩大搜索空间的范围，提高解的精度。

## 4.1 烟花爆炸优化算法

不失一般性，仍然设待求解问题为 $\min f(x_1, x_2, \cdots, x_n)$，$x_i \in [L_i, U_i]$ $(1 \le i \le n)$。令 $X_i(t) = (x_{i1}(t), x_{i1}(t), \cdots, x_{in}(t))$ 为第 $t$ 代种群中第 $i$ 个个体，FEOA 算法的参数包括：种群规模 POP，初始爆炸半径 $r_0$，最终的爆炸半径 $r_{end}$，最大迭代次数 $\text{iter}_{max}$。

### 算法 4.1　FEOA 算法

输入：规模为 POP 的种群。

输出：最佳个体 $X_{gbest}$。

步骤 1. 初始化算法的各个参数。

步骤 2. 在 $n$ 维解空间内随机初始化产生 POP 个个体，组成一个种群，迭代计数器 $t = 0$。

步骤 3. 种群中的每一个个体，在某点 $r_i \in [0, r]$ 上产生子代个体。

步骤 4. 如果满足算法的终止条件，则输出数据并终止算法。

步骤 5. 修改爆炸范围的半径值 $r$。

步骤 6. 对种群中的个体按照其适应度值进行排序，仅保留 POP 个最优个体，其余个体淘汰，返回步骤 3。

算法的几点说明如下：

（1）爆炸算子产生临时个体。

某个体在其范围 $r_j \in [0, r]$ 内依据公式（4.1）产生临时个体。

$$E(t) = X_i(t) + r_j \overline{b_k}, \quad (j = 1, 2, 3, \cdots, n) \tag{4.1}$$

式中 $\overline{b_k}(k = 1, 2, \cdots, m)$ 是爆炸的方向向量，$m$ 是爆炸的方向数。如果所生成临时个体的位置超过解空间范围，则设置为在半径 $r$ 范围内的随机值。

（2）炸点的爆炸半径调整为公式（4.2）所示。

$$r = \left( \frac{T - t}{T} \right)^k (r_0 - r_{end}) + r_{end} \tag{4.2}$$

$r_0$ 为炸点的初始爆炸半径，$r_{end}$ 为炸点的最终爆炸半径。

（3）根据本章参考文献[1]的研究结果，当解空间的维度 $n < 5$ 时，父代个体应该沿着标准坐标轴的 $2n$ 个方向，分别以半径 $r$、$2r/3$、$r/3$ 爆炸产生临时子个体。若维度 $n > 5$ 时，则从 $n$ 个标准坐标轴的正方向和反方向分别随机挑选出互不相同的三组方向，每组方向个数为 $n/5$，构成个数分别为 $2n/5$ 的三组方向 $X$、$Y$、$Z$。沿着 $X$ 中的方向按半径 $r$ 产生子个体，$Y$ 方向上按半径 $2r/3$ 产生个体，$Z$ 方向上按半径 $r/3$ 产生个体。

FEOA 算法流程图如图 4-1 所示。图 4-2 展示了某个炸点执行一次爆炸操作后所产生炸点的分布。从图 4-2 中炸点的分布可以看出，原始点所产生的子个体炸点的分布具有一定的随机覆盖性。

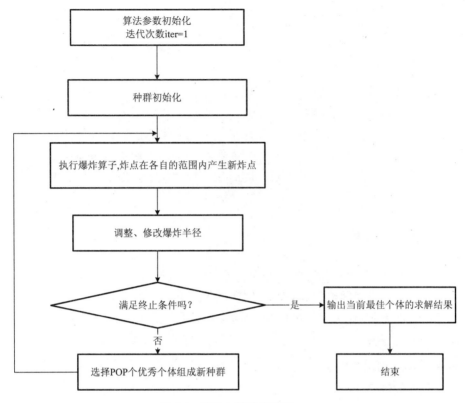

图 4-1 FEOA 算法流程图

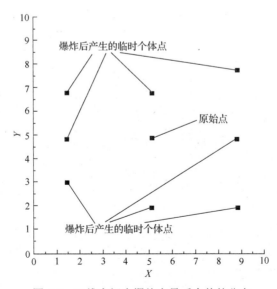

图 4-2 二维空间内爆炸变异后个体的分布

# 4.2　混沌烟花爆炸优化算法

根据第 3 章第 2 节研究可知，混沌搜索机制可以很好地避免算法陷入局部最优，能够协助种群跳出局部极值的约束，故将混沌搜索机制引入烟花爆炸优化算法中，达到优势互补，有效改善标准烟花爆炸优化算法的求解能力。为了克服混沌搜索算法对于参数初值敏感的问题，将爆炸搜索算法的全局搜索结果作为混沌搜索的初始值，降低混沌搜索算法迭代的次数。同时，在解空间内重新随机生成部分新个体，替换掉适应度低的个体，以提高种群的多样性。

## 4.2.1　混沌搜索算法

混沌搜索首先需要执行混沌 Logistic 映射，利用混沌映射函数 $x_{k+1} = u \cdot x_k(1-x_k)$，$(0 \leqslant x_0 \leqslant 1)$ 将混沌空间映射到待优化问题的解空间上。其次，针对该空间利用混沌动态特性实现求解。由混沌机制可知，当 $u = 4$ 并且 $x_0 \notin (0, 0.25, 0.5, 0.75, 1)$ 时，Logistic 映射序列呈现混沌动态特征。混沌搜索算法的进化公式为 $mx_i^{k+1} = 4mx_i^k(1-mx_i^k)$，$i = 1, 2, \cdots, n$，其中 $mx_j$ 是第 $j$ 个混沌变量，$k$ 为迭代次数，当 $mx_j^0 \in (0,1)$ 并且 $mx_j^0 \notin (0.25, 0.5, 0.75)$ 时，$mx_j^k$ 将会在（0,1）区间上分布。

**算法 4.2　混沌搜索算法（CASA）**

步骤 1. 设第 $i$ 维变量的上界和下界为 $x_{\max,i}$ 和 $x_{\min,i}$，迭代次数 $t=0$。设决策变量为 $x_i^k$，执行映射公式（4.3）。

$$mx_i^k = \frac{x_i^k - x_{\min,i}}{x_i^k - x_{\max,i}}, (i = 1, 2, \cdots, n) \tag{4.3}$$

步骤 2. 根据公式（4.4）计算下一次迭代的变量。

$$mx_i^{k+1} = 4mx_i^k(1-mx_i^k), i = 1, 2, \cdots, n \tag{4.4}$$

步骤 3. 依据公式（4.5）转换混沌变量为决策变量。

$$x_i^k = x_{\min,i} + mx_i^{k+1}(x_{\max,i} - x_{\min,i}), i = 1, 2, \cdots, n \tag{4.5}$$

步骤 4. 根据决策变量 $x_i^{k+1}$，$i = 1, 2, \cdots, n$ 对新解进行性能评价。

步骤 5. 设初始解为 $\boldsymbol{X}^0 = [x_1^0, x_2^0, \cdots, x_n^0]$，若满足算法的终止条件，则将新解输出，否则跳转到步骤 2。

## 4.2.2　算法实现

### 算法 4.3　混沌烟花爆炸优化算法（CAFEOA）

步骤 1. 初始化算法的参数，最大迭代次数 maxiter 等。

步骤 2. 在 $n$ 维解空间内随机初始化产生 POP 个个体，组成一个种群，迭代计数器 iter=0。

步骤 3. 种群中的个体依据公式（4.1），在某点 $r_j \in [0,r]$ 位置产生子代个体。

步骤 4. 对种群个体依据适应度值进行排序，仅保留 70%的较优秀的个体，淘汰其余 30%个体。

步骤 5. 根据公式（4.2）修改爆炸范围的半径值 $r$。

步骤 6. 对当前最佳个体 $X_{\text{gbest}}(t)$ 执行 CASA 算法，并将 CASA 的求解结果替换 $X_{\text{gbest}}(t)$。

步骤 7. 若算法迭代次数满足终止条件，或 $X_{\text{gbest}}(t)$ 在限定次数内基本不变化，则输出 $X_{\text{gbest}}(t)$，结束算法；

步骤 8. 按下述公式（4.6）和公式（4.7）收缩搜索区域。

$$x_{\min,i} = \max\{x_{\min,i}, x_{g,i} - \alpha(x_{\max,i} - x_{\min,i})\}, 0 < \alpha < 1 \qquad (4.6)$$

$$x_{\max,i} = \min\{x_{\min,i}, x_{g,i} - \alpha(x_{\max,i} - x_{\min,i})\}, 0 < \alpha < 1 \qquad (4.7)$$

注：$x_{g,j}$ 表示当前最佳 $X_{\text{gbest}}(t)$ 的第 $i$ 维变量的值。

步骤 9. 在初始种群空间内随机产生其余的新个体，保证种群数量为 POP，然后跳转到步骤 3。

从上述算法运算步骤可以看出，烟花爆炸搜索算法每执行一次之后，将会针对当前最佳 $X_{\text{gbest}}(t)$ 执行混沌搜索算法 CASA，以使算法能够跳出局部最优的约束。另外，在步骤 9 中，通过在解空间中随机产生部分新个体，保证了种群的多样性。两种机制的融合能够使 FEOA 算法在一定程度上克服早熟。

## 4.2.3　仿真实验与分析

### 1. 实验 1

对两个算法：标准 FEOA 算法和 CAFEOA 算法进行编程实现，并与 PSO、GA 进行对比。FEOA、CAFEOA 的种群规模均设定为 30，$r_0 = \beta \times (X_{\max} - X_{\min})$，$\beta \in [0.05, 0.3]$，$r_{\text{end}} = 10^{-4}$，迭代次数为 1000 次。两个算法均运行 30 次，对比求解结果的平均值和解方差。实验结果如表 4-1 所示，其中 PSO 算法及 GA 算法的数据直接取自本章参考文献[5]。

测试用的 10 个 Benchmark 函数如下所示。

（1）$f_1(x) = \sum_{i=1}^{30} x_i^2, (|x_i| \leq 100)$ ;

最佳：$\min(f(x^*)) = f(0,0,\cdots,0) = 0$ ;

（2）$f_2(x) = \sum_{i=1}^{30} |x_i| + \prod_{i=1}^{30} |x_i|, (|x_i| \leq 10)$ ;

最佳：$\min(f(x^*)) = f(0,0,\cdots,0) = 0$ ;

（3）$f_3(x) = \sum_{i=1}^{30} (\lfloor x + 0.5 \rfloor)^2, (|x_i| \leq 100)$ ;

最佳：$\min(f(x^*)) = f(0,0,\cdots,0) = 0$ ;

（4）$f_4(x) = -\sum_{i=1}^{30} (x_i \sin \sqrt{x_i}), (|x_i| \leq 500)$ ;

最佳：$\min(f(x^*)) = f(420.9687, 420.9687, \cdots,\ 420.9687) = -12569.5$ ;

（5）$f_5(x) = \sum_{i=1}^{30} [x_i^2 - \cos(2\pi x_i) + 10], (|x_i| \leq 5.12)$ ;

最佳：$\min(f(x^*)) = f(0,0,\cdots,0) = 0$ ;

（6）$f_6(x) = \sum_{i=1}^{11} \left[ a_i - \dfrac{x_1(b_i^2 + b_i x_2)}{b_i^2 + b_i x_3 + x_4} \right]^2, (|x_i| \leq 5)$ ;

最佳：$\min(f(x^*)) = f(0.1928, 0.1980, 0.1231,\ 0.1358) \approx 0.0003075$ ;

其中，

$a_i = (0.1957, 0.1947, 0.1735, 0.16, 0.0844, 0.0627, 0.0456, 0.0342, 0.0323, 0.0235, 0.0246)$

$(1/b_i) = (0.25, 0.5, 1, 2, 4, 6, 8, 10, 12, 14, 16)$

（7）$f_7(x) = \dfrac{1}{500} + \sum_{i=1}^{25} \dfrac{1}{j + \sum_{i=1}^{2} (x_i - a_{ij})^6}, (|x| \leq 65.56)$ ;

最佳：$\min(f(x^*)) = f(-32,32) \approx 1$ ; 其中，

$$a_{ij} = \begin{pmatrix} -32, & -16, & 0 & 16, & 32, & -32, & \cdots, & 0, & 16, & 32 \\ -32, & -32, & -32, & -32, & -32, & -16, & \cdots, & 32, & 32, & 32 \end{pmatrix}$$

（8）$f_8(x) = 4x_1^2 - 2.1x_1^4 + x_1^6/3 + x_1 x_2 - 4x_2^2 + 4x_2^4, (|x_i| \leq 5)$

最佳：$\min(f(x^*)) = f(0.08983, -0.7126) = f(-0.08983, 0.7126) = -1.031628$ ;

（9）$f_9(x) = \left( x_2 - \dfrac{5.1}{4\pi^2} x_1^2 + \dfrac{5}{\pi} - 6 \right)^2 + 10\left( 1 - \dfrac{1}{8\pi} \right)\cos x_1 + 10 \quad -5 \leq x_1 \leq 10, 0 \leq x_2 \leq 15$

最佳：$\min(f(x^*)) = f(-3.142, 2.275) = f(3.142, 2.275) = f(9.425, 2.425) = 0.398$；

（10）$f_{10}(x) = -\sum_1^4 c_i \exp[-\sum_{i=1}^3 a_{ij}(x_i - p_{ij})^2], (0 \leqslant x_i \leqslant 2)$

最佳：$\min(f(x)) = f(0.114, 0.556, 0.852) = -3.862$；

其中，$a_{ij} = \begin{pmatrix} 3, & 12, 30 \\ 0.1, 10, 35 \\ 3, & 10, 30 \\ 0.1, 10, 35 \end{pmatrix}, ci = (1, 1.2, 3, 3.2)$ $p_{ij} = \begin{pmatrix} 0.3689, 0.1170, 0.2673 \\ 0.4699, 0.4387, 0.7670 \\ 0.1091, 0.8732, 0.5547 \\ 0.03815, 0.5743, 0.8828 \end{pmatrix}$。

表 4-1　四个算法在 10 个函数上的求解结果对比

| 函数 | 维度 | PSO | | FEOA | | CAFEOA | | GA | |
|---|---|---|---|---|---|---|---|---|---|
| | | 平均值 | 方差 | 平均值 | 方差 | 平均值 | 方差 | 平均值 | 方差 |
| $f_1$ | 30 | 6.43e+2 | 83.7627 | 6.81e−12 | 9.15e−12 | 7.81e−28 | 1.83e−64 | 2.45e−4 | 3.84e−4 |
| $f_2$ | 30 | 1.17e+1 | 11.2156 | 3.42e−13 | 5.62e−12 | 2.92e−20 | 3.213e−20 | 2.96e−1 | 0.2532 |
| $f_3$ | 30 | 1.02e+3 | 1273.31 | 2.971e−91 | 1.262e−99 | 0 | 0 | 1.72e+1 | 7.1698 |
| $f_4$ | 30 | −7102.87 | 958.943 | −10175.21 | 869.0981 | −12018.02 | 20.872 | −9569.48 | 626.573 |
| $f_5$ | 30 | 107.00 | 42.6376 | 3.881 | 1.017 | 4.13e−19 | 7.54e−18 | 6.37 | 3.4623 |
| $f_6$ | 4 | 3.65e−3 | 6.83e−3 | 1.73e−3 | 2.48e−3 | 3.061e−4 | 9.07e−10 | 3.46e−3 | 1.43e−2 |
| $f_7$ | 2 | 0.002 | 1.41e−18 | 0.00292 | 4.95e−17 | 0.97856 | 6.832e−81 | 0.002 | 1.23e−16 |
| $f_8$ | 2 | −1.03 | 4.511e−16 | −1.1891 | 3.418e−9 | −1.031901 | 1.621e−76 | −1.03 | 7.601e−12 |
| $f_9$ | 2 | 0.398 | 0 | 0.398 | 2.716e−10 | 0.398 | 0 | 0.398 | 5.1e−12 |
| $f_{10}$ | 3 | −3.862 | 2.71e−15 | −3.862 | 1.9287e−11 | −3.862 | 7.662e−198 | −3.862 | 2.71e−15 |

从表 4-1 所列的数据可以看出，CAFEOA 算法在这 10 个 Benchmark 测试函数上的求解精度还是很高的，明显优于 PSO、GA 和 FEOA 三个算法。其他三个算法能够找到最优解时，CAFEOA 算法也能找到最优解；在部分函数上其他算法找不到最优解的情况下，CAFEOA 算法同样找到了最优解。当所有算法都不能找到最优解的情况下，CAFEOA 算法的求解精度要明显优于其他三个算法，更接近最优解。另外，通过方差的比较可以知道，CAFEOA 的方差更小，说明算法运行稳定性、鲁棒性更佳。

表 4-2 列出上述四个算法在 10 个 Benchmark 函数上成功收敛次数，从该表的数据对比可以看出 CAFEOA 算法寻找到最佳解的次数明显优于其他算法。通过单独对比 CAFEOA 与 FEOA 两个算法，可以看出算法的改进是非常有效的，通过引入混沌搜索机制能够较好克服 FEOA 算法的早熟，提高了算法的求解精度。

## 2. 实验 2

为进一步衡量该算法的性能，将 CAFEOA 与现有其他相关改进算法 ESA[4]进行对比，所使用 4 个 Benchmark 函数参见本章参考文献[4]。在这个实验中，CAFEOA 算法的种群规模均设定为 100，$r_0 = \beta \times (X_{max} - X_{min}), \beta \in [0.07, 0.5]$，$r_{end} = 10^{-6}$，迭代次数为 2000，算法运行 30 次，对比项目包括平均值和标准差。实验结果如表 4-3 所示，表中 ESA 算法的数据直接取自本章参考文献[4]。两个算法在 4 个标准函数上获得最优解的平均收敛次数和成功次数对比如表 4-4 所示。

表 4-2　四个算法在测试函数上收敛成功次数的对比

| 函数 | FEOA | PSO | CAFEOA | GA |
|---|---|---|---|---|
| $f_1$ | 26 | 26 | 28 | 20 |
| $f_2$ | 25 | 26 | 26 | 21 |
| $f_3$ | 29 | 29 | 30 | 24 |
| $f_4$ | 23 | 24 | 26 | 19 |
| $f_5$ | 21 | 27 | 27 | 20 |
| $f_6$ | 22 | 24 | 27 | 17 |
| $f_7$ | 20 | 23 | 28 | 16 |
| $f_8$ | 28 | 27 | 29 | 20 |
| $f_9$ | 28 | 30 | 30 | 23 |
| $f_{10}$ | 28 | 27 | 30 | 22 |

表 4-3　ESA 与 CAFEOA 在 4 个 Benchmark 函数上的求解结果对比

| 算法 | 对比项目 | $f_1$ | $f_2$ | $f_3$ | $f_4$ |
|---|---|---|---|---|---|
| ESA | 平均值 | 3.51e−23 | −12569.50 | 0.000 | 7.08e−15 |
| | 方差 | 8.21e−23 | 5.37e−5 | 0.000 | 2.24e−15 |
| CAFEOA | 平均值 | 4.63e−33 | −12569.46 | 0.000 | 9.04e−56 |
| | 方差 | 2.78e−79 | 8.53e−10 | 0.000 | 2.36e−45 |

表 4-4　ESA 与 CAFEOA 的平均迭代次数对比

| 函数 | ESA | | CAFEOA | |
|---|---|---|---|---|
| | 成功次数 | 平均迭代次数 | 成功次数 | 平均迭代次数 |
| $f_1$ | 28 | 103.65 | 29 | 127.18 |
| $f_2$ | 30 | 810.46 | 26 | 154.36 |
| $f_3$ | 30 | 535.90 | 30 | 216.02 |
| $f_4$ | 23 | 189.73 | 27 | 209.81 |

从表 4-3 和表 4-4 所列的数据对比可以看出，CAFEOA 算法在 $f_2$ 函数上的平均值及成功次数较 ESA 稍差。但是，CAFEOA 算法在求解 $f_2$ 函数取得成功时，其迭代次数明显较 ESA 少。在其余 3 个函数上的表现均较 ESA 优越。这说明，增加混沌搜索机制比简单地采用增强邻域搜索机制更能使算法跳出局部极值的约束。该算法的改进是比较成功的。

## 4.2.4 结论

在烟花爆炸优化算法中通过引入混沌局部搜索机制，来改善爆炸搜索算法的全局搜索能力，克服其容易收敛于局部最优造成算法早熟的问题。通过仿真实验可知，改进的 CAFEOA 算法计算精度高、鲁棒性强，是一个值得推广的全局优化算法。

# 4.3 混合动态搜索烟花爆炸优化算法

FEOA 是一种仿生群体智能优化算法，通过对解空间实施概率性搜索实现问题的求解。在每一次迭代中，由于爆炸半径范围有限，参与运算的个体也有限，所以炸点的覆盖范围是不可能完全覆盖到解空间的。如果采用大量的炸点来进行计算，无疑会增加算法的时间复杂度。考虑到每一次迭代所产生的最优炸点（个体）包含了较其他个体更为优秀的进化信息，更能指导算法的收敛方向，所以，加强最优个体周围的搜索，无疑有助于搜索到最佳解，提高算法的求解精度。

引起算法早熟的主要因素是因为种群多样性降低，从而导致种群的搜索空间被约束在局部最优附近，无法扩大搜索范围。为了克服算法的这一弱点，应该在种群多样性降低的时候，及时引导种群的个体进行变异，使算法跳出局部最优的约束。

本节将研究一个应用动态随机搜索（DRS）算法和佳点集变异的混合烟花爆炸优化算法。改进算法每一次迭代后将会对当前最佳个体执行动态随机搜索，当观察到种群多样性降低时，保留 10%的优秀个体，其余个体基于佳点集机制进行重新初始化，促使种群逃离局部最优的约束。

## 4.3.1 算法实现

随着计算过程的进行，种群逐渐聚集在一个较小的范围之内。此时，种群内个体的适应度值应该比较接近于种群的平均适应度。为了描述种群的多样性，在算法中引入一个参数 $\alpha = -\sum_{j=1}^{m}\left(\dfrac{f_j - f_{\text{avg}}}{f}\right)^2$ 来表征算法是否处于局部最优的约束状态。

显然，$\alpha$ 的值越小，说明炸点的聚集程度越高。设阈值 $\lambda$ 为较小的值，当 $\alpha \leq \lambda$ 时，认为种群多样性降低，出现早熟的问题，除保留 10%的优秀个体之外，其余个体采用佳点集技术在解空间内重新初始化。

**算法 4.4　动态搜索烟花爆炸优化算法（DRSFEOA）**

步骤 1. 设定算法的全部参数，包括爆炸半径 $r$，迭代次数 iter，种群规模 $N$，阈值 $\lambda$ 等。

步骤 2. 在解空间内基于佳点集机制进行种群初始化，生成种群 POP。

步骤 3. 种群的个体执行爆炸操作，在各自范围内生成临时新个体。

步骤 4. 将全部个体按照适应度值排序，并针对当前最优的个体执行动态随机搜索（DRS）。

步骤 5. 进行选择操作，按照优胜劣汰的方法生成新种群 $POP_{new}$。

步骤 6. 按照公式 $\alpha = -\sum_{j=1}^{m}\left(\dfrac{f_j - f_{avg}}{f}\right)^2$ 计算当前种群拥挤度，如果 $\alpha$ 小于设定的阈值 $\lambda$，则保留 10%的优秀个体，其余个体在解空间内以佳点集机制初始化。

步骤 7. 按照公式（4.2）调整爆炸半径 $r$。

步骤 8. 如果算法的迭代次数已经达到或解已经满足要求，则输出结果并结束算法；否则，跳转到步骤 3。

## 4.3.2　仿真实验与分析

对 DRSFEOA 算法采用 C 编码实现，在实验环境中配置 1.73GB 内存、AMD Turion2.0GHz 双核 CPU，软件使用 VC6。参与实验结果对比的是标准烟花爆炸优化算法 FEOA、带邻域搜索的改进烟花爆炸搜索算法 ESA[4]、本章参考文献[6]的改进烟花爆炸优化算法 IFEOA。DRSFEOA 算法的种群规模设为 30，迭代次数 1000 次，阈值 $\lambda = 0.01$，$r_0 = \beta \times (X_{max} - X_{min})$，$\beta \in [0.05, 0.3]$，$r_{end} = 10^{-6}$。参与对比的其他算法的参数均参考相关文献进行设定。所有的算法均运行 30 次，取平均值。

用于测试的 6 个 Benchmark 函数如下。

（1）$f_1(x) = \sum_{i=1}^{30} x_i^2, (|x_i| \leq 100)$；最佳：$\min(f(x^*)) = f(0,0,\cdots,0) = 0$；

（2）$f_2(x) = \sum_{i=1}^{30} |x_i| + \prod_{i=1}^{30} |x_i|, (|x_i| \leq 10)$；最佳：$\min(f(x^*)) = f(0,0,\cdots,0) = 0$；

（3）$f_3(x) = \sum_{i=1}^{30} (\lfloor x_i + 0.5 \rfloor)^2, (|x_i| \leq 100)$；最佳：$\min(f(x^*)) = f(0,0,\cdots,0) = 0$；

（4）　$f_4(x) = \sum_{i=1}^{30} [x_i^2 - \cos(2\pi x_i) + 10], (|x_i| \leqslant 5.12)$ 最佳：$\min(f(x^*)) = f(0, 0 \cdots, 0) = 0$；

（5）　$f_5(X) = -20 \exp\left(-0.2\sqrt{\frac{1}{n}\sum_{i=1}^{n} x_i^2}\right) - \exp\left[\frac{1}{n}\sum_{i=1}^{n} \cos(2\pi x_i)\right] + 20 + \exp(1)$

$(|x_i| \leqslant n)$

最佳：$\min(f(x^*)) = f(0, 0, \cdots, 0) = 0$；

（6）　$f_6(X) = \sum_{i=1}^{n} \frac{x_i^2}{4000} - \prod_{i=1}^{n} \cos\frac{x_i}{\sqrt{i}} + 1 (|x_i| \leqslant 600)$，

最佳：$\min(f(x^*)) = f(0, 0, \cdots, 0) = 0$；

表 4-5　四个算法在 6 个 Benchmark 函数上的实验对比

| 函数 | FEOA | | ESA | | IFEOA | | DRSFEOA | |
|---|---|---|---|---|---|---|---|---|
| | 平均值 | 方差 | 平均值 | 方差 | 平均值 | 方差 | 平均值 | 方差 |
| $f_1$ | 1.734e−29 | 1.561e−25 | 0 | 0 | 4.167e−32 | 2.451e−18 | 0 | 0 |
| $f_2$ | 4.128e−19 | 8.123e−15 | 9.180e−99 | 3.972e−88 | 2.832e−20 | 6.601e−13 | 8.762e−131 | 1.219e−105 |
| $f_3$ | 7.091e−10 | 9.042e−9 | 0 | 0 | 5.871e−11 | 7.912e−6 | 0 | 0 |
| $f_4$ | 2.372e−5 | 1.273 | 7.432e−85 | 1.651e−74 | 6.623e−6 | 1.491e−7 | 2.432e−86 | 4.103e−85 |
| $f_5$ | 6.913e−6 | 5.012e−3 | 4.623e−79 | 6.093e−70 | 3.914e−7 | 4.812e−3 | 7.921e−83 | 5.853e−79 |
| $f_6$ | 5.312e−3 | 1.027e−1 | 1.928e−77 | 7.912e−70 | 1.923e−3 | 1.093 | 6.282e−80 | 3.182e−69 |

表 4-6　四个算法收敛成功次数（num）和迭代次数（iter）的对比

| 函数 | FEOA | | ESA | | IFEOA | | DRSFEOA | |
|---|---|---|---|---|---|---|---|---|
| | num | iter | num | iter | num | iter | num | iter |
| $f_1$ | 20 | 218.15 | 30 | 99.38 | 22 | 209.18 | 30 | 103.27 |
| $f_2$ | 20 | 289.45 | 29 | 149.67 | 21 | 300.54 | 29 | 151.90 |
| $f_3$ | 19 | 300.18 | 30 | 189.18 | 21 | 287.19 | 30 | 153.32 |
| $f_4$ | 19 | 351.50 | 27 | 238.45 | 20 | 330.62 | 29 | 179.76 |
| $f_5$ | 18 | 486.39 | 29 | 269.25 | 18 | 490.23 | 29 | 160.42 |
| $f_6$ | 16 | 598.72 | 27 | 328.07 | 17 | 571.38 | 29 | 231.29 |

表 4-5 列出了四个算法在 6 个测试函数上的求解结果和解方差，表 4-6 列出了四个算法在 6 个函数上收敛成功次数和所需的迭代次数。从两个表所列数据可以看出，DRSFEOA 算法在 6 个函数上的成功比例均非常高，尤其在 $f_1$ 和 $f_3$ 两个函数上 30 次实验均 100%成功收敛，准确找到了函数的最优解，在其他函数上无论是求解精度还

是解的方差也均优于其他算法，说明 DRSFEOA 算法相对其他算法是稳定和高效的。从成功收敛所需迭代次数上看，仅在 $f_1$、$f_2$ 函数上其成功收敛所需迭代次数略高于 ESA 的迭代次数，其余测试函数上的表现均优于 ESA。

为了更为直观地比较四个算法的收敛能力，绘制了四个算法在 6 个 Benchmark 函数的收敛曲线，分别如图 4-3、图 4-4、图 4-5、图 4-6、图 4-7 和图 4-8 所示。从四个算法在 6 个函数的收敛曲线上可以看出，DSRFEOA 的收敛曲线非常平滑，并且收敛速度非常快。ESA 算法的收敛曲线虽然也比较平滑，但是其收敛到最佳时所需迭代次数比 DRSFEOA 算法多，而且在 $f_3$ 上显示了一点小的抖动。另外两个算法虽然也能够收敛，但是两个算法在 $f_3$、$f_4$、$f_5$ 上均有跳跃，稳定性稍差。通过以上的实验表明，DRSFEOA 算法具有较佳的求解能力和鲁棒性。

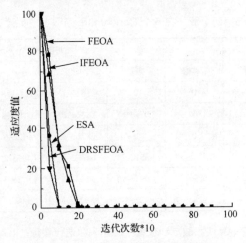

图 4-3　$f_1$ 函数上的收敛曲线

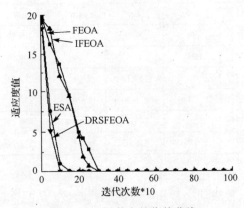

图 4-4　$f_2$ 函数上的收敛曲线

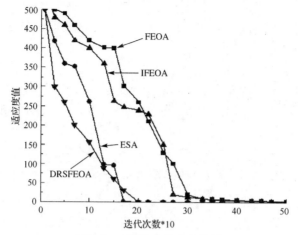

图 4-5　$f_3$ 函数上的收敛曲线

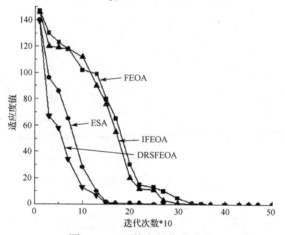

图 4-6　$f_4$ 函数上的收敛曲线

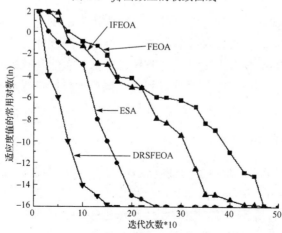

图 4-7　$f_5$ 函数上的收敛曲线

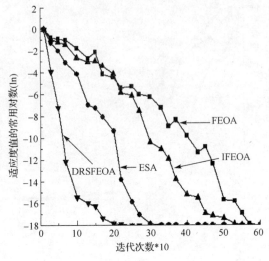

图 4-8　$f_6$ 函数上的收敛曲线

### 4.3.3　结论

通过引入动态随机搜索机制，加强了对优秀个体周围邻域的搜索，从而提高了烟花爆炸优化算法的求解精度。针对算法容易被约束在局部最优附近难以逃离的弱点，为了能够使算法在后期跳出局部最优的约束，在种群达到一定的聚集度后，利用佳点集重新初始化部分炸点，以保证种群的多样性，同时赋予种群内的个体一定的活力。最后的实验表明，该算法求解精度较高，稳定性较好。

## 4.4　混合反向学习烟花爆炸优化算法

由于烟花爆炸优化算法采用简单的"优胜劣汰"机制进行种群的选择，使算法比较容易早熟。本节将提出一种改进机制，在标准烟花爆炸优化算法中，融入精英反向学习机制，FEOA 的每一次迭代过程中，针对精英个体执行反向学习，生成精英个体的反向种群，同时针对临时种群利用模拟退火机制进行选择，以赋予适应度较差的个体一定的生存概率，维持种群的多样性。

### 4.4.1　精英反向学习

由第 3 章 3.4 节可知，反向学习能够较好地扩大种群的搜索范围，提高算法的求解能力,比较适宜与进化算法混合执行，以提高算法的求解能力。在一个种群内，将适应度优的个体视为精英个体，精英个体必然包含了更多的引导种群向全局最优收敛的有益信息。如果最终算法能够全局收敛，精英个体所形成的搜索区域必然会收敛到全局最优所形成的搜索区域。所以，加强精英个体所在空间邻域的搜索，将会提高算法的收敛速度，改善算法的全局收敛能力。

**定义 4.1**：精英反向解。设在某 $N$ 维空间中 $X'_{\text{best}} = (x'_1, x'_2, \cdots, x'_i, \cdots, x'_N)$ 为当前群体的精英个体 $X_{\text{best}} = (x_1, x_2, \cdots, x_i, \cdots, x_N)$ 的反向解，该方向解定义为 $x'_i = k*(a_i + b_j) - x_i$，$x_i \in [a_i, b_j]$，$k \in [0,1]$ 为服从均匀分布的随机数，利用该系数可以生成精英个体的多个反向解。

通过形成的精英反向解，可以加强对最优个体周围邻域的探测，提高算法的局部探索能力。

## 4.4.2　基于模拟退火机制的种群选择

FEOA 算法简单，收敛速度较快，但是由于其采用贪婪选择方式，所以随着计算的进行，所有个体逐渐向当前最优个体 $X_{\text{best}}(t)$ 靠拢，由于爆炸半径 $r$ 逐渐缩小，种群的多样性会逐渐降低。对于多峰函数而言，如果 $X_{\text{best}}(t)$ 是一个局部最优点，劣质个体恰好处于全局最优的附近，此时应该对劣质个体进行保留，以保证算法的趋优，否则算法极易陷入局部最优而出现早熟现象。要克服此缺陷，必须减缓种群多样性的下降速度。

进化算法的寻优过程，其实质就是劣质个体不断演变为优质个体的进化过程。据此，考虑到 $X_{\text{best}}(t)$ 在一定程度上代表了种群的进化方向，计算当前个体 $X_i(t)$ 突跳为 $X_{\text{best}}(t)$ 的概率，并基于此概率以轮盘赌的方式选择进入子种群的个体，一方面对所有参与进化的个体比较公平，能够在一定程度上保证种群的多样性，另一方面，还能够保证种群的进化方向。算法的早期由于种群分散，$X_i(t)$ 相对于当前最优 $X_{\text{best}}(m)$ 的突变概率应该较小，以保持种群的多样性；而在后期算法基本收敛，保持较高的突跳概率，以加快算法的收敛。

设当前温度是 $t$，则第 $m$ 代中个体 $X_i(m)$ 对于最优个体 $X_{\text{best}}(m)$ 的突跳概率计算由公式（4.8）可得，并由公式（4.9）计算得出为 $X_i(m)$ 替换 $X_{\text{best}}(m)$ 的概率。

$$p_i = \exp(-(f(X_i(m)) - f(X_{\text{best}}(m))) / t) \tag{4.8}$$

$$p_{\text{ic}} = p_i / \sum_{i=1}^{\text{POP}} \exp(-(f(X_i(m)) - f(X_{\text{best}}(m))) / t) \tag{4.9}$$

## 4.4.3　算法实现

根据上节的分析，将精英反向学习机制引入 FEOA 中，同时针对选择算子进行改进。为了能够保存运行过程中的计算信息，本章参考文献[12]引入动态边界来取代静态边界。设第 $j$ 维的边界为 $[a_j, b_j]$，则其动态边界设为 $[da_j, db_j]$，其中，$da_j = \min(x_{i,j}), db_j = \max(x_{i,j})$。

**算法 4.5　精英反向学习烟花爆炸优化算法（EOBLFEOA）**

步骤 1. 初始化参数。参数包含初始爆炸半径 $r_0$，最终的爆炸半径 $r_{end}$，迭代次数 iter$_{max}$，种群规模 POP。

步骤 2. 在解空间内随机生成初始种群，迭代计数器 $t$=0。

步骤 3. 设置初始温度 $t_0 = (f(X_{0,max}) - f(X_{0,min})) / POP$，此处 $X_{0,max}$ 是第 0 代的最优个体，$X_{0,min}$ 是第 0 代的最差个体。

步骤 4. 执行爆炸算子。当前种群 $P(t)$ 内全部个体均在其爆炸半径 $r$ 内随机生成多个新个体。

步骤 5. 获得当前最优个体 $X_{best}(t)$。

步骤 6. 执行选择算子。根据公式（4.8）和公式（4.9）计算种群内的其他个体对于 $X_{best}(t)$ 的替换概率 $p_{ic}$，并基于 $p_{ic}$ 执行轮盘赌策略，选择 POP 个个体生成子种群 $P'(t)$（注：一定要保留最佳 $X_{best}(t)$ 进入子种群）。

步骤 7. 执行退温操作 $t_{i+1} = k * t_i$（$k$ 是退温概率，为小于 1 的小数），并修改爆炸半径 $r = \left(\dfrac{\text{iter}_{max} - t}{\text{iter}_{max}}\right)^k (r_0 - r_{end}) + r_{end}$。

步骤 8. 获得当前最优个体 $X_{best}(t)$，并计算 $X_{best}(t)$ 的动态边界 $[da_j, db_j]$。

步骤 9. 在其动态边界内，生成 $X_{best}(t)$ 的反向种群 $P'_{best}(t)$。

步骤 10. 针对 $X_{best}(t)$ 和其反向种群 $P'_{best}(t)$ 执行优胜劣汰，保留最佳个体标记为 $X_{best}$；

步骤 11. 算法满足迭代结束条件，则输出 $X_{best}(t)$，算法结束；否则，跳转到步骤 4。

EOBLFEOA 算法的时间复杂度主要体现在步骤 4 至步骤 11，以迭代次数作为算法的终止条件，并设最大迭代次数为 $M$，$n$ 为解空间的维数，种群规模是 $m$，算法中获取最优个体的过程中复杂度是 $O(m)$，则 EOBLFEOA 算法的时间复杂度为 $O(M * n) + O(m)$。

## 4.4.4　仿真实验与分析

利用 C++语言编码实现 EOBLFEOA 算法，在 VC6 下进行编译执行，将其与 FEOA 算法、本章参考文献[2]的 PSOFEOA、本章参考文献[3]的 GAFEOA、本章参考文献[6]的 IFEOA 算法、GA 等算法进行对比。实验用个人计算机的配置为赛扬双核 CPU 4.0GHz，内存 4GB 等。

EOBLFEOA 算法的 $r_0 = \beta \times (X_{\max} - X_{\min}), \beta \in [0.05, 0.3]$，种群规模均设定为 30，$r_{\text{end}} = 10^{-6}$，其他算法的参数设置均参考相应的文献，六个算法的迭代次数均为 1000。所有的算法均运行 30 次，取 30 次运行结果的平均值进行比较。比较的项目包括：求解精度、结果的方差、收敛成功次数、收敛成功所消耗平均时间等。测试结果分别列于表 4-7、表 4-8、表 4-9、表 4-10。用于测试用的 5 个 Benchmark 函数均为多峰函数，均存在多个的极值点，对优化算法克服局部约束的能力及搜索解的能力要求较高。5 个函数分别如下：

表 4-7　六个算法在 30 维 Benchmarks 函数上的运算结果

| 函数 | FEOA | | GAFEOA | | GA | | IFEOA | | PSOFEOA | | EOBLFEOA | |
|---|---|---|---|---|---|---|---|---|---|---|---|---|
| | 均值 | 方差 | 均值 | 方差 | 均值 | 方差 | 均值 | 方差 | 均值 | 方差 | 均值 | 方差 |
| $f_1$ | 1.173e-4 | 6.561e-2 | 1.964e-13 | 9.082e-23 | 1.671e-5 | 9.421e-7 | 3.671e-5 | 5.421e-8 | 3.283e-11 | 9.371e-26 | 4.026e-59 | 3.219e-96 |
| $f_2$ | 6.291e-2 | 2.12e-6 | 3.429e-17 | 6.143e-15 | 6.341e-2 | 3.018e-2 | 1.382e-2 | 9.016e-5 | 6.912e-16 | 1.121e-19 | 3.574e-39 | 8.021e-59 |
| $f_3$ | 3.184e-3 | 2.049e-3 | 2.721e-18 | 4.184e-20 | 2.009e-4 | 3.257e-4 | 6.107e-5 | 4.317e-4 | 4.419e-18 | 2.831e-19 | 8.015e-23 | 2.375e-80 |
| $f_4$ | 1.2090 | 3.983e-5 | 5.913e-16 | 3.576e-16 | 2.741e-1 | 5.346e-1 | 3.720e-1 | 3.357e-2 | 9.287e-20 | 7.621e-15 | 4.613e-50 | 7.096e-79 |
| $f_5$ | -16048.43 | 4.637e-3 | -12570.21 | 3.472e-15 | -13811.08 | 2.036e-1 | -14019.62 | 7.017e-2 | -12567.31 | 7.271e-17 | -12569.39. | 8.514e-50 |

表 4-8　六个算法在 100 维 Benchmarks 函数上的运算结果

| 函数 | FEOA | | GAFEOA | | GA | | IFEOA | | PSOFEOA | | EOBLFEOA | |
|---|---|---|---|---|---|---|---|---|---|---|---|---|
| | 平均值 | 方差 | 平均值 | 方差 | 平均值 | 方差 | 平均值 | 方差 | 平均值 | 方差 | 平均值 | 方差 |
| $f_1$ | 3.174 | 20.172 | 8.263e-6 | 5.210e-4 | 5.932 | 9.829 | 2.981 | 9.019 | 2.812e-5 | 1.561e-3 | 7.135e-11 | 3.252e-9 |
| $f_2$ | 25.392 | 30.472 | 4.326e-4 | 4.633e-3 | 20.001 | 3.629 | 19.201 | 13.812 | 3.415e-4 | 2.126e-4 | 5.026e-9 | 4.384e-8 |
| $f_3$ | 29.137 | 22.047 | 2.317e-3 | 5.634e-4 | 25.621 | 8.017 | 20.741 | 7.914 | 6.812e-6 | 9.182e-5 | 9.180e-7 | 9.0136e-9 |
| $f_4$ | 19.891 | 19.982 | 1.882e-1 | 7.162e-3 | 15.992 | 19.072 | 16.901 | 12.019 | 5.271e-2 | 6.123e-4 | 6.547e-7 | 1.826e-7 |
| $f_5$ | -19870.45 | 10.467 | -13075.21 | 8.129e-3 | -15018.3 | 21.174 | -17901.2 | 14.621 | -13012.98 | 7.621e-5 | -12891.4 | 6.142e-5 |

1. $f_1(x) = \sum_{i=1}^{n} |x_i| + \prod_{i=1}^{n} |x_i| (|x_i| \leq 10)$；

最佳：$\min(f(x*)) = f(0, 0, \cdots, 0) = 0$；

2. $f_2(x) = \sum_{i=1}^{n} \left[ x_i^2 - 10\cos(2\pi x_i) + 10 \right], (|x_i| \leq 5.12)$

最佳：$\min(f(x*)) = f(0, 0, \cdots, 0) = 0$；

3. $f_3(x) = \sum_{i=1}^{n} \frac{x_i^2}{4000} - \prod_{i=1}^{n} \cos\frac{x_i}{\sqrt{i}} + 1$

最佳：$\min(f(x*)) = f(0, 0, \cdots, 0) = 0$；

4．$f_4(X) = -20\exp\left(-0.2\sqrt{\dfrac{1}{n}\sum_{i=1}^{n}x_i^2}\right) - \exp\left[\dfrac{1}{n}\sum_{i=1}^{n}\cos(2\pi x_i)\right] + 20 + \exp(1)$

最佳：$\min(f(x^*)) = f(0,0,\cdots,0) = 0$

5．$f_5(x) = -\sum_{i=1}^{n}(x_i\sin\sqrt{x_i}),\ (\mid x_i\mid\leqslant 500)$；

最佳：$\min(f(x^*)) = f(420.9687, 420.9687, \cdots, 420.9687) = -12569.5$

表 4-9　六个算法在 5 个 Benchmark 函数上收敛成功次数的对比

| 函数 | FEOA | | GAFEOA | | GA | | IFEOA | | PSOFEOA | | EOBLFEOA | |
|---|---|---|---|---|---|---|---|---|---|---|---|---|
| | 30 | 100 | 30 | 100 | 30 | 100 | 30 | 100 | 30 | 100 | 30 | 100 |
| $f_1$ | 22 | 2 | 28 | 21 | 23 | 2 | 21 | 2 | 29 | 19 | 29 | 25 |
| $f_2$ | 20 | 0 | 27 | 21 | 21 | 1 | 20 | 0 | 26 | 20 | 28 | 24 |
| $f_3$ | 22 | 0 | 27 | 18 | 24 | 0 | 19 | 0 | 28 | 19 | 28 | 22 |
| $f_4$ | 18 | 0 | 25 | 13 | 18 | 0 | 19 | 0 | 24 | 16 | 28 | 22 |
| $f_5$ | 17 | 1 | 25 | 18 | 17 | 2 | 15 | 2 | 25 | 18 | 29 | 22 |

表 4-10　六个算法在 5 个 Benchmark 函数上成功收敛所需平均时间的对比

| 函数 | FEOA | | GAFEOA | | GA | | IFEOA | | PSOFEOA | | EOBLFEOA | |
|---|---|---|---|---|---|---|---|---|---|---|---|---|
| | 30 | 100 | 30 | 100 | 30 | 100 | 30 | 100 | 30 | 100 | 30 | 100 |
| $f_1$ | 29.91 | 50.81 | 21.18 | 32.35 | 32.02 | 48.18 | 32.43 | 76.03 | 20.029 | 41.291 | 19.731 | 25.912 |
| $f_2$ | 38.17 | — | 23.74 | 5.51 | 31.62 | 79.26 | 38.82 | — | 25.091 | 49.821 | 20.826 | 38.820 |
| $f_3$ | 30.81 | — | 18.37 | 9.97 | 23.18 | — | 34.54 | — | 20.391 | 35.726 | 15.733 | 19.734 |
| $f_4$ | 48.716 | — | 30.829 | 8.11 | 46.27 | — | 51.61 | — | 27.663 | 44.283 | 20.126 | 47.461 |
| $f_5$ | 20.81 | 49.12 | 17.65 | 5.17 | 22.93 | 39.62 | 28.65 | 59.11 | 21.173 | 37.663 | 18.846 | 26.851 |

从表 4-7、表 4-8 中的数据可以看出，在求解 30 维的 5 个 Benchmark 函数上，虽然表中所列算法均没有寻找到最优解。但是 EOBLFEOA 算法求解精度上明显优于其他三个算法，并且其解的方差也明显优于其他三个算法，说明该算法的稳定性更好。将所求解函数的维度增大到 100 维，此时六个算法的求解能力均有所下降，EOBLFEOA 算法的性能仍然高于其他五个算法，也显得相对更加稳定。

表 4-9 给出了六个算法在 5 个 Benchmark 函数上优化成功的次数，可以看出 EOBLFEOA 算法成功的次数仍然是最高的，尤其针对 30 维的函数，几乎都在 28 次或 29 次；而针对 100 维的函数，其收敛成功的次数下降也很少，说明 EOBLFEOA 算法的稳定性及全局优化能力是比较强的。

表 4-10 对六个算法的收敛成功所需平均时间进行比较，虽然 EOBLFEOA 算法中增加了模拟退火、精英反向搜索两种机制，但是 EOBLFEOA 算法的平均收敛成功所需时间仍然是最短的。

为了更好的对比 EOBLFEOA 与其他算法的收敛能力，绘制了其中四个算法在 100 维的 Benchmark 函数上的收敛曲线。限于篇幅，此处仅展示 $f_1$、$f_2$、$f_3$、$f_5$ 四个函数上的收敛曲线图，分别如图 4-9、图 4-10、图 4-11 和图 4-12 所示。从图 4-9、图 4-10 的收敛曲线可以看出，在 $f_1$、$f_2$ 的函数上，EOBLFEOA 算法能够迅速收敛到最佳解附近，开始进行局部搜索。从图 4-11 的在 $f_3$ 函数收敛曲线上可以看出，EOBLFEOA 算法在进化迭代到 300 次左右的时候，其适应值较 GAFEOA 算法稍差，但是，此后其适应度曲线继续平滑下移，而 GAFEOA 算法则出现了小的跳跃，这也说明，精英反向学习机制比简单的遗传变异机制更能保证种群的收敛方向。图 4-12 所示为在 $f_5$ 函数上的收敛曲线，EOBLFEOA 算法同样表现的优越，能够迅速靠近最佳解，收敛曲线平稳。从上述四个图所展示收敛曲线可以看出，EOBLFEOA 算法较其他算法的收敛更为平滑，寻优能力更强。

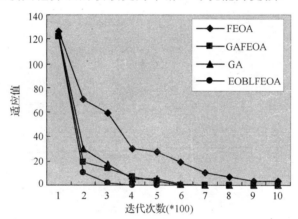

图 4-9 部分算法在函数 $f_1$ 上的收敛曲线对比

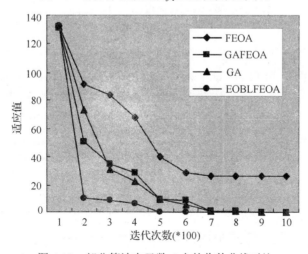

图 4-10 部分算法在函数 $f_2$ 上的收敛曲线对比

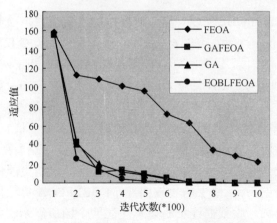

图 4-11　部分算法在函数 $f_3$ 上的收敛曲线对比

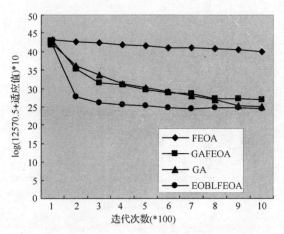

图 4-12　部分算法在函数 $f_5$ 上的收敛曲线对比

### 4.4.5　结论

本节详细分析了 FEOA 算法的弱点，提出了应用精英反向学习的混合烟花爆炸搜索算法。新算法基于一般个体对当前最佳个体的突跳概率，采用轮盘赌机制生成子种群，赋予适应度差的个体一定的生存几率，通过在算法中融入精英反向学习机制，加强对于精英个体周围邻域的搜索。实验表明，改进算法无论是求解质量还是收敛速度都具有一定优势，而且算法的鲁棒性较强。

## 4.5　随机游走烟花爆炸优化算法

随机游走机制能实现较长时间的局部搜索和突然跳转的结合，能够使算法既具有精细的局部搜索，又具有摆脱局部最优约束的能力。本节将介绍一种引入随机游走机制的改进烟花爆炸优化算法，种群内的个体在当前最优个体附近执行爆炸变异机制，加强对当前最优个体邻域的搜索。对所生成的临时个体使用 Boltzmann 机制生成子代种群。

## 4.5.1　基于随机游走机制的变异算子

设 $X_{\text{lbest}}(t)$ 是第 $t$ 次迭代过程中的最佳个体，它包含了更多的引导种群向全局最优收敛的有益信息，代表了种群的收敛方向。如果算法能够最终收敛于全局最优，个体 $X_{\text{lbest}}(t)$ 所覆盖的搜索区域必然会收敛于全局最优所形成的搜索区域。另一方面，当前最佳个体 $X_{\text{lbest}}(t)$ 如果是局部最优，而该区域没有包含全局最优，则算法可能会出现提前收敛的情况。

为了加速 FEOA 算法的全局收敛，一方面应该使其他个体在进化过程中，向 $X_{\text{lbest}}(t)$ 所在区域靠近，针对 $X_{\text{lbest}}(t)$ 周围的邻域进行细微的局部搜索，另一方面应该在多次迭代过程中提供一定的变异机制，确保个体不被完全约束在 $X_{\text{lbest}}(t)$ 周围，能够及时搜索更大范围的空间。结合 FEOA 算法的特点，将算法的爆炸变异算子修改为公式（4.10）。

$$E_i(t) = X_i(t) + \text{Levy}(\lambda) \times (X_i(t) - X_{\text{ibest}}(t)) + r_j \vec{b_k}, r_j \in [0, r] \qquad (4.10)$$

$\text{Levy}(\lambda)$ 表示跳跃步长服从 Lévy 分布的随机搜索向量。

由于 Lévy Flight 机制的随机跳跃，有可能会使个体离开全局最优 $X_{\text{gbest}}$ 较远。但考虑到 FEOA 算法采用精英搜索策略，在进化过程中保留寻优过程中的历史最佳，所以经过较短时间调整后，远离最优的个体会重新回到最优解附近。恰恰是因为存在着随机的较大幅度的跳跃，才能够使种群具有较强的跳出局部最优约束的能力，同时还能够以较精细的小步长勘探更好的解，在种群的多样性与集中性之间取得较好的平衡，算法性能得以提高。

## 4.5.2　基于 Boltzmann 子个体选择

标准 FEOA 算法中采用典型的"爬山"策略生成子种群，即通过公式（4.10）产生子个体，并与父代一起择优生成子种群，这种贪心式进化机制，能够保证算法的收敛速度，但是也容易使算法陷入局部最优。实际应用中，往往存在适应度优的山峰周围遍布适应度劣的山峰的情况，种群到达峰顶必然会经过低谷，故劣质个体亦会包含有利于种群全局收敛和进化的优秀基因。给劣质个体生存机会，就会使有利于种群进化的优秀基因得以保留。

FEOA 算法中父代个体依据公式（4.10）产生多个子个体，这些子个体采取正向竞争的方式，选择适应度最优的个体 $X_i^b(t)$ 作为它们的代表与父个体 $X_i(t)$ 竞争。引入基于 Boltzmann 机制的选择操作，以一定的概率接受个体 $X_i^b(t)$，以求解最小值为例，应用公式（4.11）计算接受概率。

$$p = (\text{fit}_{\text{worst}}(t) - \text{fit}_i^b(t)) / (\text{fit}_{\text{worst}}(t) - \text{fit}_i(t)) \tag{4.11}$$

$\text{fit}_{\text{worst}}(t)$ 表示 $t$ 代种群中最差子个体的适应度，$\text{fit}_i^b(t)$ 表示 $X_i^b(t)$ 的适应度，$\text{fit}_i(t)$ 表示父个体 $X_i(t)$ 的适应度。

当 $X_i^b(t)$ 优于其父个体 $X_i(t)$ 时，$p > 1$，接受新个体 $X_i^b(t)$，并令其替换 $X_i(t)$；当 $X_i^b(t)$ 劣于其父个体 $X_i(t)$，则以概率 $p$ 接受 $X_i^b(t)$，并以其替换当前种群中的最差个体 $X_{\text{worst}}(t)$。

### 4.5.3　算法实现

**算法 4.6　随机游走烟花爆炸优化算法（LFBFEOA）**

令个体的位置状态表示为 $X_i = (x_{i1}, x_{i2}, \cdots, x_{in})$，将个体所处位置适应度函数设为 $f(X_i)$，即待求解目标函数。

输入：种群规模为 POP 的群体，最大迭代次数 $\text{iter}_{\max}$。

输出：最佳个体 $X_{\text{gbest}}(t)$。

步骤 1. 初始化算法参数。最大迭代次数 $\text{iter}_{\max}$，种群规模 $N$，初始爆炸半径 $r_0$，最终爆炸半径 $r_{\text{end}}$，迭代次数 $t = 0$ 等。

步骤 2. 在解空间内以佳点集机制生成初始种群 $P(0)$。

步骤 3. 父个体 $X_i(t)$ 按照公式（4.10）执行基于 LF 搜索的爆炸变异操作，生成种群 $E(t)$。

步骤 4. 从种群 $E(t)$ 内选择适应度最优的个体 $X_i^b(t)$。

步骤 5. 依据公式（4.11）计算个体的选择概率。

步骤 6. 如果 $p > 1$，则令 $X_i^b(t)$ 替换其父个体 $X_i(t)$；否则，以概率 $p$ 接受 $X_i^b(t)$，替换掉种群内的最差个体 $X_{\text{worst}}(t)$。

步骤 7. 父代个体执行爆炸变异操作没有结束，则跳转到步骤 3。

步骤 8. 修改第 $t+1$ 次迭代的爆炸半径。

步骤 9. 算法如果满足终止条件，则输出当前最佳个体 $X_{\text{gbest}}$ 并结束算法，输出计算结果；否则，跳转到步骤 3。

显然，LFBFEOA 算法的时间复杂度主要体现在步骤 3 至步骤 9，如果以迭代次数作为算法的终止条件，并设最大迭代次数为 $M$，$n$ 为解空间的维数，种群中个体数量是 $m$，则可以看出该算法的时间复杂度主要体现在选择最优个体、最差个体及种群整体的迭代操作上。选择最优个体或最差个体的时间复杂度性均为线性 $O(m)$，则 LFBFEOA 算法的时间复杂度为 $O(M * n) + O(m)$。

计算过程中使用数组存放种群，原始种群的存储需要 $m*n$ 个存储空间，所以空间复杂度为 $O(m*n)$。

## 4.5.4　仿真实验与分析

应用 Matlab6.5 平台对 LFBFEOA 算法编程实现，将其与 FEOA 算法及部分改进的烟花爆炸搜索算法（GAFEOA[2]、PSOFEOA[3]、ESA[4]）进行对比。所有参与实验对比算法的种群规模均设置为 30，LFBFEOA 算法的爆炸半径参数设为 $r_0 = (a-b)/2$，$r_{end} = 10^{-6}$，其他算法的参数设置参考相关文献。

所有算法的迭代次数均为 3000，算法独立运行 30 次，取 30 次运行结果进行比较（注：Mean 代表结果的平均值，Std 代表解方差）。选择测试用的 6 个经典函数如表 4-11 所示。在所使用的测试函数中，Sphere 和 Schwefel 函数均是单峰函数，函数最优点是（0,0,…,0），最小值为 0，这两个函数比较容易优化，主要考察算法的求解精度；Rosenbrock 函数的最优点是（1,1,…,1），最小值是 0，在最优点附近存在陡峭的"峡谷陷阱"，容易使优化算法陷入而无法跳出；Rastrigin、Ackely、Griewank 三个函数的最优点均为（0,0,…,0），最小值是 0，且存在多个局部极值，优化算法需要具有良好的摆脱局部极值束缚的能力。

表 4-11　测试用函数信息

| 函数名称 | 函数表达式 | 最优值 |
|---|---|---|
| Sphere | $f_1(x) = \sum_{i=1}^{n} x_i^2$ | 0 |
| Rosenbrock | $f_2(x) = \sum_{i=1}^{n-1}[100(x_{i+1} - x_i^2)^2 + (x_i - 1)^2]$ | 0 |
| Schwefel | $f_3(x) = \sum_{i=1}^{n}(\sum_{j=1}^{i} x_j)^2$ | 0 |
| Rastrigin | $f_4(x) = \sum_{i=1}^{n}[x_i^2 - 10\cos(2\pi x_i) + 10]$ | 0 |
| Ackely | $f_5(x) = -20\exp\left(-0.2\sqrt{\frac{1}{n}\sum_{i=1}^{n} x_i^2}\right) - \exp\left(\frac{1}{n}\sum_{j=1}^{n}\cos(2\pi x_i)\right) + 20 + e$ | 0 |
| Griewank | $f_6(X) = \sum_{i=1}^{n}\frac{x_i^2}{4000} - \prod_{i=1}^{n}\cos\frac{x_i}{\sqrt{i}} + 1$ | 0 |

表 4-12 所列是参与对比的算法在函数维度为 30 时的求解结果。对于函数 $f_1$，无论是最终解还是解的方差，LFBFEOA、PSOFEOA、GAFEOA 三个算法均优于 FEOA、ESA，而在这三个算法中，LFBFEOA 则是最高的。函数 $f_2$ 是著名的陷阱

函数，LFBFEOA 与 PSOFEOA 算法表现良好，算法的解结果和解方差明显优于其他 3 个算法，而 LFBFEOA 则是最好的。$f_3$ 函数用于检验算法的解精度，此时 LFBFEOA 稍逊于 PSOFEOA，但仍然是同一个精度级别，明显优于 GAFEOA、FEOA、GAFEOA 三个算法。在函数 $f_3$ 的解方差的对比上，LFBFEOA 则是最好的。在三个多峰函数 $f_4$、$f_5$、$f_6$，LFBFEOA 算法无论是解的精度还是解的方差都明显优于其他的相关算法。

表 4-12　30 维上的实验结果对比（Mean*std）

| 函数 | FEOA | GAFEOA | ESA | LFBFEOA | PSOFEOA |
|---|---|---|---|---|---|
| $f_1$ | 4.21e−20*3.71e−21 | 6.35e−58*7.21e−33 | 3.51e−36*4.16e−36 | 1.56e−59*3.81e−57 | 3.28e−59*7.32e−57 |
| $f_2$ | 2.19* 8.62e−1 | 3.72e−3*9.01e−3 | 7.45e−5*1.24e−5 | 3.71e−6*6.37e−7 | 6.71e−6*7.36e−6 |
| $f_3$ | 8.17e−5*6.56e−4 | 5.13e−28*6.65e−26 | 3.21e−23*1.77e−20 | 2.54e−35*6.53e−36 | 4.42e−35*1.65e−35 |
| $f_4$ | 12.82e−2*0.72 | 4.12e−38*5.17e−36 | 5.76e−29*9.18e−30 | 1.78e−38*6.02e−40 | 1.89e−36*2.47e−38 |
| $f_5$ | 1.01e−3*0.33 | 1.89e−28*3.62e−24 | 6.73e−10*3.16e−11 | 5.27e−35*6.23e−25 | 7.72e−32*2.51e−26 |
| $f_6$ | 3.19e−2*6.53 | 8.10e−34*7.22e−34 | 6.32e−22*5.30e−20 | 9.01e−40*4.71e−41 | 1.10e−36*3.26e−35 |

表 4-13　100 维上的实验结果对比（Mean*std）

| 函数 | ESA | PSOFEOA | LFBFEOA | FEOA | GAFEOA |
|---|---|---|---|---|---|
| $f_1$ | 7.10e−19*4.81e−15 | 7.16e−35*2.46e−31 | 3.54e−34*9.01e−31 | 3.82e−10*5.11e−9 | 6.12e−18*1.27e−17 |
| $f_2$ | 6.37*2.31 | 0.229e*0.654 | 8.01e−2*4.12e−3 | 60.1*21.2 | 11.47*9.23 |
| $f_3$ | 4.63e−10*1.91e−16 | 9.01e−15*2.18e−13 | 2.17e−16*9.45e−12 | 3.91*10.26 | 5.74e−12*4.52e−11 |
| $f_4$ | 5.96e−13*9.04e−15 | 5.79e−30*1.76e−29 | 1.79e−32*9.02e−32 | 7.67e−1*1.68 | 3.13e−21*5.14e−19 |
| $f_5$ | 3.71*16.11 | 5.27e−5*6.12e−4 | 7.15e−9*4.01e−11 | 19.89*11.23 | 1.89e−1*7.16e−3 |
| $f_6$ | 3.62*1.39 | 6.81e−6*9.18e−5 | 4.91e−11*2.93e−12 | 29.13*22.05 | 2.32e−3*5.63e−4 |

表 4-14　算法收敛成功次数的对比（num$^{30}$*num$^{100}$）

| 函数 | FEOA | GAFEOA | ESA | PSOFEOA | LFBFEOA |
|---|---|---|---|---|---|
| $f_1$ | 15*10 | 28*19 | 25*16 | 28*22 | 28*22 |
| $f_2$ | 8*0 | 22*8 | 22*7 | 25*20 | 25*20 |
| $f_3$ | 12*0 | 23*12 | 22*13 | 26*21 | 26*22 |
| $f_4$ | 6*2 | 26*16 | 26*16 | 28*26 | 29*26 |
| $f_5$ | 8*0 | 14*12 | 9*7 | 26* 12 | 28*17 |
| $f_6$ | 9*0 | 25*12 | 10*9 | 27*18 | 28*20 |

表 4-15　算法成功收敛所需平均迭代次数对比（iter$^{30}$*iter$^{100}$）

| 函数 | FEOA | GAFEOA | ESA | PSOFEOA | LFBFEOA |
|---|---|---|---|---|---|
| $f_1$ | 389.23*2316.12 | 371.09*812.34 | 520.91*1481.77 | 209.61*590.01 | 210.66*579.51 |
| $f_2$ | 410.67*0 | 399.71*1623.45 | 651.47*1705.28 | 227.46*1598.38 | 199.82*1283.35 |
| $f_3$ | 583.27*0 | 496.67*2003.49 | 718.90*2138.34 | 471.65*1257.32 | 465.31*1000.61 |
| $f_4$ | 1981.49*2091.88 | 1001.38*1702.66 | 1462.41*1896.81 | 690.06*1642.18 | 700.76*1591.87 |
| $f_5$ | 890.67*0 | 791.93*1907.88 | 893.76*0 | 727.51*1476.89 | 525.61*1205.59 |
| $f_6$ | 901.81*0 | 802.51*2106.35 | 1000.62*0 | 804.63*1759.42 | 691.46*1625.87 |

表 4-13 列出了在函数维度增加为 100 时，五个算法的求解结果和解方差。可以看出所有参与算法的求解能力较 30 维时均有所下降。LFBFEOA 算法在 $f_1$ 上的解精度和解方差上较 PSOFEOA 稍差，但仍然要远优于其他算法。在其他五个算法上，LFBFEOA 算法也表现出了较好的求解能力，解精度和解方差都是最优的。

表 4-14 列出了在 30、100 两种维度上，参与对比算法的收敛成功的次数，从所列数据可以看出，在全部的函数上，无论是低维还是高维，LFBFEOA 的收敛次数都是最高的。表 4-15 给出了全部五个算法在 6 个函数上收敛成功所需的平均迭代次数，从表中可以看出，LFBFEOA 在全部函数上成功收敛时所需迭代次数均是最小的。

为了更直观地展示 LFBFEOA 算法相对于 FEOA 的改进效果，绘制了 FEOA、LFBFEOA 两个算法在 30 维的 $f_1$、$f_4$、$f_5$、$f_6$ 四个函数上的收敛曲线，分别如图 4-13、图 4-14、图 4-15、图 4-16 所示。从 4 个图的收敛曲线可以看出，LFBFEOA 算法收敛曲线平滑，随着迭代次数的增加，下降迅速，并最终收敛。FEOA 的收敛曲线则不如 LFBFEOA 平滑，甚至在 $f_4$、$f_5$ 两个函数上还出现有跳跃。

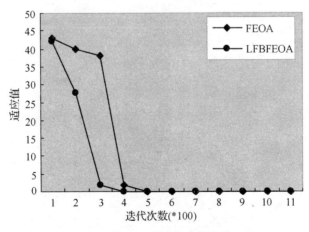

图 4-13　$f_1$ 函数上的收敛曲线

LFBFEOA 算法针对爆炸变异算子引入 Lévy Flight 机制，一方面能够加速种群向最佳个体收敛，针对最优个体的周围进行搜索，一方面使种群具有摆脱局部最优束缚的能力，扩大搜索范围。基于 Boltzmann 的选择算子，赋予了劣质个体一定的生存机会，维持了种群的多样性。

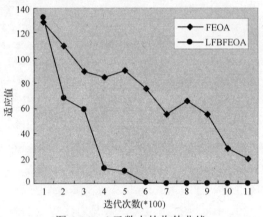

图 4-14　$f_4$ 函数上的收敛曲线

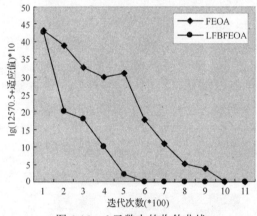

图 4-15　$f_5$ 函数上的收敛曲线

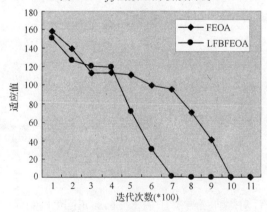

图 4-16　$f_6$ 函数上的收敛曲线

## 4.5.5　结论

本节所提出的改进算法，分别引入佳点集、Lévy Flight、Boltzmann 三种机制对 FEOA 的种群初始化、变异算子及选择算子分别进行了改进，以克服算法容易早熟、解精度较低的弱点，提高了算法的求解能力。最后在 Benchmark 测试函数上的一系列测试表明，改进算法无论是求解质量还是收敛速度都具有一定的优势。综合以上的对比结果可知无论是 30 维还是 100 维，LFBFEOA 算法的稳定性和寻优能力均要优于其他相关的算法。

# 4.6　本 章 小 结

作为一种新颖的群体智能算法，烟花爆炸优化算法具有原理简单、参数较少、运行速度较快等优点。但是，标准 FEOA 算法也存在一些弱点，种群内的个体之间竞争有余，缺少协作，由于在进化过程中采用单纯的爬山法，使种群多样性降低，容易收敛于局部最佳。在分析了 FEOA 算法缺点的基础上，提出了多种改进机制，一方面保留了算法的精华，另一方面加强了种群多样性机制。由于 FEOA 算法的进化机制适合于连续优化函数，进一步可以参考 DE 算法开展解决离散问题的研究。

# 参 考 文 献

[1]　曹炬, 贾红, 李婷婷. 烟花爆炸优化算法[J]. 计算机工程与科学, 2011，33(1):138-142.

[2]　曹炬, 李婷婷, 贾红. 带有遗传算子的烟花爆炸优化算法[J], 计算机工程，2010，36(12): 149-151

[3]　曹炬, 季艳芳.改进的烟火爆炸优化算法及其收敛性分析[J], 计算机工程与科学, 2012, 34(1): 90-93.

[4]　曹炬, 侯学卿.带有邻域搜索机制的爆炸搜索算法[J], 计算机工程, 2011，36(18): 183-187.

[5]　侯学卿. 爆炸搜索算法研究[D]. 华中科技大学硕士论文，2011.5

[6]　杜振鑫, 烟花算法中爆炸半径的改进研究[J].计算机时代, 2013, 10(1): 28-29.

[7]　Tizhoosh H R. *Opposition-based learning: a new scheme for machine intelligence*[C]. Proceedings of IEEE Computational Intelligence for Modelling, Control and Automation，Vienna，Austria, 2005: 695-701.

[8]　王晖.区域变换搜索的智能算法研究[D]. 武汉:武汉大学, 2011.

# 第 5 章　群体智能算法的应用

　　群体智能算法由于具有较强的适应性和快速收敛能力，在求解诸如组合优化等问题中表现出良好的求解效果。近年来，出现了应用群体智能算法求解诸如独立成分分析、车辆路径调度问题（VRP）、网络路由规划、地质模型反演等问题的研究成果。本章将主要介绍人工鱼群算法、差异演化算法、遗传算法等在部分领域内的应用，并给出详细的问题解决思路，展示群体智能算法的求解效果。

## 5.1　物流配送中的车辆调度问题

### 5.1.1　问题的提出

　　进入 21 世纪，随着我国经济、科技的高速发展，商品买卖、货物流通呈现高速增长；尤其近些年，随着互联网的高速发展，网络购物爆炸式增长，仅 2012 年 11 月 11 日一天，淘宝、天猫商城的下单量就高达 191 亿元人民币。在这种巨大的商业化环境下，物流企业高速发展和壮大，成为商品流通、货物购销链中举足轻重的一环。物流企业的配送成本、配送效率直接影响着商品购销成本和用户的消费体验，所以研究物流企业的物流配送规划具有非常重要的现实意义。

　　理想、高效的物流配送规划即是指在特定的车辆、人力资源和相应时间约束下，合理搭配所需配送货物，极大缩短配送距离、提高配送效率、降低配送成本。从物流企业的角度讲，降低配送企业的生产成本，必然会提高企业的竞争力；从货物流通链的角度来讲，合理的配送规划决策必然会降低货物成本，提高用户的消费体验，促进社会的经济发展。

　　研究表明，物流配送中的车辆调度问题（Vehicle Routing Program ，VRP）是一个典型的组合优化问题，并且已经被证明是一个典型的 NP 难问题，很难寻找一个多项式公式实现该问题在有限时间内求解。针对该问题，如果采用遍历法、动态规划，或者采用分支界定等方法求解，随着需配送客户的增长，其求解时间将会呈现指数级增长，求解效率较低。采用启发式算法是目前求解这一类问题的主要研究方向和热点，如采用禁忌搜索、遗传算法、蚁群算法等智能进化算法。

## 5.1.2　组合优化

不失一般性，对求解最小化（下同）问题进行描述，其数学模型应用如公式（5.1）所示。

$$\min(g(y)), s.t. h(y) \geqslant 0, y \in M \tag{5.1}$$

公式（5.1）中，$y$ 为决策变量，$g(y)$ 为需要求解的最小化目标函数，$h(y)$ 为求解过程中的约束，$M$ 为有限个点的组合集合。

用 $M$ 表示决策变量的定义域，$G$ 表示问题的可行解域，$g$ 为目标函数，满足条件的可行解为 $y^*$，则问题的数学模型描述如公式（5.2）、公式（5.3）所示。

$$g(y^*) = \min\{g(y) \mid y \in G\} \tag{5.2}$$

$$G = \{y \mid y \in M(y) \geqslant 0\} \tag{5.3}$$

## 5.1.3　车辆调度问题的数学模型

设配送中心和各需求点的位置是确定的，从某个物流配送中心（其编号设为 0）使用 $m$ 辆货车向 $n$ 个货物需要点配送货物（编号依次为 $1, 2, \cdots, n$）。

设 $g_i(i = 1, 2, \cdots, n)$ 为第 $i$ 个客户的货物需求量，其中这些货车具有相同的载重量 $q_{max}$，$d_{ij}(i = 0, 1, 2, \cdots, n; j = 0, 1, 2, \cdots, n)$ 为点 $i$ 和点 $j$ 之间的运输距离，每辆车最大的配送行驶距离也是确定的。要求配送车辆均从物流配送中心出发，完成货物运送任务后返回配送中心。

该问题的目标是：在满足车辆载重量约束和各需求点需求量约束的情况下，尽量使用较少的车辆，且使车辆总的运输距离最短。同时满足以下的限制条件：

（1）每个需求点的需求量均小于或等于配送货车的载重量；

（2）每次配送车辆行驶的距离不超过车辆一次配送中最大的行驶距离；

（3）客户的需求必须得到满足，且每个需求点只能由一辆货车一次运送完成。

定义变量如下：

若客户 $i$ 的需求由车辆 $k$ 完成，则 $y_{ki} = 1$，否则 $y_{ki} = 0$；若车辆 $k$ 从货物需求点 $i$ 行使到需求点 $j$，则 $x_{ijk} = 1$，否则 $x_{ijk} = 0$，则 VRP[1]~[5] 的数学模型应用公式（5.4）至公式（5.10）描述。

$$\min z = \sum_{i=0}^{n} \sum_{j=0}^{n} \sum_{k=0}^{m} d_{ij} x_{ijk} \tag{5.4}$$

$$\sum_{i=1}^{n} g_i y_{ki} \leqslant q_{max}, k = 1, 2, \cdots, m \tag{5.5}$$

$$\sum_{k=1}^{m} y_{ki} = 1 \quad i = 1,2,\cdots,n \tag{5.6}$$

$$\sum_{i=1}^{n} x_{ijk} = y_{ki} \quad j = 1,2,3,\cdots,n; k = 1,2,3,\cdots,m \tag{5.7}$$

$$\sum_{j=0}^{n} x_{ijk} = y_{ki} \quad i = 1,2,3,\cdots,n; k = 1,2,3,\cdots,m \tag{5.8}$$

$$x_{ijk} = 0, or, x_{ijk} = 1, ij = 1,2,3,\cdots,n; k = 1,2,3,\cdots,m \tag{5.9}$$

$$y_{ki} = 0, or, y_{ki} = 1, i = 1,2,3,\cdots,n; k = 1,2,3,\cdots,m \tag{5.10}$$

## 5.1.4 求解 VRP 的混合人工鱼群遗传算法

考虑到人工鱼群算法收敛的快速性，将该问题的求解分为两个阶段，第一个阶段应用人工鱼群算法快速求解出问题的最优解范围，即阶段最优解；第二阶段,应用遗传算法对阶段最优解继续优化，较精确地搜寻全局最优解。

鉴于送货问题和集货问题本质上的一致性，为了表示上的方便，本节对后面一种问题进行描述。

**算法 5.1 混合人工鱼群遗传算法（HAFSAGA）**

步骤 1. 应用人工鱼群算法求解 VRP 问题，取适应度较好的 10%个体组成一个阶段最优解种群 $P_{\text{lbest}}$。

步骤 2. 将经过步骤 1 获得的阶段最优解种群 $P_{\text{lbest}}$ 作为遗传算法的初始种群。

步骤 3. 应用插入变异方法将该父代个体分裂，形成两个子个体。

步骤 4. 分别对上述父个体和两个子个体进行子路径内部变异处理。父个体变为一个子个体，两个子个体经过处理后得到两个孙个体。

步骤 5. 比较子个体、孙个体及父代个体的适应函数值，并记录最优个体值，淘汰部分劣质个体，保持种群数目固定。

步骤 6. 迭代次数如果不满足算法终止条件，则跳转到步骤 2。

步骤 7. 将所求最优解输出，算法结束。

说明：在该遗传算法中，变异的处理使用 $m$ 阶变异算子对遗传算法进行改进，以提高该遗传算法的求解效率，处理方式如下：

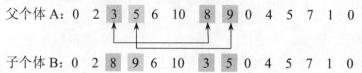

父个体 A：0  2  3  5  6  10  8  9  0  4  5  7  1  0

子个体 B：0  2  8  9  6  10  3  5  0  4  5  7  1  0

## 5.1.5　仿真实验结果

以 19 个客户的配送为题验证结果，该配送中心有 19 个客户随机分布于周围 10km 的范围之内，配送中心位于坐标（0，0）处，各个客户的需求随机产生，车辆最大载重量为 9t。基础数据如表 5-1 所示。

**表 5-1　VRP 实验用基础数据**

| 客户号 | 0 | 1 | 2 | 3 | 4 | 5 | 6 | 7 | 8 | 9 | 10 | 11 | 12 | 13 | 14 | 15 | 16 | 17 | 18 | 19 |
|---|---|---|---|---|---|---|---|---|---|---|---|---|---|---|---|---|---|---|---|---|
| 横坐标/km | 0 | 0 | 0 | −2 | −3 | 3 | −4 | −4 | 1 | 1 | 1 | 3 | −3 | 2 | 1 | 2 | 2 | 1 | −3 | −1 |
| 纵坐标/km | 0 | −1 | 3 | −2 | −1 | 0 | −1 | 2 | 1 | 3 | 4 | 0 | 0 | −3 | −1 | 1 | 4 | −4 | 2 | 0 |
| 配送量/t | 0 | 1.5 | 1.8 | 2.0 | 0.8 | 1.5 | 1.0 | 2.5 | 3.0 | 1.7 | 0.6 | 0.2 | 2.4 | 1.9 | 2.0 | 0.7 | 0.5 | 2.2 | 3.1 | 0.1 |

运用本节所提出的混合人工鱼群遗传算法运行 30 次，其 18 次得到该问题的最优解，最优解为 "0-13-5-15-9-0-8-14-17-1-0-12-6-7-4-3-19--0-18-0"，所需车辆为 4 辆，最大运送旅程是 42.11km，优于本章参考文献[4]中的最优解（41.98km），与本章参考文献[5]中的 42.14 结果基本相当。

为了更好地对比算法运行效率，对算法的时间方面进行对比。本算法连续 30 次的平均执行时间是 0.299s，接近于本章参考文献[5]中的执行时间 0.292s，同时求得最优解的概率为 60.00%，证明该算法是有效的。应用该算法求解 8 个客户和 11 个客户的情况，均能 100%求得最优解。

# 5.2　求解 SVM 反问题的差异演化算法

基于统计学习的基本思想，Vapnik 等人于 1999 年提出了支持向量机[1]~[2]（Support Vector Machine，SVM）技术，该技术构建在最小风险原理和 VC 维度的基础，通过有效的学习机制将样本数据分为两类，即找到一个分割两类样本数据的最优超平面，并使得两类数据之间的间隔最大。源自于不确定性决策树中最佳泛化学习算法的设计，SVM 反问题[5]~[7]近些年被提出，作为决策树的一种新型启发式，以生成具有更强泛化能力的决策树。传统的基于枚举方式的求解方式，需要对数据的全部分类一一枚举，故算法时间复杂性非常高。本节将研究应用二进制编码的差异演化算法求解该问题的思路。

## 5.2.1　问题的提出

对于一类没有类标签的数据集来讲，一般情况下可以随机将数据集合分为两类，然后应用 SVM 问题寻找划分两子类的最佳超平面及其间隔（margin）。显而易见，对于数据集的两类划分是一个 margin 寻优的过程，即如何将数据进行划分才能保证所得两子类数据集的 margin 最大。设置如下规定：

（1）如果数据集线性不可分，则定 margin 为 0；

（2）如果数据集线性可分，则计算 margin 为所得分类子数据集之间的间距。

**定义 5.1**　SVM 反问题[6]。

设存在数据集合 $S=(x_1,x_2,x_3,\cdots,x_n)$，并且 $x_i \in R^n (i=1,2,3,\cdots,N)$，$\Omega=\{f \mid f$ 是从 $S$ 到[−1, 1]的映射函为数}。给定函数 $f \in \Omega$，数据集被分为两个子类，然后计算间隔 margin。用 margin($f$)（泛函）表示某个分类方法的类间隔，则 SVM 反问题即为：$\text{MAX}_{f \in \Omega}(\text{margin}(f))$。

由定义 5.1 可知，该问题明显是一个 NP 问题，对于该优化问题，如果使用传统的枚举方法求解，其时间复杂度必将是指数级。考虑差异演化算法在求解 NP 问题方面的优势，故本节将讨论应用差异演化算法求解该问题的思路，同时为了克服算法易陷入局部最优的弱点提高算法的全局收敛能力，针对该算法进行相关的改进。

## 5.2.2　差异演化算法的设计

### 1. 编码机制

假设数据集为 $N$ 维度，寻找将数据集进行两类分割的函数 $f \in \Omega$，则函数 $f$ 必然可以看作是 $N$ 维空间的一个向量。数据集中的数据或者被分为正样例或者被分为反样例，故采用二进制编码机制表示种群的个体，该个体的长度为数据集中的样例个数 $M$。例如，个体 1011001000001001 表示一个 16 维的向量空间函数 $f$，该函数将给定的数据集分为两类，数据样例 0、3、9、12、13、15 被划分为一类，其余数据被划分为另一类。

### 2. 适应度函数的设计

定义可分训练集的 SVM 间隔为一般染色体的适应度，如果染色体代表一个不可分训练集，则定义为适应度为 0。SVM 间隔选择使用海明距离衡量。

### 3. 算法终止条件的设计

设定最大迭代代数 $T_{\max}$，当迭代次数为 $T_{\max}$ 时，算法停止。

## 5.2.3　差异演化算法的改进

由于概率性搜索算法通常采用优胜劣汰的方式促使种群向解改善方向进化，以达到获取全局最优解的目的，故所求解问题的解空间分布成为影响算法提前早熟的主要原因之一。在实际应用中，通常采用的种群规模有限，而且个体的初始状态一般均是随机生成，所以种群中的个体所覆盖到的解空间会存在不确定性。在初始种群没有覆盖到全局最优解的情况下，有限迭代次数内，算法如果难以通过交叉、变异、选择等操作覆盖到最优解区域，则必然会出现早熟。所以，保证种群多样性和在问题解空间的合理分布是提高 DE 全局收敛应该考虑的。

DE 算法通过变异、交叉操作保证群体的种群多样性，通过选择操作使种群向问题最优解方向趋同搜索。但是，由于算子操作的随机性，故仅仅依靠算子是难以保证搜索到全局最优解区域的。另外，种群多样性虽然一定程度上能起到改善算法全局收敛能力的效果，但如果不对种群进行分析，只是简单的增加种群多样性，未必能够达到最佳求解效果，还会增加算法的开销。

为了保护那些处于最优解区域但是适应度低的个体，避免这些个体被过早随意淘汰，参考第 3 章第 2 节的种群分类机制，对标准差异演化算法进行改进，将标准差异演化算法中的种群按以下标准分为五类。第一类是适应值较好，距离当前最佳解较近；第二类是适应度较好，但是距离当前最佳解较远；第三类是适应度较差，但距离最佳解较近；第四类是适应度较差，但是其状态变化较大。第五类是适应度较差，距离当前最佳解较远。

上述五类种群中，DE 算法的机制决定了第一类种群不会被淘汰掉。而重点需要关注的应该是第二、三、四类。第二类个体代表的可能是一个远离当前最佳解的没有被认识到的新解；第三类个体代表最佳解附近峰值存在的可能，且解空间可能比较陡峭；第四类个体的适应度变化迅速，在这个区域解有可能会存在且分布陡峭。这是一个非常容易导致算法早熟的区域。给予这类个体一定的生存机会，能够提高算法的局部搜索能力，有助于算法全局收敛。

DE 每一次迭代后，针对种群进行如下处理。

（1）设定阈值 $J = \left| \dfrac{f_{\text{old}} - f_{\text{new}}}{f_{\text{old}}} \right|$，对于 $f_{\text{new}} - f_{\text{old}}$ 并且达到一定阈值的个体实施保护，不轻易抛弃。

（2）淘汰掉不符合条件（1）且同时与当前最好个体 $\boldsymbol{X}_{\text{best}}$ 的海明距离低于种群适应度平均值的个体。

（3）保留与当前最好个体 $\boldsymbol{X}_{\text{best}}$ 的海明距离高于种群适应度平均值 $f_{\text{avg}}$ 且适应值高于种群平均适应值的个体。

鉴于本章参考文献[7]中所设计算法的高效性和有效性，采用其思路，引入函数 $\text{sig}(x) = \dfrac{1}{1 + \exp(-x)}$，将变异操作修改为公式（5.11）。

$$d_{ij}(t+1) = \begin{cases} 0; & r \geq \text{sig}(\text{dist}(X_a, X_b) \times F + X_{cj}) \\ 1; & \text{other} \end{cases} \tag{5.11}$$

$r \in [0,1]$ 是一个均匀分布的随机数，dist（）为海明距离函数。

**算法 5.2　改进的二进制种群分类差异演化算法（IBCDEA）**

步骤 1. 设置各个参数并在解空间内随机生成一定规模的种群。

步骤 2. 将适应值优于平均适应度 $f_{\text{avg}}$，且与当前最佳 $X_{\text{best}}(t)$ 个体的海明距离优于 $f_{\text{avg}}$ 的个体设为最优保持，直接进入子代。

步骤 3. 执行变异与交叉操作，生成新的子代个体；

步骤 4. 将种群中的个体按照其与最佳个体 $X_{\text{best}}(t)$ 的海明距离由大到小排序，以海明距离序号标记。

步骤 5. 种群分类。海明距离序号与适应值序号之和的最大的部分 $n$（$n$ 根据情况指定）个个体归入第二类；海明距离序号和适应值序号之和最小的一部分 $m$（$m$ 根据情况指定）个个体归入第三类；参与了变异操作的父代个体，并且阈值 $J$ 最高的 $k$（$k$ 根据情况指定）个个体归入第四类，淘汰不合格的部分个体。

步骤 6. 检查算法停止条件是否得到满足，如果得到满足，则输出结果，停止算法，否则跳转到步骤 2。

## 5.2.4　仿真实验结果

采用 C 语言对该算法进行实现，并在 CODE::BLOCK10.0 环境下进行编译。计算机配置为赛扬双核 3.0GHz，内存配置 4GB。IBCDEA 参数配置如下：种群数目 50，扰动参数 0.5，交叉概率设为 0.3，最优保持个体 10，第二类个体 $n$ 为 4，第三类个体 $m$ 为 5，第四类个体 $k$ 为 3。将该算法与 K-means 聚类算法及标准 DE 算法进行对比，标准差异演化算法参数设置与 IBCDEA 相同，K-means 算法初始聚类数目为 5。

构建一个二维小数据集合，集合数目是 20 个，如表 5-2 所示。运行 IBCDEA 算法、DE 算法和 K-means 算法各 20 次，三种算法求解的平均运行时间、平均间隔对比如表 5-3 所示。

为了进一步验证算法在较大和较复杂数据集上的效果及算法的稳定性，从 IRIS 数据库中随机取归属于第二类和第三类的数据集，样例数分别选取 30、50、70、100、200 五种，应用上述三种算法进行求解，将三种算法各运行 20 次，三种算法成功获得最大间隔的求解次数和获取最大间隔的平均运行时间对比如表 5-4 和表 5-5 所示。

表 5-2　一个小数据集合事例

| 事例 | A 特征 | B 特征 | 事例 | A 特征 | B 特征 |
|------|--------|--------|------|--------|--------|
| 1 | 0.438 | 0.074 | 11 | 0.120 | 0.562 |
| 2 | 0.416 | 0.072 | 12 | 0.150 | 0.530 |
| 3 | 0.388 | 0.098 | 13 | 0.128 | 0.572 |
| 4 | 0.424 | 0.130 | 14 | 0.091 | 0.592 |
| 5 | 0.468 | 0.082 | 15 | 0.164 | 0.580 |
| 6 | 0.762 | 0.282 | 16 | 0.466 | 0.796 |
| 7 | 0.764 | 0.332 | 17 | 0.442 | 0.802 |
| 8 | 0.75 | 0.324 | 18 | 0.428 | 0.774 |
| 9 | 0.728 | 0.272 | 19 | 0.512 | 0.742 |
| 10 | 0.712 | 0.312 | 20 | 0.482 | 0.820 |

表 5-3　三种算法的运算结果对比

| 算法 | 平均运行时间（min） | 平均间隔 |
|------|--------------------|----------|
| DE | 1.396 | 0.4314 |
| K-means | 8.681 | 0.3127 |
| IBCDEA | 1.893 | 0.4589 |

表 5-4　三种算法在 IRIS 数据库相同数据集上获得最大间隔次数对比

| 算法 | 30 样例 | 50 样例 | 70 样例 | 100 样例 | 200 样例 |
|------|---------|---------|---------|----------|----------|
| DE | 17 | 16 | 14 | 12 | 8 |
| K-means | 17 | 17 | 16 | 15 | 10 |
| IBCDEA | 20 | 20 | 18 | 17 | 16 |

表 5-5　三种算法在 IRIS 数据库相同数据集上获得最大间隔的平均时间对比

| 算法 | 30 样例 | 50 样例 | 70 样例 | 100 样例 | 200 样例 |
|------|---------|---------|---------|----------|----------|
| DE | 3.135 | 11.906 | 32.214 | 82.178 | 200.435 |
| K-means | 13.192 | 28.471 | 59.056 | 100.183 | 289.124 |
| IBCDEA | 3.934 | 12.895 | 34.690 | 85.092 | 205.763 |

分析表 5-3 的实验结果，可以看出应用 IBCDEA 算法求得的平均间隔比 DE 和 K-means 大，其分隔能力在三个算法是最好的，只是由于其增加了排序、分组等运算，所以其运行时间稍高于 DE 算法，但是要低于 K-means 算法。从表 5-4 的实验结果可以看出，IBCDEA 算法的求解成功率是非常高的，尤其是随着数据样例的不断增大，其成功率降低的较少，表现明显好于 DE 和 K-means 算法。从表 5-5 的结果可

以看出，IBCDEA 算法比 K-means 算法时间短很多，优势明显；虽然较 DE 算法所耗时间稍长，但是劣势并不明显。综合以上实验结果说明，IBCDEA 算法在求解较小规模样例的 SVM 反问题时，具备较好的全局收敛能力、鲁棒性强。

## 5.3    求解聚类问题的人工鱼群算法

聚类[8]识别是指在没有先验知识的前提下，将具有相似度的数据聚集在一起。该技术广泛应用于模式识别、数据挖掘、智能信息数据处理中，在众多的聚类算法中，K-means 是一个受到广泛关注和应用的算法。该算法原理简单，计算速度快，但是对于初始 $k$ 值的设置比较敏感，$k$ 值在初始设置时，很难界定初始范围。而且，该算法由于采用爬山法进行，导致计算结果容易陷入局部最优。在处理非凸形状的簇，以及数据差别较大的簇时，容易受到孤立点的影响，导致出现误差。

### 5.3.1    聚类模型

聚类（Clustering）起源于数据分类学，所以，聚类和分类有一定的联系和相似性，但是和分类还有一定的区别。聚类是一种观察式学习过程，期间没有监督和指导，事先也不进行定义初始类。而分类问题则与之相反，需要事先预定初始类，同时分类过程是一个有指导的示例学习过程。聚类是在训练例子中找到这个分类的属性值，而分类则是训练例子的分类属性值[8]。

通过上述分析可以得知，聚类其实质就是事先不了解一批样品中的每一个样品的类别或其他的先验知识，唯一的分类依据就是样品的特征，利用某种相似度度量的方法，把特征相同的或者相近的数据归为一类。聚类分析过程如图 5-1 所示。

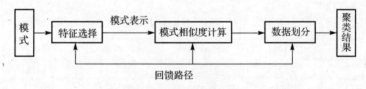

图 5-1    聚类分析过程

通过聚类技术，人们能够发现数据全局的分布模式及数据属性之间有趣的相互关系。聚类分析技术特别适合应用于数据集的先验知识较少，假设情况尽可能少的限制条件下，分析数据点之间的内部关系的探索，以评估它们之间的结构。而这种情况在实际中的应用非常多见，如：图像处理、地质勘查、入侵检测、Web 数据挖掘、天文学、心理学等。

模式是聚类算法的基础，好的模式表示方法能够产生出容易理解、结构简单的簇，有利于数据的分类，坏的模式则会使数据簇之间的结构更加复杂、难以理解，使得数据聚类难以进行。

由于学术界对于聚类并没有一个公认的定义。一般情况下，可以简单地认为，聚类就是将已知的数据集在没有先验知识的前提下，通过数据划分方法划将其分成多个组（group）或簇（cluster），并使数据簇或组达到如下条件：同一簇内部对象数据间达到最大相似度，不同组对象间的相似度最小。

**定义 5.2**：设存在一样本集 $D = \{x_1, x_2, \cdots, x_i \cdots, x_n\}$，$x_i$ 为其中某向量，维度为 $d$，该样本集的一个划分为 $C = \{c_1, c_2, \cdots, c_i, \cdots, c_m\}$，聚类识别即寻找数据集 $D$ 的一个类划分 $C^*$，满足如下条件，并且使类内离散度的和最小，如公式（5.12）所示。

$$\begin{cases} D = C_1 \bigcup C_2 \bigcup, \cdots, C_m \\ C_i \neq \varphi; (i = 1, 2, \cdots, m) \\ C_i \bigcap C_j = \varphi; (i, j = 1, 2, \cdots, m) \end{cases} \tag{5.12}$$

用于评价类内部数据紧密程度，以及描述类内部特征的类内离散度定义如下。

**定义 5.3**：设存在一数据集的类划分 $C^*$，则类内离散度用公式（5.13）表示。

$$J_c = \sum_{i=1}^{m} \sum_{x_i \in C_k} d(X, \overline{X^{C_k}}) \tag{5.13}$$

其中，$d(X, \overline{X^{C_k}})$ 为向量 $X$ 与其聚类中心的距离。

### 5.3.2　算法的设计

#### 1．种群个体的编码方式

由于使用二进制编码会出现反复编码、译码等操作，并考虑到二进制编码长度受限的问题，算法采用实数编码，鱼群中的个体是待求解向量，假设有 $C$ 维，如果该数据集有 $m$ 个聚类，则其编码长度应该是 $C \times m$，这样的编码方式简单、易懂、比较直观。采用编码方式以公式（5.14）描述。

$$p_i(t) = [\overline{X_{(c_1)}(t)}, \overline{X_{(c_2)}(t)}, \overline{X_{(c_3)}(t)}, \cdots, \overline{X_{(c_m)}(t)}] \tag{5.14}$$

其中，$\overline{X_{(c_m)}}$ 表示第 $C$ 维 $m$ 类的聚类中心。

#### 2．适应度函数的设计

如何评价一个聚类的划分是否已经收敛到最佳，是算法设计中的重要考虑点之一。依据聚类的定义可知，一个成功的聚类划分，必然使聚类内部的平均离散度是最小的，故本书采用最小值方式设计适应度函数，适应度函数设计为公式（5.15）。

$$f_c = \sum_{i=1}^{m} \sum_{x_i \in C_k} |X, \overline{X^{C_k}}|^2 \qquad (5.15)$$

聚类中心确定之后，数据的划分依据最近邻法进行计算处理，如果 $d(x_i, \overline{X_{(c_i)}}) = \min_{l=1,2,\cdots,m} d(x_i, \overline{X_{(c_i)}})$ 成立，则 $x_i$ 划归 $C_i$ 类。在将相关数据划归入 $C_i$ 类之后，重新计算该类的类中心 $\boldsymbol{X}_{c_i}$，通过如此反复计算调整。

### 3. 种群初始化

算法采用随机初始化种群的方式产生所需参与运算的鱼群。将原始数据随机指定组合形成 $m$ 个类，计算分类之后的各个类的聚类中心，生成一个个体向量，例如，第一代鱼个体的编码可以用公式（5.16）描述。

$$\boldsymbol{P}_i(0) = [\overline{\boldsymbol{X}_{(c_1)}(0)}, \overline{\boldsymbol{X}_{(c_2)}(0)}, \overline{\boldsymbol{X}_{(c_3)}(0)}, \cdots, \overline{\boldsymbol{X}_{(c_m)}(0)}] \qquad (5.16)$$

如此迭代，直至生成所需要的全部种群。

### 4. 算法的终止条件

在发现参与运算的个体适应度函数值连续多次变化范围低于 0.01%，或者小于预先设定的最大迭代次数时，算法终止。

### 5. 在人工鱼群算法中引入小生境机制

人工鱼群算法早期收敛速度较快，能够迅速找到问题的粗略解。所以，直接引入小生境机制是不合适的。通过分析可以看出，如果鱼群出现聚集现象，则大多数鱼个体的适应度函数值趋于一致，采用公式（5.17）描述鱼群的聚集程度。

$$\alpha^2 = -\sum_{j=1}^{m} \left( \frac{f_j - f_{\text{avg}}}{f} \right)^2 \qquad (5.17)$$

$f_j$ 是鱼个体的适应度函数值，$f_{\text{avg}}$ 是鱼个体的适应度平均值。显然，$\alpha^2$ 的值越小，说明鱼的聚集程度越高，当其为 0 时，则算法要么是已经全局收敛完毕，要么早收敛于局部最优。

设阈值 $\lambda$ 为较小的一个值，当 $\alpha^2 \leq \lambda$ 时，引入小生境机制，随机生成现有鱼个体数目 20%的新鱼个体，利用小生境技术的排挤机制，将不符合条件的鱼个体排挤掉，以保持种群的多样性。

## 5.3.3　算法实现

通过以上的分析，可以得出小生境人工鱼群聚类算法（NAFSCA）流程如图 5-2 所示。

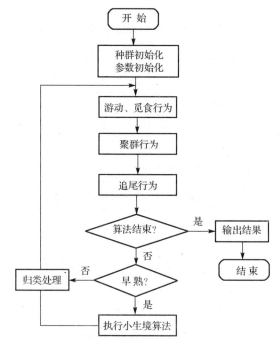

图 5-2　NAFSCA 聚类算法流程图

## 5.3.4　仿真实验结果

首先从入侵检测用标准测试数据集 KDDCUP99 中随机选择 10%的数据量,由于该数据集维度较高,实验时仅保留了其中 7 个数据特征。将该算法与 K-means 算法、AFSA 聚类算法进行实验对比,三个算法在该数据集上均运行 50 次,取最小聚类精度、最大聚类精度及平均聚类精度三个指标,实验结果如表 5-6、表 5-7、表 5-8 所示。同时还对比了三个算法在相同数据集下,执行时间上的差异,实验结果如图 5-3、图 5-4 所示。

从表 5-6、表 5-7、表 5-8 的数据可以看出来,算法 NAFSCA 在三个数据集上的性能都要比 K-means、AFSA 聚类算法优越。并且通过纵向对比可以看出随着数据的不断增大,三个算法的三个计算指标均有所下降。但是,NAFSCA 的下降幅度要较 K-means 和 AFSA 聚类算法小。

表 5-6　NAFSCA、AFSA 聚类算法和 K-means 算法在 20%数据集的聚类结果

| 算法 | 平均聚类精度 | 最大聚类精度 | 最小聚类精度 |
|---|---|---|---|
| NAFSCA 聚类算法 | 98.73% | 99.99% | 97.86% |
| AFSA 聚类算法 | 96.01% | 99.99% | 91.32% |
| K-means 算法 | 95.21% | 99.99% | 92.10% |

表 5-7　NAFSCA、AFSA 聚类算法和 K-means 算法在 50% 数据集的聚类结果

| 算法 | 平均聚类精度 | 最大聚类精度 | 最小聚类精度 |
|---|---|---|---|
| NAFSCA 聚类算法 | 97.33% | 99.06% | 96.18% |
| AFSA 聚类算法 | 94.07% | 95.15% | 90.12% |
| K-means 算法 | 94.93% | 96.15% | 91.10% |

表 5-8　NAFSCA、AFSA 聚类算法和 K-means 算法在 100% 数据集的聚类结果

| 算法 | 平均聚类精度 | 最大聚类精度 | 最小聚类精度 |
|---|---|---|---|
| NAFSA 聚类算法 | 95.29% | 97.16% | 92.82% |
| AFSA 聚类算法 | 91.65% | 93.74% | 86.18% |
| K-means 算法 | 92.57% | 95.35% | 89.67% |

从图 5-3、图 5-4 可以看出，由于 NAFSCA 算法中增加了小生境机制，其计算时间较 AFSA 聚类算法要长一些，但是考虑到其求解精度优于 AFSA 聚类算法，所以这种时间上的开销还是可以接受的。而对比 K-means 算法可以看出，在数据量较小或聚簇数目较小时，NAFSCA 算法的运算时间比 K-means 算法稍高，但是随着数据量的增大和聚簇数目的增加，由于群体智能算法特有的启发式搜索机制，其运算时间的增长速率明显小于 K-means 算法。

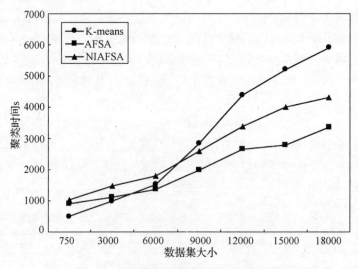

图 5-3　相同数据集下算法执行时间比较

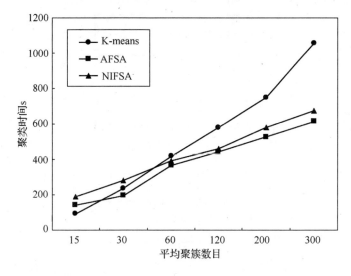

图 5-4　相同平均聚簇数目下算法执行时间比较

# 5.4　求解测试用例自动化问题的人工鱼群算法

　　软件测试是软件质量保证的重要环节之一，软件测试分为黑盒测试和白盒测试两种。在针对软件结构进行结构测试的过程中，测试用例生成技术一般采用基于"路径覆盖"的方式，即根据指定的程序逻辑路径，在被测程序单元的参数空间域搜寻能够执行该路径的实际数据。对于较大规模的软件来讲，如果采用手工设计测试用例，一方面时间花费较大，另一方面所设计测试用例的准确性会有所欠缺。所以，目前多采用自动化生成测试用例技术。本节将研究一个面向路径覆盖的测试用例自动化生成的人工鱼群算法。

## 5.4.1　路径测试模型

　　语句覆盖是软件测试的基础，显然，含有错误语句的程序若在测试中没有被发现，将会使软件置于一个十分危险的境地。一个程序可以看成是一个 P，是否存在一组输入数据，使得 P 中任意指定的一条语句可以被执行。这个问题在理论上无法验证，因此我们需要设计输入数据，动态执行程序，统计语句覆盖率。

　　面向路径测试数据的生成可以描述为：给定一个程序 P 和 P 中的一条路径 $u$，设 P 的输入空间为 $D$，求 $x \in D$，使得 P 以 $x$ 运行时所经过的路径为 $u$。测试数据生成系统的基本框架如图 5-5 所示。

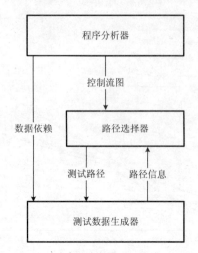

图 5-5　测试数据生成系统框架示意图

设存在程序 P，其输入变量为 $I = (x_1, x_2, \cdots, x_n)$，$D_{xi}$ 为 $x_i$ 的定义域，则程序 P 的输入域空间表示为 $D = D_{x_1} \times D_{x_2} \times \cdots \times D_{x_n} = \{(x_1, x_2 \cdots, x_n) \,|\, \forall x_i \in D_{x_i}\}$。P 的某一路径为 path $= <n_{k_1}, n_{k_2}, \cdots, n_{k_p}>$，则测试用例生成问题的求解目标即寻找一组输入 $I \in D$，使得生成用例沿路径 path 执行。表示为 test_case $= (\text{path}, I_0, E, S)$，path 为待生成路径，$I_0$ 为初始测试用例，$E$ 为评价策略，$S$ 是空间搜索机制。

路径测试中，决定程序执行转向的是程序中的判定节点，将判定节点的分支谓词定义为 $e_1(x)\text{ope}_2(x)$，其中 $e_1(x)$ 和 $e_2(x)$ 为谓词表达式，op 是关系操作符。将该表达式等价转换为 $f(x)\text{rel}0$ 的形式，则分支函数与分支谓词的对应关系如表 5-9。

表 5-9　分支函数与分支谓词对应关系

| 分支谓词 | 分支函数表达式 | rel 符号 |
|---|---|---|
| $e_1(x) > e_2(x)$ | $f(x) = e_2(x) - e_1(x)$ | （<） |
| $e_1(x) \geqslant e_2(x)$ | $f(x) = e_2(x) - e_1(x)$ | （≤） |
| $e_1(x) < e_2(x)$ | $f(x) = e_1(x) - e_2(x)$ | （<） |
| $e_1(x) \leqslant e_2(x)$ | $f(x) = e_1(x) - e_2(x)$ | （≤） |
| $e_1(x) = e_2(x)$ | $f(x) = \text{abs}(e_1(x) - e_2(x))$ | （=） |
| $e_1(x) \neq e_2(x)$ | $f(x) = -\text{abs}(e_1(x) - e_2(x))$ | （≤） |

在测试数据驱动下，分支函数可以描述被测单元的实际执行路径对于选定路径的覆盖程度。该函数的构造是为了解决程序直接执行过程中的分支冲突，评价当前的测试效果[9]。

（1）$f(x) > 0$，表示分支谓词为 false，表明在分支节点处实际执行路径与指定路径存在冲突，$f(x)$ 值越大，测试数据与目标数据相差越大。

（2）$f(x) < 0$，表示分支谓词为 true，表明当前测试数据能够覆盖指定路径上的该分支节点，即为目标测试数据。

## 5.4.2　混沌搜索

首先，需要执行 Logistic 映射，将混沌空间映射到待优化问题的解空间上，映射函数为公式（5.18）。

$$x_{k+1} = u \cdot x_k (1 - x_k), 0 \leqslant x_0 \leqslant 1 \tag{5.18}$$

然后，针对该空间利用混沌动态特性实现求解。当 $u = 4$ 并且 $x_0 \notin \{0, 0.25, 0.5, 0.75, 1\}$ 时，Logistic 映射序列呈现混沌动态特征。混沌搜索算法的进化操作为公式（5.19）。

$$mx_i^{k+1} = 4mx_i^k (1 - mx_i^k), i = 1, 2, \cdots, n \tag{5.19}$$

公式中，$mx_j$ 为第 $j$ 个混沌变量，$k$ 为迭代次数，当 $mx_i^0 \in (0, 1)$ 并且 $mx_i^0 \notin (0.25, 0.5, 0.75)$ 则 $mx_i^k$ 将会在（0，1）之间分布。

**算法 5.3　混沌搜索算法（CLSA）**

步骤 1. 迭代变量 $k=0$，设决策变量为 $x_i^k (i = 1, 2, \cdots, n)$，执行公式（5.20）的映射变化。

$$mx_i^k = \frac{x_i^k - x_{\min,i}}{x_i^k - x_{\max,i}} \tag{5.20}$$

$x_{\min,i}$ 和 $x_{\max,i}$ 分别表示第 $i$ 维变量的下界和上界。

步骤 2. 执行公式（5.19）计算得到下一次迭代的变量。

步骤 3. 执行公式（5.21）将混沌变量转换为决策变量。

$$x_i^{k+1} = x_{\min,i} + mx_i^{k+1}(x_{\max,i} - x_{\min,i}), \quad i = 1, 2, \cdots, n \tag{5.21}$$

步骤 4. 根据决策变量 $x_i^{k+1}$，$i = 1, 2, \cdots, n$ 对新解进行性能评价。

步骤 5. 设初始解为 $\boldsymbol{X}^0 = [x_1^{(0)}, \cdots, x_n^{(0)}]$，若新解优于初始解或者迭代次数已经达到最大值，则将新解输出，否则跳转到步骤 2。

## 5.4.3　算法的设计

鱼群算法收敛速度较快，但是由于随着进化的进行，算法中种群多样性降低，算法容易收敛于局部最优。混沌搜索机制可以很好地避免算法陷入局部最优，但是单纯的混沌搜索技术需要较大的迭代才能获得最优解，且对初始值敏感。

通过对鱼群算法和混沌搜索两个算法的分析可知，如果将 AFSA 的全局搜索结果作为混沌搜索的初始值，势必会降低混沌搜索的迭代次数，改变其对初始值敏感的缺点，提高求解精度。同时，为了增加种群的多样性，在鱼群算法后期，根据当前最佳鱼个体的位置动态收缩搜索区域，在该区域内随机产生多个新个体，替换掉适应度较低的部分个体。

### 1. 构造初始鱼群

设种群空间范围为 $[x_{\max}, x_{\min}]$，种群定义为 $X(0) = \{X_1(0), X_2(0), \cdots, X_n(0)\}$，代表提取的影响分支执行的变量，对每一个变量随机赋实数值，种群中的第 $i$ 个个体标记为 $X_i(0) = \{x_{i1}(0), x_{i2}(0), \cdots, x_{iD}(0)\}$。

### 2. 设置适应度函数

根据前面路径测试模型的分析可知，测试数据的生成问题其实质是寻找一个输入 $\{x_1, x_2, \cdots, x_n\}$，使得该输入在程序执行时能够覆盖路径 path。假设该路径分支数为 $m$，第 $j$ 个分支函数标记为 $g_j(X_i(t))$，则将鱼群算法中的适应度函数记为公式（5.22）。

$$f(X_i(t)) = \sum_{j=1}^{n} \mu(g_j(X_i)) \qquad (5.22)$$

如果 $g_j(X_i) \leqslant 0$ 时，$u(g_j(X_i)) = 0$，否则令 $u(g_j(X_i)) = g_j(X_i)$。

当适应度函数为 0 时，认为鱼群中个体鱼的状态 $X_i(t)$ 能够全覆盖该位置所有分支。

### 3. 选择种群

设最优个体为 $X_{gbest}$，最佳适应度 $gbest = f(X_{gbest}(t))$，算法对于优秀个体的选择操作方法如下：

If $f(X_i(t)) < f(X_{gbest}(t))$

　　　$X_{gbest}(t) = X_i(t)$

### 算法 5.4　混沌人工鱼群算法（CLAFSA）

步骤 1. 在解空间内，随机生成种群规模为 $n$ 的鱼群，设置相关参数。

步骤 2. 执行标准人工鱼群算法进行解空间搜索，设获得最佳个体鱼为 $X_{gbest}(t)$。

步骤 3. 对于搜索完毕的鱼群保留其中 30% 的优秀个体，淘汰其余 70% 的个体。

步骤 4. 对当前最佳个体 $X_{gbest}(t)$ 执行混沌搜索算法（CLAFSA），并将 CLAFSA 的求解结果替换 $X_{gbest}(t)$；

步骤 5. 若算法迭代次数满足或 $X_{gbest}(t)$ 在限定次数内基本不变化，则输出 $X_{gbest}(t)$，结束算法。

步骤 6. 按公式（5.23）和公式（5.24）收缩搜索区域。

$$x_{\min,i} = \max(x_{\min,i}, x_{g,i} - r(x_{\max,i} - x_{\min,i})\}, 0 < r < 1 \tag{5.23}$$

$$x_{\max,i} = \min\{x_{\max,i}, x_{g,i} + r(x_{\max,i} - x_{\min,i})\}, 0 < r < 1 \tag{5.24}$$

$x_{g,i}$ 表示当前最佳 $\boldsymbol{X}_{\text{gbest}}(t)$ 的第 $i$ 维变量的值。

步骤 7. 在收缩后的空间内随机产生 70%的新个体，然后跳转到步骤 2。

该算法流程图如图 5-6 所示。

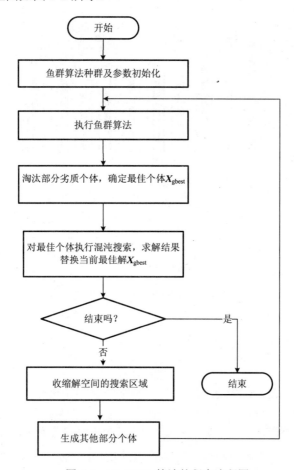

图 5-6　CLAFSA 算法的程序流程图

## 5.4.4　仿真实验结果

为了验证该算法的有效性，本节将利用该算法求解等边三角形、直角三角形两种典型判定程序的路径测试用例数据，并将其求解结果与 PSO、AFSA 算法等进行对比。

### 1. 等边三角形实验

将本文算法 CLAFSA 的种群规模设置为 100、120、140、160、180、200、220、240、260、280 等。针对每一个群体规模，CLAFSA 均执行 30 次，然后计算 30 次运行中寻找到最佳解的平均时间和平均迭代次数。如图 5-7、图 5-8 所示，展示的是在等边三角形上的实验结果对比。

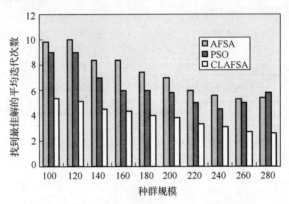

图 5-7　等边三角形实验中平均迭代次数的比较

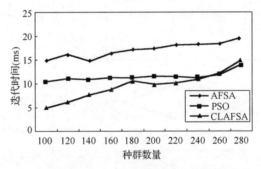

图 5-8　等边三角形实验中平均迭代时间的比较

### 2. 直角三角形实验

与等边三角形的实验设置相同，每一个算法执行 30 次，然后计算 30 次运行中寻找到最佳解的平均时间和平均迭代次数。如图 5-9、图 5-10 所示，显示的是在直角三角形上进行实验的结果对比。

从上述两个实验的结果可以看出，由于 CLAFSA 算法引入了混沌局部搜索，其敛速度明显较 AFSA 和 PSO 算法快，同时有效克服了 AFSA 算法求解精度低的缺点，不失为一种解决路径测试数据自动化生成的有效算法。

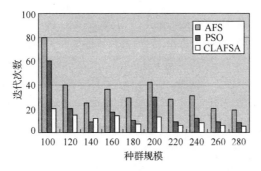

图 5-9　直角三角形实验中平均迭代次数的比较

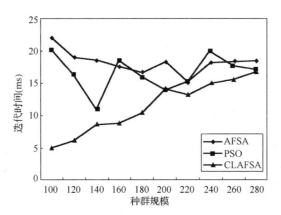

图 5-10　直角三角形实验中平均迭代时间的比较

## 5.5　求解关联规则挖掘的差异演化算法

规则挖掘（Rule Mining）技术结合了许多传统学科与新型工程领域而产生的，是数据挖掘中的热点研究技术之一。一般来讲，关联规则挖掘技术是指从一个大型数据集（DataSet）中发现有趣的关联（Association）或相关关系（Correlation），即从数据集中发现频繁出现的属性值集（Sets of Attribute-Values），即频繁项集（Frequent Items），然后再应用这些频繁项集创建描述关联关系的规则[8]~[9]。通过对数据的规则挖掘，可以从数据库中获得隐含的、不明确的联系规则。获取这些规则可以作为知识，或进入知识库中，用于指导以后的事物活动。譬如：市场运作、决策支持、商业管理、网站设计、入侵检测等。

### 5.5.1　规则挖掘

关联规则是一种规则,应用形式 $X->Y$ 描述,表示只要数据集中包含了 $X$ 成立,

则倾向于会包含 $Y$，或者说，如果数据集中某条记录包含了 $X$，则有一定的概率包含 $Y$。这里，$X$ 称为前项项集（Antecedent Itemset），$Y$ 称为后项项集（Consequent Itemset）。

对事物数据集等相关概念和性质进行如下定义。

**定义 5.4**：存在一个项 $I = \{i_1, i_2, \cdots, i_q\}$，$I$ 上的子集称为事务，每一个事务都有唯一的标识符，记为 TID。待规则挖掘的数据集标记为事务数据集 $D$，由一系列事务 TID 组成，如下所示 $D = \{t_1, t_2, \cdots, t_m, \cdots, t_n\}, t_m = \{i_1, i_2, \cdots, i_k, \cdots, j_q\}$，$(m = 1, 2, \cdots, n)$。

**定义 5.5**：设存在项集 $I$，项集 $I$ 在数据集 $D$ 上的支持度定义为项集 $X$ 在数据集 $D$ 中的百分比，记为 support($I$)，支持度的计算见公式（5.25）。

$$\text{support}(I) = \frac{\delta_I}{|D|} \times 100\% \tag{5.25}$$

该公式的值域表示为 $M_s$，$\delta_I$ 为 $D$ 中包含的 $I$ 的事务的数。

**定义 5.6**[11]：设 $I = \{i_1, i_2, i_3, \cdots, i_q\}$ 是数据集 $D$ 中全部数据项组成的集合，则 $I$ 的任何子集 $X$ 称为 $D$ 的项集（Itemsets）。若 $|X| = m$，则称集合 $X$ 为 $m$-项集。设 $t_m$ 和 $X$ 分别是 $D$ 中的事务和项集，如果 $X \subseteq t_m$，则称事务 $t_m$ 包含项集 $X$。

**定义 5.7**[11]：据定义 5.4 可知，若 support($X$) 不小于用户指定的最小支持度阈值 Minsup，则称 $X$ 为频繁项集，否则称 $X$ 为非频繁项集。在频繁项目集中挑选出来的所有不被其他元素包含的频繁项目集称为最大频繁项目集（Maximum Frequent Itemsets）或最大项目集（Maximun Lager Itemsets）。

**定义 5.8**：如果存在事务 $X$，$Y$ 是项集 $I$ 的子集，则称蕴含式 $X \Rightarrow Y$，$X \subset I, Y \subset I$，并且 $X \cap Y = \varphi$，是建立在项集 $I$ 上的关联规则（Association Rule）。

**定义 5.9**[11]：给定数据库事务 $D$ 和 $D$ 上的关联规则 $X \Rightarrow Y$，关联规则的可信度定义为公式（5.26）。

$$\text{conf}(X \Rightarrow Y) = \frac{|D_{XY}|}{D_X} \tag{5.26}$$

该公式的值域表示为 $M_c$，由定义 5.5 和定义 5.7，容易得到公式（5.27）成立。

$$\text{conf}(X \Rightarrow Y) = \frac{\text{support}(XY)}{\text{support}(X)} \tag{5.27}$$

**定义 5.10**：在事物数据集 $D$ 上存在关联规则 $X \Rightarrow Y$，并且设定 minconf $\in M_c$ 为最小可信度，minsup $\in M_s$ 为最小支持度，当且仅当该关联规则同时满足最小支持度和最小可信度时（conf $\geq$ minconf 并且 support $\geq$ minsup），称 $X \Rightarrow Y$ 为强关联规则（Strong Assocation Rule）。

一般关联规则挖掘模型如图 5-11 所示，通常我们说的关联规则挖掘，就是定义 5.10 所说的强关联规则。

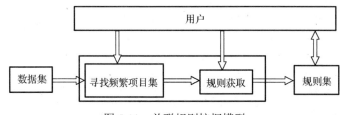

图 5-11　关联规则挖掘模型

## 5.5.2　算法的设计

关联规则的挖掘实质就是从原始事务数据集中，依据用户给定的最小支持度和最小信任度抽取出强关联规则的过程。通过分析可知，抽取关联规则的过程就是一个动态搜索空间寻优的过程，在这个过程中不断地依据用户给定的最小支持度和最小信任度，对获取的结果进行调整，将不符合条件的规则逐渐剔除，将符合条件的规则保留。而指导算法向最终结果逐步靠近的就是最小支持度和最小信任度。

差异演化算法是一种高效的流行的群体智能算法，求解效率较高、鲁棒性佳，具有较好的解空间搜索性能和较强的鲁棒性，所以应用差异演化算法来解决关联规则的提取问题是可行的。

### 1．个体的编码表示

如何将原始解表示为差异演化算法的编码形式，是最关键的一环。算法将种群中的个体设置成一个二进制编码结构（即 1、0），该二进制串代表所有的决策属性和任务属性构造，包含了项目集和关联规则的前项和后项。如下：

$\{A_1, A_2, \cdots, A_n, B_1, B_2, \cdots, B_m\}$，$A_i$ 为决策属性，$B_i$ 代表任务属性，将种群中的个体串设定为 $\{x_1, x_2, \cdots, x_n, b_1, b_2, \cdots, b_m\}$，$x_1, x_2, \cdots, x_n$ 是决策属性，$b_1, b_2, \cdots, b_m$ 是任务属性。每一个属性的二进制编码长度可以根据情况进行调整。

对于不同的属性，采用不同的编码规则如下。

（1）范畴型属性。属性段的宽度等于属性取值个数。属性段中某属性位若取 1，则表示取该属性值，若取 0，则表示舍弃该取属性值。

例如，某条件属性 $D_i$ 编码对应为 110011,表示该属性应该取第一、第二、第五、第六属性值；即 $D_i \in \{D_{i1}, D_{i2}, D_{i5}, D_{i6}\}$。

（2）数值型属性。取属性宽度 $w = [\log_2^n] + 2$，$n$ 为属性的取值个数，将该属性进行分段，依据 $1, 2, \cdots, n$，表示属性值所落入的空间，0 表示该属性未被选择。

在算法中设立两个种群来处理，一个种群代表属性，一个种群代表产生的规则。属性群用于产生频繁项目集，规则群用于从频繁项目集中获取规则。

种群中的个体使用二进制编码,编码长度由项目属性总数 $n$ 决定。属性种群中，个体编码中的 1 和 0 分别代表所对应属性的出现与否；在规则种群中如果与属性种群中对应位置为 1，则表示该位置所对应的属性是规则的决策属性，对应位置为 0 则表示为规则的任务属性。

### 2. 适应度函数

适应度函数用于评估种群中个体的适应程度，指导算法的收敛。一般使用优胜劣汰的方式将适应度高的个体保留进入下一代种群，适应度低的个体将会被淘汰。

在求取频繁项集过程和求取关联规则过程中，最主要的参数和评价标准是可信度和支持度，所以适应度函数的设计与可信度及支持度有关。本章参考文献[14]和[15]引入规则兴趣度的概念，将两个种群的适应度函数分别设置。

（1）属性种群主要是来产生频繁项集，前面的分析可知，产生频繁项集的过程是依据规则的支持度选择相应的数据集合，支持度高的规则被选择，支持度低的规则被放弃，故该种群的适应度函数定义为公式（5.28）。

$$f_1(R) = \text{wsupp}(R) = \sum_{i_j \in X \cup Y} \omega_j (\text{sup}(R) / \text{len}(R)) \qquad (5.28)$$

（2）对用于产生关联规则的规则种群来说，主要是依据所产生规则的可信度进行筛选，一方面还要考虑规则的兴趣度，所以将两个判定标准融合，设定适应度函数为公式（5.29）。

$$f_2(R) = \alpha \text{conf}(R) + \beta \text{inter}(R) \qquad (1 \leqslant \alpha, 1 \leqslant \beta) \qquad (5.29)$$

式中 $\text{conf}(R) = \dfrac{\text{sup}(R)}{\text{sup}(R_c)}$ 为规则置信度，$\text{inter}(R) = \dfrac{\text{conf}(R) - \text{sup}(R_0)}{\max\{\text{conf}(R), \text{sup}(R_0)\}}$ 为规则兴趣度。

适应度函数的详细说明如下：

（1）$R$：表示规则，$\text{len}(R)$：规则的长度；

（2）$\text{inter}(R)$表示规则的兴趣度，是一个大于 0 的数，越大表示越感兴趣；

（3）$R_c$：规则 $R$ 中与 $R$ 中包含的决策属性成功匹配的数据集合；

（4）$R_0$：规则 $R$ 中与 $R$ 中的任务属性成功匹配的数据集合。

### 3. 算法停止条件

如果算法已经将全部的关联规则挖掘出来，则种群内个体的适应度函数应该趋于不变，所以采用的停止条件是：如果连续几代的个体平均适应值不改变或者改变极小（设定一个极小的阈值 $e$），就可以停止搜索了。

### 4. 引入混沌局部搜索

标准差异演化算法容易早熟，获得全局最优解能力较差，在标准差异演化算法中通过引入混沌搜索机制进行改进，充分利用混沌搜索进行局部搜索，较好地克服差异演化算法的弱点，保证算法的全局性。

将改进后的差异演化算法标记为 DECH，流程图如图 5-12 所示。

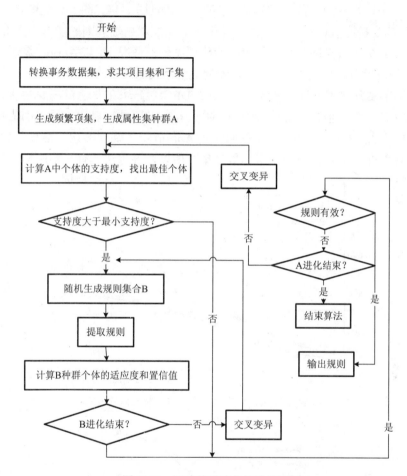

图 5-12　混沌差异演化算法流程图

### 5.5.3　仿真实验结果

选择入侵检测的标准测试数据集 KDDCUP99 进行实验，随机选择该数据集的 10%作为测试数据集，验证所设计算法的有效性，在所选数据集中分别选择 50%作为数据集 1，选择 100%作为数据集 2，分别利用这两组测试数据进行实验，我们设计的混沌差异演化算法标记为 DECH，并将求解结果与 Apriori 算法进行对比。

图 5-13 和图 5-16 分别显示的是 DECH、Apriori 两个算法在数据集 1 和数据集 2

上的执行时间差异对比。从图中的比较可以看出，DECH 算法执行的时间低于
Apriori 算法。图 5-14、图 5-15 比较的是在数据集 1 上基于不同支持度或不同信任
度情况下，DECH 算法和 Apriori 算法发现精确关联规则的能力。图 5-17 比较的是在
数据集 2 上两个算法发现精确关联规则的能力。通过图 5-14、图 5-15、图 5-17 可以
看出，在相同支持度或信任度情况下，Apriori 算法发现精确规则的能力强于 DECH，
但是 DECH 算法在高支持度阈值或较高的信任度阈值情况下，与 Apriori 算法差距并
不大，只是在较低的阈值情况下，其求解的能力不及 Apriori 算法。

通过以上实验数据对比分析可知，虽然 DECH 算法在发现精确规则能力上较
Apriori 算法差一些，但是通过图 5-13 和图 5-16 的实验结果对比来看，DECH 的运
算时间明显比 Apriori 算法短，主要的原因是 Apriori 算法需要多次扫描事务数据集，
但是 DECH 算法只需要扫描一次事务数据集。所以，该算法具有一定的推广价值。

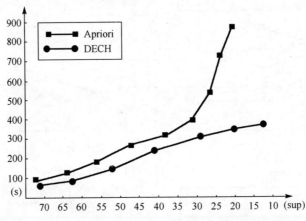

图 5-13　两个算法在数据集 1 上的执行时间差异度对比

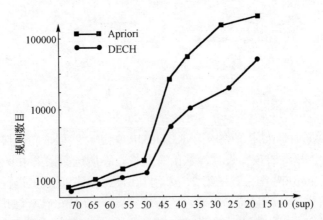

图 5-14　两个算法在数据集 1 上发现的精确关联规则数目的对比（1）

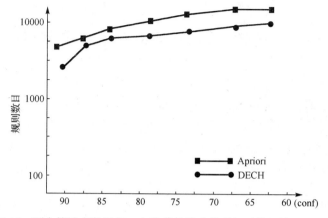

图 5-15 两个算法在数据集 1 上发现的精确关联规则数目的对比（2）

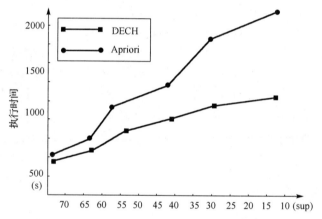

图 5-16 两个算法在数据集 2 上的执行时间比较

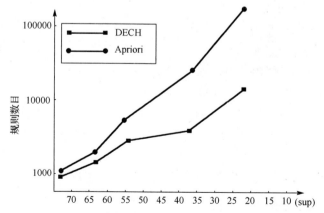

图 5-17 两个算法在数据集 2 上发现的精确关联规则数目的对比

# 5.6　求解特征选择的人工鱼群算法

特征选择是目前针对高维度数据的一种数据预处理技术。通过特征选择将原始数据中对数据分类贡献度较小的特征筛选掉，只保留对数据分类贡献度大的特征。这样将会使数据分类的计算量大大减小，并且能够提高分类精度。该项技术在诸如入侵检测、数据挖掘、模式识别中具有广泛的应用。尤其在当前大数据时代背景下，针对网络中较高维度的数据进行预处理已经成为一个热点研究内容。

## 5.6.1　特征选择

特征选择已经被证明其实质是一个组合优化问题，该问题是一个典型的 NP 问题，无法找到一个确定的数学公式进行求解，因此应用启发式算法是一个很好的尝试并且有重要的研究意义。对于该组合优化问题，其实质就是寻找特征空间中最优的特征子集组合。我们将特征空间中的原始特征数目设为 $n$，可以将每一个特征子集看作是该特征空间中的一个向量，则该特征空间中的特征子集数目应该是 $2^n$ 个。对于如此庞大的特征子集进行搜索，寻找最优的特征子集组合，穷举法的计算代价是无法忍受的。而基于概率搜索的智能算法在空间搜索方面显现出良好的搜索能力，鲁棒性佳，同时由于智能算法具有较强的方向指导性，能够很好地保证搜索向最优方向进行。

## 5.6.2　算法的设计

### 1. 算法中种群个体的表示

算法中种群个体采用二进制数表示，一个二进制串就表示了一个种群个体，就代表了一个特征子集。全部种群个体组成其特征子集的空间，设 $D$ 表示待选择特征的特征数目；种群个体相应位置为 "1" 表示其所对应特征被选取，为 "0" 表示特征子集没有包含相应的特征。应用如下例子解释。

设特征总数目 $D = 8$，$x_i =[10010110]$，则表示包含了 2、3、5、8 三个特征，而没有包含 1、4、6、7 三个特征。

本节的实际求解过程中，对于原始的 KDDCUP99 数据，连续型属性值为 "0"的属性特征对于未来数据分类基本上没有贡献，所以为了方便及降低计算复杂性的考虑，将这些特征略掉，从中抽取部分原始特征进行选择。

### 2. 适应度函数选择

适应度函数用于保证算法的收敛，在智能算法中起着至关重要的作用，在选择生成下一代种群时，主要应用适应度函数进行判断选择，适应度函数更优的个体进入下一代种群中，生成新的种群。参考本章参考文献[16]的邻域粗糙集概念，设定公式（5.30）为适应度函数。

$$\begin{cases} f(X_i) = \begin{cases} k + \gamma_A(D) \times m, & \mathrm{POS}_A(D) \neq \mathrm{POS}_C(D) \\ k + \gamma_A(D) \times m + m', & \mathrm{POS}_A(D) = \mathrm{POS}_C(D) \end{cases} \end{cases} \quad (5.30)$$

上式中 $m$ 为全部属性个数，$k$ 为被舍弃属性个数。$\mathrm{POS}_A(D)$ 为个体 $X_i$ 对应属性子集的决策正区域，$\mathrm{POS}_C(D)$ 为全部属性集 $C$ 对应的决策正区域。$\gamma_A(D)$ 表示决策属性 $D$ 对于当前个体所对应的属性子集 $A$ 的依赖度，详细计算方法请参考本章参考文献[15]和[16]。如果 $\mathrm{POS}_A(D) = \mathrm{POS}_C(D)$ 成立，则当前个体所代表的属性子集是一个候选约简，将适应度函数适当增大 $m'$。

### 3．算法终止条件

设定最大迭代次数作为算法的终止条件。

### 4．算法的改进机制

参考 3.6 节，在标准人工鱼群算法中引入 Lévy Flight 机制，将鱼群的自由游动的状态变化修改为公式（3.19），并在算法中参考 3.4 节引入精英反向学习机制，将算法标记为 LFOBLAFSA。

## 5.6.3　仿真实验结果

选择入侵检测的标准测试数据集 KDDCUP99 进行实验。个人计算机配置为赛扬双核 CPU 3.0GHz，内存 4GB。由于 KDDCUP99 数据集相当庞大,对样本数据少的类别全部选择，样本较多的数据随机选择 10%，全部所选择样本数据约为 60000 条，为了对比方便和公平，使用 Java6 编程实现 LFOBLAFSA 算法，该算法的参数设置为：种群规模 $N$=30，迭代次数 iter=3000，尝试次数 try_number=5，visual=1,step=1.5 等。同样实现算法 AFSA，并设置相同的参数，以进行对比。

将 LFOBLAFSA、AFSA、BPSOA、GA 的四个算法求解结果罗列如下，以对比 LFOBLAFSA 的求解效果，其中 BPSOA 和 GA 的数据取自本章参考文献[17]。基于此求解结果，进行相关的后续实验 1 和实验 2。

**LFOBLAFSA**：{protocol_type, service, logged_in, src_bytes,dst_bytes, dst_host_count, dst_ host_srv_count, dst_srv_diff_srv_rate, dst_host_srv_diff_host_rate, dst_host_serror_rate, dst_host_ rerror_rate。11 个}

**AFSA**：{duration, protocol_type, service, logged_in,src_bytes, dst_bytes, creations, dst_host_count, dst_host_srv_count, dst_srv_diff_srv_rate, dst_host_srv_diff_host_rate, dst_ host_ serror_rate, dst_host_rerror_rate。15 个}

**BPSOA**：{duration,protocol_type,service, flag,src_bytes, dst_bytes, count, land, wrong_ fragment, srv_count, dst_host_count, dst_srv_diff_srv_rate, dst_host_same_src_por_ rate, dst_host_ srv_diff_ host_rate。14 个}

**GA**：{logged_in, protocol_type, service, flag, src_bytes, num_file_creations, wrong_ fragment, count,srv_count, diff_srv_rate, dst_host_srv_count, dst_host_same_src_port_rate, dst_host_srv_ diff_host_rate, dst_host_rerror_rate。14 个}

## 1. 实验 1

将经过 LFOBLAFSA 算法处理的样本集与原始样本集在分类器 J48、ID3、NavieBayes 上分别进行分类精度、构建分类器时间、入侵检测时间的对比，结果如表 5-10 所示。从表 5-10 可以看出，在三个不同的分类器上，经过 LFOBLAFSA 算法处理的样本数据在分类精度以及分类器构建时间上均优于原始样本数据集，说明针对原始样本特征选择之后，不仅可以提高分类器的构建时间，而且还可以提高分类器的分类精度。从入侵检测时间的对比可以看出，经过 LFOBLAFSA 算法降维的样本数据由于去掉了大部分的冗余特征，在进行入侵检测时，模式匹配的速度快于保留 41 个特征的原始数据集，且优势十分明显。该对比实验说明针对 KDDCUP99 数据进行降维处理，对提高入侵检测的准确性及检测效率是必要的。

表 5-10　LFOBLAFSA 算法处理的样本与原始样本在不同分类器的对比

| 分类器 | 样本数据集 | 分类精度（%） | 分类器构建时间（s） | 入侵检测时间（s） |
| --- | --- | --- | --- | --- |
| J48 | 原始数据集 | 99.7152 | 91.276 | 4.389 |
| | LFOBLAFSA | 99.7201 | 20.164 | 1.853 |
| ID3 | 原始数据集 | 99.8014 | 19.873 | 5.209 |
| | LFOBLAFSA | 99.9011 | 13.625 | 2.753 |
| NavieBayes | 原始数据集 | 92.0173 | 9.891 | 2.649 |
| | LFOBLAFSA | 92.3026 | 1.872 | 0.972 |

## 2. 实验 2

将 LFOBLAFSA、AFSA、BPSOA、GA 四个算法进行降维处理之后所获得样本数据在 WEKA 的 J48 分类器、SVM 等分类器上进行分类，对比它们的分类精度和分类时间，以及构建分类器之后实施入侵检测的时间（注：入侵检测的测试数据选择原则与数据降维测试中的选择原则相同），实验结果分别如表 5-11、表 5-12 所示。从表 5-11 可以看出，LFOBLAFSA 在 J48 上的分类精度较 BPSOA 算法较低，但是要较 GA 算法高，同时也比 AFSA 高，而且其构建时间在四个算法中则是最低的。从表 5-12 的结果可以看出，在 SVM 分类器上，四个算法的分类精度都比在 J48 分类器上的分类精度低，这是由于向量机技术较适合处理小规模样本数据所造成的。尽管如此，LFOBLAFSA 的表现同样要优于另外三个算法，构建时间也短很多。

表 5-11　J48 分类器上四个算法处理的样本数据集分类精度等比较

| 算法 | 样本数目 | 正确分类比率 | 分类器构建时间（s） | 入侵检测时间（s） |
|---|---|---|---|---|
| LFOBLAFSA | 60000 | 99.6194 | 14.291 | 1.873 |
| BPSOA | 60000 | 99.6203 | 20.786 | 3.529 |
| GA | 60000 | 99.4185 | 39.462 | 4.087 |
| AFSA | 60000 | 95.7532 | 58.163 | 20.172 |

表 5-12　SVM 分类器上四个算法处理的样本数据集分类精度等比较

| 算法 | 样本数目 | 正确分类比率 | 分类器构建时间（s） | 入侵检测时间（s） |
|---|---|---|---|---|
| OBLAFSA | 60000 | 95.1756 | 24.802 | 3.462 |
| BPSOA | 60000 | 93.7390 | 30.571 | 6.761 |
| GA | 60000 | 92.5308 | 30.469 | 8.547 |
| AFSA | 60000 | 85.1248 | 43.864 | 16.984 |

构建分类器之后，基于所构建的分类器进行入侵检测时间的测试。从该项中可以看出，基于 LFOBLAFSA 算法所构建的分类器，其入侵检测时间比基于 GA、BPSOA、AFSA 构建的分类器检测时间短。

从这两方面的数据对比说明，LFOBLAFSA 比 GA 和 BPSOA、AFSA 更加优秀。单独对比 AFSA 算法的求解结果可以说明，LFOBLAFSA 的改进是成功的，较好地克服了 AFSA 容易收敛于局部最优、解精度的弱点，算法的求解能力有了较大提高。

## 5.7　求解网络安全态势预测的人工鱼群算法

计算机技术、网络技术、通信技术经历了迅猛发展，给人们的生活、学习等各个方面都带来了便利和全新感受。另一方面，随着这些技术的发展，利用计算机软件或网络漏洞进行犯罪的案件层出不穷。尤其是国际互联网高速发展的今天，利用网络的犯罪更日益严重，造成的损失数以亿计。黑客利用软件或者网络协议的漏洞轻而易举地就可以不经授权进入某个网络内部，窃取用户或公司的机密资料，或者对网络实施攻击，造成主机、服务器障碍甚至于整个网络瘫痪。无论是哪种方式，都将会给用户或公司造成严重的经济损失。鉴于网络犯罪带来的严重后果，如何评估网络安全级别，防范网络入侵、网络攻击以保护信息的安全，成为目前信息安全领域的研究热点。

### 5.7.1 网络安全态势预测模型

常用的安全防范措施包括诸如：数据加密技术、数据隐藏技术、防火墙技术、入侵检测技术等，以实现对来自于网络内部和网络外部的各种攻击和入侵的防范。但是，网络不安全事件和攻击事件仍然层出不穷。由此可知，网络安全问题单凭技术是无法得到彻底解决的，该问题的解决应该从系统工程的角度考虑。准确进行网络安全风险评估与预测其发展趋势，成为保障各种网络服务安全亟待解决的问题。

网络安全风险评估技术可评估网络信息系统的脆弱性、面临的威胁，以及脆弱性被威胁资源利用后所产生的实际负面影响，并根据评估结果提出有效的安全解决方案，消除风险或将风险降低到最低程度。另一方面，准确、有效预测网络的安全态势，使网络安全管理由被动变主动，管理员能够在受到网络攻击之前及时采取防御措施，加强网络安全设备的安全策略，更改网络安全监管的安全规则，真正达到网络安全主动防御的目的。

神经网络技术由于具有强大的函数逼近能力和学习能力等机制，被广泛应用于网络安全脆弱性评估和态势预测中。

**定义 5.11**：网络态势[18]。网络态势是指由当前网络设备的运行状况、网络行为及用户的行为等因素所构成的整个网络的当前状态和变化趋势。

需要指出的是，态势是一种状态、一种趋势，是一个整体和全局的概念，任何单一的情况和状态都不能成为态势。

**定义 5.12**：网络态势预测[18]。网络态势预测是指根据所提取的历史网络态势，预测未来网络态势的过程。网络态势预测是网络态势感知的一个重要组成部分。

**定义 5.13**：网络态势感知[18]。网络态势感知是指在大规模网络环境中，对能够引起网络态势发生变化的安全要素进行获取、理解、显示，以及预测未来的发展趋势。

网络态势评估和威胁评估分别是网络态势感知的两个环节，网络威胁评估建立在网络态势评估的基础之上。

网络态势评估包括态势要素提取，当前态势分析和态势预测等，主要涵盖以下四个方面：

（1）一定的网络环境下，提取进行态势估计要考虑的各要素，为态势推理做好准备。

（2）分析并确定事件发生的深层次意愿，给出对所监控网络当前态势的理解或综合评价。

（3）已知 $t$ 时刻所发生的事件，预测 $t+1$, $t+2$, …, $t+n$ 时刻可能发生的事件，进而确定网络态势的发展趋势。

（4）形成态势图。

由于 BP 网络在预测中存在收敛速度慢，容易收敛于局部最佳等弱点，学习的过程中容易出现振荡现象，所以引入 AFSA 算法来改进 BP 网络，利用 AFSA 算法良好的全局收敛能力优化 BP 神经网络的连接权，提高所求问题收敛于全局最优解或次优解的概率。将所设计算法标记为 AFSA-BPNN。

在 AFSA-BPNN 算法中利用神经网络自动提取海量数据中的隐藏规律，通过 AFSA 算法来训练 BP 网络的连接权，保证权值矩阵的最优性。

网络安全态势预测即将预测模型视为时间序列变量的线性组合，输入变量是反映网络安全态势的前一段时间序列态势值，输出变量即是网络安全态势下一时间的态势值。网络安全态势预测模型[19]如图 5-18 所示。

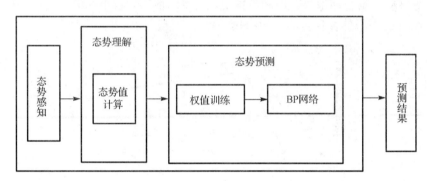

图 5-18　网络安全态势预测模型[19]

## 5.7.2　算法的设计

### 1. 适应度的设计

对于态势预测来讲，所追求的目的是预测具有较高精度，同时考虑 BP 神经网络的反馈特性，其误差是逐层往回传递以修正各层之间的权值与阈值，直到最终收敛。鉴于此，AFSA 算法的适应度函数设置为公式（5.31）。

$$f(i) = \frac{\sum_{k=1}^{Q}(t_k - y_k)}{Q^2} \qquad (5.31)$$

其中，$Q$ 为训练样本数，$y$ 为神经网络神经元输出的实际值，$t$ 为神经元的期望值。

**2．引入爆炸变异机制**

在 FEOA 算法的爆炸变异过程中，算法通过爆炸算子在半径 $r$ 范围内多个方向上产生新的个体，无疑提高了种群的多样性，扩大了算法的搜索范围，有利于算法的收敛。图 5-19 标识了种群内某个体爆炸后所产生新个体的分布情况。

从图 5-19 可以看出，烟花爆炸搜索算法的爆炸算子所产生的新个体分布较为广泛，能够在一定程度增加种群的多样性。所以考虑将该机制引入 AFSA 中，既可以在算法的早期提高算法跳出局部最优的能力，又可以在后期增强算法的局部搜索能力。

随着计算过程的进行，鱼群算法中的种群将会逐渐聚集在一起，种群内个体的适应度值会接近种群的平均适应度值。在算法中引入一个参数 $\alpha = -\sum\limits_{j=1}^{m}\left(\dfrac{f_j - f_{avg}}{f}\right)^2$ 来表征算法是否处于局部最优的约束状态。显而易见，$\alpha$ 的值越小，说明聚集程度越高，越有可能是个体聚集在局部最优附近。设阈值 $\lambda$ 为较小的值，当 $\alpha \leqslant \lambda$ 时，仅保留 10% 的优秀个体在各自的空间内执行爆炸变异，淘汰其余个体。

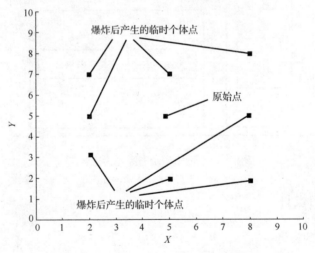

图 5-19　二维空间爆炸变异后个体的分布

**3．引入动态随机搜索机制**

动态随机搜索可以实现对于不同解空间的动态搜索，能够较好地扩大算法的搜索范围，增强算法的求解能力。

如果 AFSA 算法最终收敛到全局最佳，则优秀个体 $X_{best}(t)$ 等所形成的搜索区域肯定会收敛到全局最佳所形成的搜索区域，所以充分利用优秀种群的信息，搜索优秀种群个体的所在空间，将会改善算法的全局收敛能力。故在 AFSA 中，在每次迭代中令 $X_{best}(t)$ 执行 DRS 算法，扩大对于优秀个体所在空间的搜索。

**算法 5.5　AFSA-BPNN 算法**

输入：规模为 POP 的初始种群，网络安全态势数据。

输出：预测结果。

步骤 1. 初始化算法的参数。visual：视野，$\lambda$：拥挤因子（$0<\lambda<1$），step：移动步长，try_number：尝试次数，迭代次数 iter。

步骤 2. 在解空间内随机初始化种群，种群规模 POP。

步骤 3. 执行默认的自由游动算子。

步骤 4. 觅食行为算子。

步骤 5. 聚群行为算子。

步骤 6. 追尾行为算子。

步骤 7. 取当前最佳个体 $X_{\text{best}}(t)$，执行动态随机搜索 DSR 算法。

步骤 8. 按照公式 $\alpha = -\sum_{j=1}^{m}\left(\dfrac{f_j - f_{\text{avg}}}{f}\right)^2$ 计算当前种群拥挤度，如果 $\alpha$ 小于设定的阈值 $\lambda$，则保留 10%的优质个体，其余个体以 visual 为爆炸半径 $r$ 在各自的空间内执行爆炸算子，产生临时个体。

步骤 9. 对此时的全部种群以优胜劣汰的方式，选择 POP 个个体生成子种群。

步骤 10. 如果算法满足结束条件，则输出结果，终止算法；否则跳转到步骤 3。

步骤 11. 将经过前 10 步得到的优质结果作为 BP 神经网络的初始值和阈值，以 BP 神经网络模型训练网络并进行态势预测。

## 5.7.3　仿真实验结果

### 1. 实验数据集合参数设置

AFSA-BPNN 算法中，神经网络的输入层节点数设为 Innum、输出节点数为 Outnum 个，隐含层节点数通过计算得到。考虑到隐含层节点数如果过多，会使神经网络学习的时间变长；若太少，则系统的容错性、识别未经学习样本的能力较低，所以综合多方面的因素，设定隐藏层的节点数计算公式（5.32）。

$$\text{midnum} = \sqrt{\text{innum} + \text{outnum}} + \alpha(\alpha \in (0,10)) \tag{5.32}$$

midnum 通过多次实验确定。

实验数据采用 HoneyNet 组织收集的黑客攻击数据集，仿真实验中态势值由网络当天产生的告警事件加权后得到，本次实验的精度要求为 0.001。实验样本为 2000 年 10 月 1 日至 2000 年 12 月 31 日的连续 3 个月的数据态势值。前 80 个作为实验中训练神经网络的样本，最后的连续 12 个作为测试样本。数据在实验之前，以 min-max

方式进行数据归一化处理。参与对比的算法包括标准 BP 算法[17]、RBF 网络[18]及对应的 GA-BPNN 算法[19]，它们的网络安全态势预测比较结果如图 5-20 所示。

### 2. 实验结果及分析

从图 5-20 可以看出，BP 和 GA-BPNN 两种网络与真实值的误差最大，而 RBF 和本文 AFSA-BPNN 的误差明显小于 BP 和 GA-BPNN 两种网络，而在这两个算法中 AFSA-BPNN 的优势更加明显一些，与真实值非常接近。这也说明 AFS 算法的全局搜索能力较强，能得到更为合理的 BP 网络的阈值和初始值，赋予 BP 网络更优秀的学习和模式识别能力。

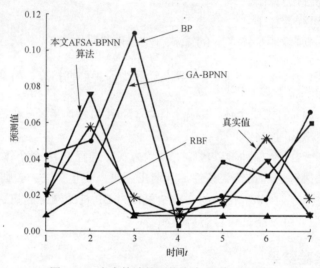

图 5-20　多个算法的网络安全态势预测比较

采用公式（5.33）至公式（5.37）所示的误差评价函数对各个算法的预测误差性能进行评价。

（1）$e = y_k - t_k$　　　　　　　　　　　　　　　　　　　　　　　（5.33）

（2）$E = \sum\limits_{k}^{Q} |t_k - y_k|$　　　　　　　　　　　　　　　　　（5.34）

（3）$\text{mae} = \dfrac{\sum\limits_{k=1}^{Q} |t_k - y_k|}{Q}$　　　　　　　　　　　　　　（5.35）

（4）$\text{mse} = \dfrac{\sum\limits_{k=1}^{Q} (t_k - y_k)^2}{Q}$　　　　　　　　　　　　　　（5.36）

（5）$\mathrm{mape} = \dfrac{1}{Q}\sum\limits_{k=1}^{Q}\dfrac{|t_k - y_k|}{t_k}$　　　　　　　　　　　　　（5.37）

图 5-21 是采用误差（1）性能评价函数的曲线对比图，因为采用的是绝对误差，所以该图所展示的曲线与图 5-20 所示曲线基本是一致的，很明显 AFSA-BPNN 算法与真实值之间最为接近。

表 5-13 列出了使用另外四种误差计算公式进行评价时得到的误差，从表中所列数据可以看出，AFSA-BPNN 算法除了在误差 5 上劣于 RBF 网络外，在其余项目上均优于其他相关算法。

通过以上的各个对比指标可以看出，本节所设计的 AFSA-BPNN 算法在求解态势预测中精确度比较高，各项指标明显优于其他参与对比的四个函数，预测结果可以用于进行网络安全的态势估计，为网络管理者提供决策辅助。

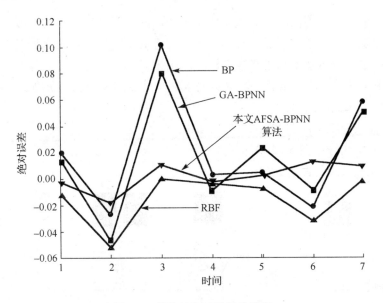

图 5-21　算法的绝对误差曲线图

表 5-13　各个算法的误差评价指标对比

| 评价指标 | 误差 2 | 误差 3 | 误差 4 | 误差 5 |
|---|---|---|---|---|
| GA-BPNN | 0.2472 | 1.8293 | 0.0977 | 181.0092 |
| BP | 0.2420 | 1.7908 | 0.1154 | 193.7890 |
| RBF | 0.1100 | 0.8140 | 0.0266 | 23.2079 |
| AFSA-BPNN | 0.0671 | 0.4911 | 0.0088 | 43.19 |

# 5.8　求解图像边缘检测的遗传算法

　　图像边缘检测在图像的分析处理中有着非常重要的意义，如何寻找与图像真实目标的实际边缘线相对应的实际边缘，长期以来一直是数字图像处理领域的研究热点。边缘的特征反映了图像灰度的不连续性，它提供了一幅图像的大量有效和有价值的信息。本节以 Sobel 边缘检测方法为基础，介绍一种改进的遗传算法图像边缘检测方法,并通过在遗传算法中加入自适应变异算子和反向学习机制提高遗传算法的收敛能力。

## 5.8.1　数字图像边缘

　　对于一幅图像，不同区域的灰度值是不相同的，而这些不同的区域之间往往正是边缘的体现，灰度值的不连续是形成图像边缘的主要原因。而这种灰度值的不连续性可以通过数学方法中的求导数方法检测出来。比较常见的一些经典边缘检测方法，一般都是通过一阶导数和二阶导数的求解来检测图像边缘的灰度值，图 5-22 是常见的三种边缘特征图形。

- 阶梯状边缘：图 5-22(a)、图 5-22(b)；
- 脉冲状边缘：图 5-22(c)；
- 屋顶状边缘：图 5-22(d)。

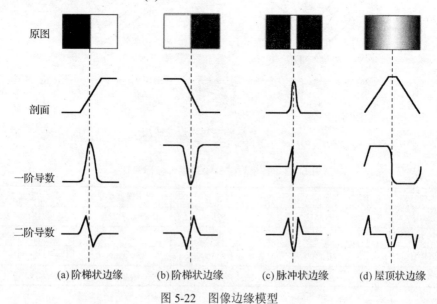

图 5-22　图像边缘模型

　　阶梯状的边缘特征位于图像的不同灰度值的互邻区间之间，脉冲边缘则位于灰度值是细条状的陡变区域，屋顶形状边缘的上跳沿和下跳沿的变化情况都比较慢。在图 5-22 中，第一排表示具有边缘的图像特征，第二排是一个沿着水平方向的剖面，后面的两排分别为一阶导数和二阶导数。鉴于实际的图像边缘特征总会存在着一些模糊，因此垂直顶部和底部的图像边缘剖面都被描述成一定程度的坡度。

　　图 5-22(a)中，对于图像灰度值来说，灰度值剖面的一阶导数表示图像中存在有明暗变化的位置处产生了一个向上的阶跃，而对于其他位置来说都为零。由以上分析可以说明，图像边缘检测可以采用一阶导数的波动值来确定边缘的存在与否。一般来说，幅度值的最高点的峰值都是对应边缘的位置，而对于灰度值的二阶导数来说，它表示一阶导数的阶跃上升沿处产生了一个向上的脉冲信号，而对于一阶导数的阶跃下降区则表示存在一个向下的脉冲信号。而在阶跃上升沿和阶跃下降沿之间会存在一个过零点，这个零点所处的位置则正好是原始图像的边缘处。因而可以采用二阶导数的过零点检查图像边缘的存在。对于二阶导数来说，图像边缘的暗区或者明区则由过零点附近的正负决定，分析图 5-22(b)可得相似结论。

　　剖面为脉冲状边缘的图 5-22(c)与图 5-22(a)形状基本一致，因此对于其一阶导数与图 5-22(a)中的二阶导数形状是一致的，而对应脉冲的上升沿和下降沿则为两个二阶导数的过零点处。对于脉冲的范围来说，可以通过检验脉冲剖面的两个二阶导数的过零点处即可得到。

　　剖面为屋顶形状的图 5-22(d)，可以把它当成将脉冲底部铺展开而获得，因此将图 5-22(c)中脉冲剖面的一阶导数由上跳沿和下跳沿展开即可得到，而对应的二阶导数则是由脉冲剖面的二阶导数的上跳沿和下跳沿拉伸即可得到。为了得到和确定屋顶的位置，可以检查屋顶状边缘剖面的一阶导数过零点处的位置。

　　图像灰度边缘是非常复杂的，基于采取样本的原因，获得的实际图像中的边缘是有坡度的，一般可以用以下 5 个参数来描述。

　　（1）位置：边缘（等效的）最大灰度不连续处；

　　（2）朝向：跨越灰度最大不连续的方向；

　　（3）幅度：灰度不连续方向上的灰度差；

　　（4）均值：属于边缘的像素的灰度均值；

　　（5）斜率：边缘在其朝向上的倾斜程度。

　　所谓边缘检测也常指通过计算获得边缘 5 个参数中的若干个。基于以上的讨论和检测原理，可采用多种不同的方法来检测边缘。经典的边缘检测算法都是以上述理论为基础来实现图像的边缘检测，主要包括基于梯度的边缘检测算子和二阶导数算子。

### 5.8.2 Sobel 边缘检测算子

基于在 3×3 邻域内做加权平均和差分运算为基础，Sobel 在另一个著名的图像边缘检测算子 Prewitt 的基础上，提出了一个新颖的图像边缘算子——Sobel 算子，其计算过程如公式（5.38）所示。

$$s(x, y) = \sqrt{G_x^2 + G_y^2} \tag{5.38}$$

通常可将公式（5.38）简化为公式（5.39）。

$$s(x, y) = |G_x^2| + |G_y^2| \tag{5.39}$$

其中 $G_x^2$ 和 $G_y^2$ 分别由公式（5.40）和公式（5.41）得到。

$$G_x = f(x-1, y+1) + 2f(x, y+1) + f(x+1, y+1) - f(x-1, y-1) - \\ 2f(x, -1) - f(x+1, y-1) \tag{5.40}$$

$$G_y = f(x+1, y-1) + 2f(x+1, y) + f(x+1, y+1) - f(x-1, y-1) - \\ 2f(x-1, y) - f(x-1, y+1) \tag{5.41}$$

Sobel 算子的 2 个卷积算子模板分别是公式（5.42）和公式（5.43）。

$$\Delta_x f(x, y) = \begin{bmatrix} -1 & 0 & 1 \\ -2 & 0 & 2 \\ -1 & 0 & 1 \end{bmatrix} \tag{5.42}$$

$$\Delta_y f(x, y) = \begin{bmatrix} -1 & -2 & -1 \\ 0 & 0 & 0 \\ 1 & 2 & 1 \end{bmatrix} \tag{5.43}$$

因为 Sobel 算子将加权平均引入图像的边缘描述中，它充分利用图像本身的信息，对像素点的上、下、左、右的灰度值进行加权运算，依靠在图像边缘点处所到达的极值来完成图像的边缘检测。该算子对于噪声所产生的影响比较小，能够给噪声产生一定的平滑作用，进一步提供了比较准确的边缘配置信息。另一方面，由于描述图像的信息被局部平均处理，会对图像边缘描述的准确性产生一定的影响，所以检测边缘的过程可能会产生错误信息。在对图像边缘检测的精确度要求不高的情况下，Sobel 算子仍然是一种运算速度快，较为常用的边缘检测算子。

### 5.8.3　面向图像边缘检测的遗传算法

#### 1．遗传算法的编码设计

进行图像边缘检测时，由于图像的灰度值范围为 0～255，可以用 8 位二进制数表示一个解，进而可将 8 位二进制串当作遗传算法中的染色体。图 5-23 表示灰度范围条形值。例如：染色体 11111111 代表的颜色如图 5-24 所示，染色体 01111101 代表的颜色如图 5-25 所示，染色体 00101101 代表的颜色如图 5-26 所示。

255　　　　　　　　　　　　　　　　　　　　　0

图 5-23　灰度图范围图

图 5-24　灰度值 255 颜色图

图 5-25　灰度值 125 颜色图

图 5-26　灰度值 45 颜色图

#### 2．适应度函数设计

依据灰度图像的特性，把一幅图像分解成背景和目标两个部分。目标和背景之间的方差值越大，则表示组成图像的两部分差别越大，如果一部分的背景被错分为目标或者是目标被错分为背景，则会导致两部分的差别变小。所以，类间方差最大的分割则表明错分的概率最小。

假设 $f(x,y)$ 是我们想要分割的客观图像，它的灰度范围是 $\{0,1,\cdots,L-1\}$。通过阈值 $t$，图像像素将被分为公式（5.44）和公式（5.45）两类。

$$C_0 = \{0,1,\cdots,t\} \tag{5.44}$$

$$C_1 = \{t+1,t+2,\cdots,L-1\} \tag{5.45}$$

$C_0$ 和 $C_1$ 分别代表目标和背景。这类图像的平方误差在 $C_0$ 和 $C_1$ 之间，表示为公式（5.46）。

$$\sigma(t)^2 = \omega_0(t)*\omega_1(t)*(\mu_0(t)-\mu_1(t))^2 \tag{5.46}$$

这里 $t$ 是阈值，$\omega_0(t)$ 是图像灰度值小于阈值 $t$ 的像素的数量。$\omega_1(t)$ 是图像灰度值大于阈值 $t$ 的像素的数量。$\mu_0(t)$ 是图像灰度值小于阈值 $t$ 的像素平均灰度值。$\mu_1(t)$ 是图像灰度值大于阈值 $t$ 的像素平均灰度值，使得 $\sigma(t)^2$ 最大值的 $t$ 是最佳分割阈值。

### 3. 求解图像边缘检测的标准遗传算法

将种群中的染色体应用 8 位二进制数进行编码，某一条染色体代表一个解，基于上一节描述最大类间方差法作为遗传算法的适应度函数，则求解图像边缘检测的标准遗传算法步骤如下。

步骤 1. 利用 Sobel 算子逐点计算原始图像从而获取梯度图像。

步骤 2. 应用遗传算法求解梯度图像的最佳分割阈值。

步骤 2.1. 染色体初始化。在解空间内，随机生成 40 条染色体当作初始种群。

步骤 2.2. 交叉算子。随机选择两条染色体，以单点交叉方式进行交叉，交叉概率设为 0.6。

步骤 2.3. 变异算子。对各个染色体采用均匀变异算子，执行变异。

步骤 2.4. 若算法符合停止条件，则输出最佳阈值并终止算法；否则跳转到步骤 2.2 执行。

步骤 3. 依据阈值大小，假如图像的梯度值大于或等于阈值，便可以确定该点为最初始的边缘点，该点方向就是边界点的方向，否则就是一个无边点。

### 4. 遗传算法的相关改进

由于标准遗传算法容易收敛于局部最优，解精度低，所以参考本章参考文献[20]，在标准遗传算法中，引入反向学习机制。考虑到在算法的进化迭代过程中，适应度优秀的个体代表了种群的收敛和前进方向，能够更好地勘探新解，同时，由于加强精英个体周围的邻域的搜索，对于提高算法的解的精度亦有帮助，所以针对种群的精英个体执行反向学习策略。

为了提高运算速度，特设定一个概率 $p$，随机产生以随机数 $r = \mathrm{random}()$，当 $r$ 小于 $p$ 时执行精英反向搜索机制，否则执行主体遗传算法。

### 5. 自适应变异机制

为了更好地保护已经求得的解，而不被随意丢失，引入 种自适应变异算子，以更好地保护优秀解。同时，使算法能够较好地搜索优秀个体周围较小的邻域，而对于适应度较差的个体，则搜索其较大的邻域。为此，引入自适应变异率 $p_m$，其计算方法见公式（5.47）。该机制的变异概率能够根据解的质量自适应地调整搜索区域，从而较明显地改善算法的搜索能力。

$$
p_m = \begin{cases} 0.1, & \dfrac{f_{\max} - f}{f_{\max} - \bar{f}} > 1 \\[2mm] 0.002, & \dfrac{f_{\max} - f}{f_{\max} - \bar{f}} < 1 \end{cases} \tag{5.47}
$$

**算法 5.6　自适应算子**

步骤 1. 保存种群内每一个个体的适应度值。

步骤 2. 计算种群的适应度值总和，同时将最大的适应度值保存。

步骤 3. 将求解平均适应度值保存到 average 中。

步骤 4. 群体内的个体执行公式（5.47）的变异机制。

**算法 5.7　改进的反向学习遗传算法（IOBLGA）**

```
Begin
  初始化群体 p(t);
  while(停机不满足)do
    if rand(0,1)<p0 then
      执行精英反向学习机制;
    else
      执行自适应遗传算法
    endif
  endwhile
end
```

## 5.8.4　仿真实验结果

为了验证算法的有效性，应用 Java 实现该算法，并将标准遗传算法与该改进遗传算法进行图像边缘检测的比较。所操作图像的原始图像为图 5-27 所示著名的花花公子人物 Lena 的原始微笑图像，以及图 5-28 所示的一个在云彩中飞行的飞机的图像。

图 5-27　Lena 的原始图像

图 5-28　测试用的云中飞行飞机图

两个算法所设定种群规模、交叉概率、迭代次数均相同。种群规模为 40，交叉概率 $p_x = 0.5$，种群迭代次数 iter $= 300$。改进遗传算法中的概率 $p$ 设定为 0.5，两个算法均单独运行 30 次，取各自所取得的最佳效果图。

将标准遗传算法和 IOBLGA 算法分别作用于图 5-27，所获得的边缘检测效果的图像分别如图 5-29 和图 5-30 所示。对比这两个图可以看出，图 5-29 中图像的边缘时断时续，虽然可以看得出图像的轮廓，但是效果较差，对于原始图中帽子的边缘与底色比较接近的位置，检测出的效果比较差，难以连续。另外，对于 Lena 下巴的位置，由于其下巴与肩膀相接，很明显标准遗传算法没有较好地将下巴的边缘检测出来，出现了混合连接现象。再对比 IOBLGA 所获得解结果，图 5-30 的边缘轮廓线是非常明显的，在帽子的边缘和 Lena 的下巴边缘，都较清晰地显示出了边缘线。

对比两个图的求解效果说明，改进遗传算法在求解过程中所获得的 Sobel 算子，较标准遗传算法所获得 Sobel 算子更逼近最优值。通过前后对比，加入改进机制后的处理效果较未改进之前有显著提高，一些应用标准遗传算法未检测出的边缘在改进算法中有了比较好的呈现效果。

同样应用这两个算法求解图 5-28 的飞机原始图像，所获得的解效果分别是图 5-31 和图 5-32。该图像较 Lena 的图像层次要鲜明，但是也可以看出该图像中云彩的混合部分应该是边缘检测的难点。由图 5-31 可以看出，标准遗传算法在获取云彩的边缘时表现的稍差一点，对于云彩部分绘制得不够清晰。而对比图 5-32 可以看出，由于其能够获得更佳的 Sobel 算子，所获取的边缘更加清晰可见。

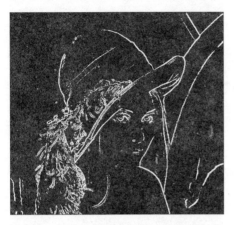

图 5-29 标准遗传算法获得 Lena 图像边缘

图 5-30 IOBLGA 算法获得的 Lena 图像边缘

为了更进一步对比两种算法的进化过程中适应度值的变化情况，我们绘制了图 5-33 来描述两个算法的最佳个体的变化趋势。在图 5-33 中，纵轴代表灰度图像的灰度值的范围（0～255），横轴代表运行的次数，以此来对比标准遗传算法和 IOBLGA 运算结束后，所获得图片的灰度阈值趋近最优解的变化趋势。从图 5-33 可以看出，IOBLGA 算法较标准遗传算法寻找最优解的能力有了明显提高。由于图 5-33 的图片比较小，为了更明显地观察两种不同方式寻找最优解的走向情况，图 5-34 是将图 5-33 进行放大后对比情况演示。

对比图 5-33 和图 5-34 可以看出，在标准遗传算法边缘检测中加入精英反向学习和自适应变异机制后，遗传算法所获得最优解的次数有了明显的提高，同时，求得的图像阈值的波动幅度有所降低，可见 IOBLGA 在处理图像边缘检测中比标准遗传算法有了一定程度的提高。

图 5-31 标准遗传算法获得的飞机边缘

图 5-32 IOBLGA 获得的飞机边缘

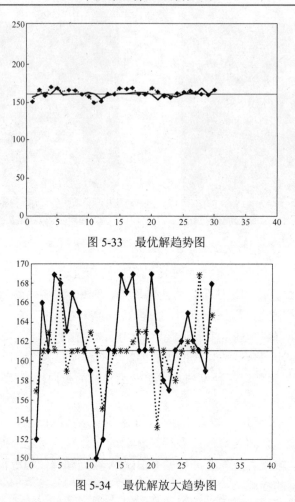

图 5-33　最优解趋势图

图 5-34　最优解放大趋势图

表 5-14 展示了不同交叉率和不同的变异方式下，标准遗传算法与 IOBLGA 两个算法所获得最优解个数。从这个表可以看出，在相同的情况下，改进后的 IOBLGA 算法所获得最优解的个数优于标准遗传算法。

通过以上多个方面的对比，可以看到，改进后的算法在求解图像边缘检测问题时，有了更强的寻优能力，处理图像的效果得到了一定程度的提高。

表 5-14　改进前后迭代 30 次获得最优解个数对比

| 算法 | 控制参数 | | | 迭代 30 次获得最优解的个数 |
|---|---|---|---|---|
| | 群体规模 | 交叉率 | 变异方式 | |
| 改进前 | 20 | 0.5 | 均匀 | 6 |
| 改进后 | 20 | 0.5 | 自适应 | 9 |
| 改进前 | 40 | 0.5 | 均匀 | 8 |
| 改进后 | 40 | 0.5 | 自适应 | 14 |

### 5.8.5　结论

本节首先详细探讨了图像边缘检测技术，综述了多个传统边缘检测算法，并针对 Sobel 算子寻优的困难性提出了应用遗传算法进行图像边缘检测的方案。为了更好地提高遗传算法的全局收敛性能和求解精度，在遗传算法中加入了自适应机制和精英反向学习机制，从而提高了寻找最优解的效率，也在　定程度上遏制了算法的早熟现象和标准遗传算法解精度较低的弱点。通过多方面的对比表明，改进的遗传算法比标准遗传算法的稳定性和求解精度有了一定的提高。在多幅图像上的边缘检测效果可以看出，改进的遗传算法所检测出的边缘更为清晰。

# 5.9　本 章 小 结

群体智能算法是解决背包问题、TSP、图形三着色等经典的组合优化问题的最佳解决方案。随着群体智能算法的不断发展，越来越多的未知应用领域被不断开发，本章详细介绍了群体智能算法在以下多个相关领域内的应用。

#### 1．VRP 物流配送路线规划

随着网购、快递等行业的迅猛发展，物流配送已经成为我国社会中一个重要的行业。物流企业中的企业选址、路线规划、多仓库协作运行、货物配送等都是比较适合应用群体智能算法来解决的。这些问题的正确求解，将会帮助企业节约成本，提高用户的体验等。

#### 2．数据挖掘

随着大数据、云计算时代的到来，如何向用户提供更为迅速、可靠的决策信息，是目前重要的研究内容之一。应用群体智能来进行规则的挖掘，不仅运算速度较快，而且所获得规则比较完善。由于群体智能特有的分布式、并行性的特点，如何在云计算和大数据中应用群体智能，将是一个值得深入研究的课题。

#### 3．软件质量保证

软件质量是衡量软件优劣的重要因素，如何在交付用户之前最大可能地发现软件中存在的问题，是软件质量保证研究中的重要课题和研究热点。在保证软件质量的关键技术中，软件测试是提交软件产品前的最后的一道保障。而对于白盒测试中的路径测试，它是一个非常典型的组合优化问题，应用群体智能算法求解该问题，能够较好地提高测试用例生成的效率。

### 4．网络安全态势预测

随着网络使用的日益广泛，网络安全已经成为一个日益严重的问题。传统的入侵检测技术、防火墙技术都是被动的安全防御技术，而且也很难防备来自于网络内部的攻击。所以，根据网络的当前配置情况及海量的历史数据，从中发现隐藏的规律，并预测两天后甚至是一周后网络安全状态的变化趋势，将网络安全管理和配置由被动变为主动，是目前网络安全防御的发展趋势。机器学习、数据挖掘、模式识别将会在态势预测发展中产生重要的作用。

### 5．图像边缘检测技术

基于内容的图像识别和理解，是下一代网络搜索引擎的重要研究方向，目前百度、谷歌等搜索引擎均已经开始进行相关技术的研究与开发，而图像边缘检测技术是其中的关键。本章中，研究了应用群体智能算法提高图像边缘检测水平的技术，为图像边缘检测开拓了新思路。

### 6．SVM 反问题

针对小样本统计的 SVM 技术是机器学习、模式识别中的重要技术之一。如何识别两个数据集的最大间隔是其中的一个重要问题，本章详细探讨了应用差异演化算法求解 SVM 反问题的思路和方法，并给出了具体的算法，为解决 SVM 反问题提供了新的有效的思路。

### 7．聚类识别

源自于分类的聚类技术，在模式识别、机器学习等领域有着重要应用和研究价值，该技术能够将数据自动归类成多个类别，为进一步的模式识别奠定基础。群体智能由于具有本质上的群体聚集性，应用该类算法实现数据的聚类识别具有得天独厚的优势。

### 8．特征选择

实际应用中，很多数据的维度较高，如果高维度数据直接被使用，一方面会使时间开销较大，一方面也会降低求解的精度。而实际是，高维数据中很多维度对于后续的数据分类、聚类、模式匹配等是没有贡献的，所以应该事先进行特征选择，以降低数据的维度。

在本章中，每一节均针对群体智能算法某一个方面的应用进行详细的探讨，对特定领域的应用均给出了求解思路，以及相关算法的改进方案和实现步骤。从求解的效果上看，应用群体智能算法求解这些问题具有一定的优势和可操作性。

# 参 考 文 献

[1]　Bullnheimer B, Hartl R, Strauss C.*An improved ant system algorithm for the vehicle routing problem*.Annals of Operation Re-search, 1999, 89(13): 319-328.

[2]　Brysy O, Dullaert W.*A fast evolutionary metaheuristic for the vehicle routing problem with time windows*.International Journal of Artifical Intelligence Tools, 2002, 12(2): 143-157.

[3]　曲倩倩, 曲仕茹等.混合遗传算法求解配送车辆调度问题.计算机工程与应用, 2008, 44(15): 205-207.

[4]　刘志硕.基于自适应蚁群算法车辆路径问题研究.控制与决策, 2005, 20(5): 522-526.

[5]　张翠军, 张敬敏.基于车辆路径问题蚁群遗传融合优化算法.计算机工程与应, 2008, 44(4): 233-235.

[6]　赵祖龙. 基于最大间隔聚类算法的 SVM 反问题研究. 武汉科技大学硕士论文. 2011.

[7]　贺毅朝, 王熙照, 寇应展. 一种具有混合编码的二进制差分演化算法. 计算机研究与发展, 2007，44(9)：1476~1484.

[8]　傅德胜, 周辰.基于密度的改进 K 均值算法及实现.计算机应用, 2011, 31(2): 432-434.

[9]　宫云战.软件测试.北京：国防工业出版社, 2006.

[10]　黄小诚, 王希武, 常东升等.改进的差分演化算法在测试数据生成中的应用. 计算机应用, 2009, 29(6): 1722-1724.

[11]　邵峰晶, 于忠清, 王金龙等. 数据挖掘原理与算法. 北京：科学出版社，2009.

[12]　高静. 决策树生成算法及其优化的研究. 北京: 北京科技大学博士学位论文, 2008.

[13]　宋威. 基于包含索引与精简频繁项集的关联规则挖掘算法研究. 北京: 北京科技大学博士学位论文, 2008.

[14]　周皓峰, 朱扬勇, 施伯乐. 一个基于兴趣度的关联规则采掘算法. 计算机研究与发展, 2002, 39(4)：627~633.

[15]　林嘉宜, 彭宏, 郑启伦等. 基于参考度的关联规则挖掘. 计算机应用, 2005, 25(8): 18272~1829.

[16]　胡清华, 于达仁, 谢宗霞. 基于邻域粒化和粗糙逼近的数值属性约简.软件学报, 2008, 19(3): 640-649.

[17]　郭文忠, 陈国龙.离散粒子群优化算法及其应用.北京：清华大学出版社, 2012.

[18] 任伟,蒋兴浩, 孙炎锋.基于 RBF 神经网络的网络安全态势预测方法.计算机工程与应用, 2006, 42(31): 136-138.

[19] 林香，姜青山，熊腾课.一种基于遗传算法 BP 神经网络的预测模型.计算机研究与发展, 2006, 43(suppl): 338-343.

[20] 汪慎文，丁立新，谢承旺等. 应用精英反向学习策略的混合差分演化算法. 武汉大学学报（理学版）, 2013, 59(2): 111-116.

# 第6章 总结与展望

本书主要介绍了两种群体智能算法：人工鱼群算法和烟花爆炸优化算法，详细介绍了它们的算法原理，分析了这两种算法的优、缺点，并提出了多种改进机制，详细分析了所实施改进的原因、改进思路等，并对所改进的算法与相关其他算法进行了详细的对比。

此外，本书对群体智能算法在多个领域的应用进行了详细的介绍，给出了详细的解决方案和算法实现过程。人工鱼群算法是一种非常典型的群体通过协作、竞争机制完成对于复杂问题求解的优化算法。该算法寻优速度快、鲁棒性强，能够迅速获得可行解。在对解要求精度不高的情况下，使用该算法是一个可行的选择。人工鱼群算法具有以下主要特点。

① 一种现代启发式全局搜索算法。

② 一种广义的邻域搜索机制，具有较佳的全局搜索能力。人工鱼群算法中有两个参数 step 和 visual，这两个参数保证了种群内个体对于周围邻域的搜索。

③ 由于算法具有较佳的全局搜索能力，该算法对于待求解函数的初值、参数等要求较低，即算法的适应性较强。

④ 算法来源于对鱼群行为的模拟，原理简单，具有较强的并行能力，编程实现简单。

⑤ 标准人工鱼群算法的解精度较低。

⑥ 不依赖于所求解问题本身的数学性质。

⑦ 自组织和自学习性。算法在迭代过程中，劣质个体会不断向优秀个体学习，并向其靠拢，而整个种群就在这种低级别的协作、竞争机制下，最终寻找到最佳解。

烟花爆炸优化算法是近几年提出的一种群体智能优化算法，该算法原理简单，参数较少，运行速度快，但是存在一个致命的缺点，算法的进化机制中缺少种群之间的协作机制，仅仅包含有竞争机制。观察目前几乎所有已经得到广泛应用的群体智能优化算法，无一不是在竞争、协作两种机制上寻求一个完美的平衡，而这也正是群体智能优化算法的精髓所在，也完美阐释了大自然界中生命体的进化机制。而从生命的角度来理解，由于烟花爆炸优化算法所模拟的是非生命体的一种自然现象，所以如何增加其协作机制，使得算法既具有较好的优化求解能力，同时又具有较好的协作机制，还要保证改进机制具有一定的合理性，是该算法亟待突破的一个瓶颈。

经过多年的发展，群体智能算法由于存在的一些不足和缺陷，限制了其发展，主要不足包括以下几方面。

① 解的不确定性。因为这一类算法采用概率性搜索解空间的方式，所以在该类算法的进化迭代过程中，能否搜索到最优解，具有不确定性。因此，将群体智能算法应用于实际的软件产品中，会使软件具有一定的风险性，会使得软件的反应能力缺少可测性。也正是由于这个原因，在实时软件及可靠性要求较高的软件产品中，较少应用群体智能算法。

② 群体智能算法在理论支持上不足。这是限制这一类智能优化算法发展的一个重要因素。无论采用马尔科夫链模型还是采用压缩映射技术来证明该种类算法的全局收敛能力，均是建立在保证种群规模足够大，算法的迭代次数足够长，甚至是无限长的前提之上，而在实际的求解过程中，这种前提几乎不可能实现。所以，深入研究群体智能算法的数学基础，提供理论上的支持，是推动群体智能优化算法进步、发展的重要一环。

③ 算法中参数的设置缺少科学性。一般情况下，群体智能算法中的参数设置均是依据实验或经验等方式进行的，对于不同的问题或不同的应用而言，参数的设置会不相同。在这方面缺少一个科学合理的依据或设定方法。

④ 衡量算法性能的函数缺少统一的依据。一般采用 Benchmark 函数或改进后的 CEC2005 函数测试群体智能算法求解连续函数的能力，而在处理离散问题时，则缺少统一的测试和评价标准。

针对群体智能算法的不足，进一步的研究方向将会着重在以下几个方面进行，以推动群体智能算法的进步。

① 进一步挖掘或探索其所包括的数学理论知识，以能够定性或定量的研究群体智能算法的全局收敛能力。建立统一的研究体系结构，建立完整的、系统的算法理论，从而切实提高该学科的理论层次，深化该学科的发展。

② 能否突破传统启发式算法的约束，设计出更为优越的新的智能模型，使得算法能够保证较强的收敛能力。

③ 遵循"No Free lunch"理论，深入研究各个不同群体智能算法的适应范围，探索群体智能算法的新的应用领域，为社会创造更大的价值和节约更多的资源。

④ 进行多种群体智能算法的混合性研究。每一种群体智能算法都有自己的优势，也存在一定的劣势，所以研究如何将两个或多个群体智能算法混合，以发挥长处克服短处，做到优势互补是一个重要的研究方向。

⑤ 算法参数设置的合理性研究。

⑥ 探索更加合理的邻域搜索行为和全局搜索行为，保证算法全局搜索能力和局部搜索能力的协调一致性。

群体智能算法经过几十年的发展，已经在控制科学、机器学习、管理科学、计算机科学等领域取得了丰富的研究成果，其学科的深度正在逐步深入，我们深信，群体智能算法的明天会更加辉煌。